W0078276

# ROTES LAMETTA

## MÖRDERISCHE
## WEIHNACHTSGESCHICHTEN

Herausgegeben von
Aleksia Sidney

KAMPA

**KAMPA POCKET**
**DIE ERSTE KLIMANEUTRALE TASCHENBUCHREIHE**
Gedruckt auf säurefreiem und chlorfrei gebleichtem
Papier zur Unterstützung verantwortungsvoller Waldnutzung,
zertifiziert durch das Forest Stewardship Council.
Der Umschlag enthält kein Plastik. Kampa Pockets werden
klimaneutral gedruckt, kampaverlag.ch/nachhaltig informiert
über das unterstützte $CO_2$-Kompensationsprojekt

Der Kampa Verlag wird in der Schweiz vom Bundesamt für Kultur
mit einem Strukturbeitrag für die Jahre 2021–2024 unterstützt.

Veröffentlicht im September 2022 als Kampa Pocket
Copyright © 2022 by Kampa Verlag AG, Zürich
Covergestaltung: Lara Flues, Kampa Verlag
Covermotiv: © Sébastien Thibault
Satz: Lara Flues, Kampa Verlag
Gesetzt aus der Stempel Garamond LT / 220140
Druck und Bindung: GGP Media GmbH, Pößneck
ISBN 978 3 311 15526 3

www.kampaverlag.ch

# Inhalt

# Michael Connelly

## *Heiligabend*

Im Three-Kings-Leihhaus im Hollywood Boulevard war in zwei Jahren dreimal eingebrochen worden. Wegen der ähnlichen Vorgehensweise bei allen drei Einbrüchen nahm man beim Los Angeles Police Department an, dass jedes Mal derselbe Täter am Werk gewesen war. Allerdings hatte der Einbrecher weder Fingerabdrücke noch sonst irgendwelche Hinweise auf seine Identität hinterlassen. Es kam zu keiner Festnahme, und keiner der gestohlenen Gegenstände tauchte je wieder auf. Nikolai Servan, dem russischen Immigranten, dem das Leihhaus gehörte, blieb nichts, als sich seinen Teil zu denken über das Rechtssystem seiner neuen Heimat.

Am Heiligabend dieses Jahres schloss Servan den Hintereingang des Leihhauses auf, ging hinein und stellte fest, dass zum vierten Mal eingebrochen worden war. Außerdem bemerkte er, dass der Einbrecher noch da war. Letzteres war der Grund, weshalb Detective Harry Bosch und sein Partner Jerry Edgar schließlich ins Three Kings kamen.

Es war kurz nach zehn Uhr vormittags, als sie in einem Wagen, den Bosch im Fuhrpark der Hollywood Division ausgeliehen hatte, beim Leihhaus eintrafen. Sie wussten, dass dort bereits ein Detective des Einbruchdezernats mit Nikolai Servan – und der Leiche – auf sie wartete.

»Sieh dir das mal an, Harry«, sagte Edgar, als Bosch den

Motor abstellte. »Fast wie ein Weihnachtsgeschenk. Wartet nur drauf, ausgepackt zu werden.«

Edgar hatte recht. Die Außenwände des kleinen einstöckigen Baus waren in einem knalligen Rot gestrichen. Das gelbe Absperrband, das Streifenpolizisten an der Vorderseite gespannt hatten, erinnerte an eine Schleife. Bosch ging nicht auf die Bemerkung seines Partners ein. Er stieg aus und schloss die Autotür.

Bosch blieb kurz auf dem Gehsteig stehen und betrachtete die Fassade des Leihhauses. Es lag zwischen einem Sexshop und einem Laden, in dem man Postfächer mieten konnte. Das Sicherheitsgitter vor dem Eingang war aufgeschoben worden – vermutlich von Servan, nachdem er am Morgen die Polizei gerufen hatte. Bosch schaute zu dem Schild über den Flachglasfenstern hinauf. Die drei in Form eines Dreiecks angeordneten Kugeln – das amerikanische Logo für Leihhäuser – waren abgewandelt worden: Auf jeder saß eine Königskrone.

»Originell«, meinte Edgar, der ebenfalls zu dem Schild hinaufschaute.

»Sehr«, sagte Bosch. »Dann lass uns mal.«

»Musst du mir nicht zweimal sagen, Har. Ich will hier so schnell wie möglich fertig werden. Ist schließlich Heiligabend heute. Alles, was ich will, ist: die Sache unter Dach und Fach bringen und dann ausnahmsweise mal früh nach Hause.«

Bosch betrat das Leihhaus und ging an den Fahrrädern, Golfschlägern, Antiquitäten und Musikinstrumenten im Eingangsbereich vorbei zum Ladentisch, wo Braxton und Servan warteten.

Braxton, der auch bei den ersten drei Einbrüchen im Three Kings die Ermittlungen geleitet hatte, war als Erster am Tatort eingetroffen. Servan hatte nämlich Braxtons Visitenkarte an sein Telefon geklebt, und als er am Morgen zur Arbeit gekommen war und den toten Einbrecher hinter der Schmuckvitrine entdeckt hatte, hatte er nicht die Notrufnummer der Polizei gewählt, sondern gleich Braxton angerufen.

»Frohe Weihnachten, Brax«, sagte Bosch. »Was gibt's?«

»O du fröhliche, Harry«, erwiderte Braxton. »Was es gibt, ist ein Einbrecher weniger auf der Welt. Und das macht es für mich schon mal zu einem frohen Weihnachten.«

Bosch nickte und wandte sich dem Pfandleiher zu, der auf der anderen Seite des Ladentischs auf einem hohen Hocker saß. Er war um die fünfzig und hatte schütteres schwarzes Haar. Seine mächtigen Muskeln waren merklich am Erschlaffen, und er hatte keine sichtbaren Tattoos.

»Das ist Nikolai Servan«, sagte Braxton. »Ihm gehört der Laden hier.«

Bosch reichte Servan über den Ladentisch hinweg die Hand. Der Russe rutschte von seinem Hocker und schüttelte sie mit einem kräftigen Händedruck.

»Mr. Servan, ich bin Detective Bosch. Das ist Detective Edgar.«

»Nick. Sagen Sie bitte Nick zu mir.«

Er hatte einen starken Akzent. Bosch vermutete, dass er erst ein paar Jahre in den USA war. Edgar schüttelte ihm ebenfalls die Hand.

Bosch ging an Braxton vorbei in den engen Bereich hinter der Glasvitrine mit dem Schmuck. Dort lag der Tote auf dem Boden. Es war ein Weißer, von Kopf bis Fuß in Schwarz gekleidet – bis auf seine rechte Hand. Im Gegensatz zur linken steckte sie nicht in einem Handschuh. Bosch ging wie ein Baseballcatcher in die Hocke und betrachtete die Leiche, ohne etwas anzufassen. Das Gesicht des Toten war unter einer Skimaske verborgen. Sie hatte Öffnungen für Mund und Augen. Bosch konnte sehen, dass die Augen des Toten offen und die Lippen zurückgezogen waren, aber die Zähne waren fest aufeinandergepresst. Ohne aufzublicken, fragte er:

»Wann treffen ME und SID voraussichtlich ein?«

»Sind bereits unterwegs«, antwortete Braxton. »Mehr weiß ich auch nicht. Ist aber nicht viel Verkehr heute.«

Die Rechtsmediziner und die Spurensicherung kamen aus Downtown. Die Wache, in der Bosch und Edgar stationiert waren, lag nur acht Straßen entfernt.

»Kennst du den Typ, Brax?«

»Dazu müsste ich mehr von ihm sehen.«

Bosch erwiderte nichts. Er wartete. Auch wenn es gegen die Vorschriften war, hatte Braxton bestimmt einen kurzen Blick unter die Skimaske geworfen.

»Aber er sieht ein bisschen aus wie ein Typ, den ich vor fünf Jahren geschnappt habe«, sagte Braxton. »Monty Kelman.«

Bosch nickte.

»Jemand von hier?«

»Ja. Soll aber auch auswärts Aufträge angenommen haben. Hat zu einer Truppe gehört, die für einen gewissen Leo Freeling gearbeitet hat. Hauptsächlich im Valley. Vor ein paar Jahren hat allerdings jemand Leo umgelegt. Deshalb nehme ich an, dass Monty von da an auf eigene Rechnung gearbeitet hat.«

»Allein?«

»Hängt wohl vom Job ab.«

Bosch kramte ein Paar Gummihandschuhe aus seiner Tasche, blies hinein, um besser hineinzukommen, und zog sie über. Dann drehte er den Toten ein Stück herum, um nach Wunden und dem fehlenden Handschuh zu suchen. Er entdeckte nichts, aber bevor keine Fotos gemacht worden waren und die Spurensicherer den Tatort nicht untersucht hatten, wollte er die Leiche nicht vollständig umdrehen.

»Und woran ist der Typ gestorben?«

Die Frage war rhetorisch, aber Bosch schaute zu Servan hoch, als er sie stellte. Sie schien den Pfandleiher zu überraschen, so als wäre er beschuldigt worden. Er breitete die Arme aus und schüttelte den Kopf.

»Ich weiß nicht. Ich komme in Geschäft, ich schließe auf, er tot da liegt.«

Bosch nickte und blickte sich in der Umgebung des Ladentischs um. Er merkte, dass Edgar nicht mehr da war. Er sah Braxton an.

»Brax, könntest du vielleicht mit Mr. Servan zu einem der Streifenwagen rausgehen, damit wir hier in Ruhe arbeiten können?«

Als Braxton den Pfandleiher daraufhin nach draußen brachte, wandte sich Bosch wieder dem Toten zu und setzte seine Untersuchung fort. Er hob die bloße Hand des Einbrechers und überlegte, warum sie nicht in einem Handschuh steckte. Dabei fiel ihm eine Verfärbung des Daumenballens auf. Ein bräunlich gelber Strich. Auf dem Zeigefinger war eine ähnliche Verfärbung. Bosch legte Daumen und Zeigefinger so aneinander, dass die beiden Striche aufeinanderlagen. Es sah so aus, als hätte die Hand – die rechte Hand – einen Stift oder einen anderen länglichen Gegenstand gehalten, als die Verfärbungen entstanden waren.

Bosch legte die Hand behutsam auf den Boden zurück und wandte sich den Füßen zu. Er entfernte den rechten

Schuh, einen schwarzen Ledersportschuh mit schwarzer Gummisohle, und zog die schwarze Socke ab. Auf dem Fußballen des Toten war eine kreisförmige Verfärbung, die in der Mitte braun war und zum Rand hin gelb wurde.

»Irgendwas gefunden, Harry?«

Bosch blickte auf. Es war Braxton.

»Das muss sich erst zeigen. Hast du irgendwo einen Handschuh gesehen? Dem Typ fehlt ein Handschuh.«

»Hier.«

Das kam von Edgar. Er war hinter einer Vitrine auf der anderen Seite des Ladens. Bosch richtete sich auf und ging zu ihm. Edgar war in der Hocke und deutete unter die Vitrine.

»Unter der Vitrine liegt ein schwarzer Lederhandschuh. Ob er zu dem anderen gehört, weiß ich nicht, aber es ist ein Handschuh.«

Bosch ließ sich auf Hände und Knie nieder, um unter die Vitrine schauen zu können. Er fasste darunter und angelte den Handschuh hervor.

»Sieht aus wie der andere«, bemerkte er.

»Passt er nicht, heißt das Freispruch«, sagte Edgar.

Bosch sah ihn fragend an.

»O-Ton Johnnie Cochran«, sagte Edgar. »Weißt du nicht mehr, O. J. Simpsons Handschuhe?«

»Ach so.«

Bosch richtete sich auf. Eins seiner Knie knackte. Er schaute in die Vitrine. Auf ihren zwei von innen beleuchteten Borden lagen und standen Gegenstände von anscheinend großem Wert. Münzen und ein paar Jadefigurinen, goldene und silberne Pillendosen, Zigarettenetuis und anderer verzierter und juwelenbesetzter Schnickschnack. Kein Schmuck. Hochpreisiges Zeug. Die meisten Münzen, stellte Bosch fest, waren russische.

Bosch trat von der Vitrine zurück und blickte sich im Leihhaus um. Mit Ausnahme des Inhalts der zwei Vitrinen gab es nur billigen Krempel, den Besitz finanziell klammer Menschen, die sich für Bargeld von fast allem zu trennen bereit waren.

»Brax«, fragte Bosch, »wie ist er reingekommen?«

Braxton deutete nach hinten und ging in die angegebene Richtung. Bosch und Edgar folgten ihm. Sie betraten ein Hinterzimmer, das als Büro und Lagerraum diente. Über den Boden waren Putzbrocken und anderer Schutt verstreut. Sie schauten alle nach oben. In die Decke war ein Loch gebrochen. Es hatte gut einen halben Meter Durchmesser, und darüber strahlte blauer Himmel.

»Es ist ein Verbunddach«, sagte Braxton. »Da kommt man relativ schnell durch. Vielleicht eine halbe Stunde.«

»Macht das nicht einen Mordskrach?«, fragte Edgar. »Weiß jemand, wann der Sexshop schließt?«

»Danach habe ich mich bei einem der früheren Einbrüche erkundigt«, sagte Braxton. »Sie schließen um vier und machen um acht wieder auf. Ein Zeitfenster von vier Stunden.«

»Ist der Täter auch bei den anderen drei Einbrüchen durchs Dach gekommen?«, fragte Bosch.

Braxton schüttelte den Kopf.

»Die ersten zwei Male hat er die Hintertür aufgebrochen. Erst danach ist er durchs Dach gekommen. Das ist das zweite Mal über den Dachweg.«

»Glaubst du, es war auch die drei Male zuvor immer Monty?«

»Würde mich jedenfalls nicht wundern. So sind diese Typen nun mal. Brechen immer wieder in dieselben Läden ein. Als sie das zweite Mal durch die Hintertür reingekommen sind, hat Mr. Servan zusätzliche Stahlverstärkungen daran angebracht. Deshalb ist der Typ aufs Dach geklettert.«

»Warum ausgerechnet hier so oft?«, fragte Edgar.

»Weil hier jede Menge Einwanderer herkommen. Russen, Koreaner, von überallher. Sie verpfänden das Zeug, das sie aus der Heimat mitgebracht haben. Jade. Gold. Münzen. Kleine, teure Gegenstände. Einbrecher stehen auf so was, kann ich da nur sagen. Die Vitrine, unter der ihr den Handschuh gefunden habt? In der ist alles drin. Darauf hatte es dieser Typ abgesehen. Keine Ahnung, warum er hinter der Schmuckvitrine abgenippelt ist.«

»Wie viel ist die ersten drei Male weggekommen?«, fragte Bosch.

»Pro Einbruch im Schnitt schätzungsweise vierzig- bis fünfzigtausend«, sagte Braxton. »Für ein Leihhaus ziemlich viel. Deshalb haben sie ja auch immer wieder hier eingebrochen.«

Ein Streifenpolizist kam in das Hinterzimmer und teilte den Ermittlern mit, dass die Rechtsmediziner eingetroffen waren.

Die drei Detectives blieben noch kurz beieinanderstehen, um über ihre ersten Eindrücke und Boschs Theorie zum Tod des Einbrechers zu sprechen und eine erste Ermittlungsstrategie zu entwerfen. Sie einigten sich darauf, dass Edgar am Tatort bleiben und nötigenfalls den Rechtsmedizinern und der Spurensicherung helfen sollte. Bosch und Braxton wollten sich um Servan kümmern und die Angehörigen des Toten verständigen.

Sobald der Ermittler des rechtsmedizinischen Teams die Fingerabdrücke von der bloßen Hand des Einbrechers abgenommen hatte, fuhren Bosch und Braxton mit Nikolai Servan in die Hollywood Division.

Bosch scannte die Fingerabdrücke ein und schickte sie an das Fingerabdrucklabor im Parker Center. Dann unterzog er Servan einer offiziellen Vernehmung, die auf Band aufgezeichnet wurde. Auch wenn der Pfandleiher dem, was er ihnen im Leihhaus erzählt hatte, nichts Neues hinzufügte, war es Bosch wichtig, seine Aussage festzuhalten.

Als er die Vernehmung beendete, war bereits eine Nachricht Tom Ruschs eingetroffen, eines Fingerabdruckspezialisten. Mittels Computerabgleich waren die Fingerabdrücke einem neununddreißig Jahre alten Ex-Häftling namens Montgomery George Kelman zugeordnet worden. Nach einer Haftstrafe wegen Einbruchs befand sich Kelman auf Bewährung wieder auf freiem Fuß.

Nach drei Telefonaten hatte Bosch Kelmans Bewährungshelfer sowie seine aktuelle Adresse und seinen Arbeitgeber herausgefunden. Kelman hatte in einem Restaurant in der Hillview Avenue in der Frühschicht als Tellerwäscher gearbeitet. Der Restaurantbesitzer hatte den Bewährungshelfer bereits telefonisch benachrichtigt, dass Kelman nicht zur Arbeit erschienen war und sich auch nicht – wie es die Bewährungsauflagen erforderten – krankgemeldet hatte. Der Bewährungshelfer schien froh, dass er sich den umfangreichen Schreibkram, Kelmans Verstoß gegen die Bewährungsauflagen zu dokumentieren, sparen konnte.

Er wünschte Bosch »Frohe Weihnachten!«, bevor er auflegte.

Danach rief Bosch seinen Partner an, und als Edgar sagte, dass die Kriminaltechniker noch mit der Leiche und dem Tatort beschäftigt wären, erzählte er ihm, dass der tote Einbrecher als Kelman identifiziert worden war und dass er mit Braxton zu der Adresse fahren wollte, die sie von Kelmans Bewährungshelfer bekommen hatten.

Monty Kelman hatte in einer Wohnung in Los Feliz nicht weit vom Griffith Park gewohnt. Auf Boschs Klopfen hin kam eine junge Frau in Shorts und einem langärmeligen Rollkragenpulli an die Tür. Sie war dünn, um nicht zu sagen ausgemergelt. Eindeutig drogenabhängig. Als sie ihr die schlechte Nachricht überbrachten, sackte sie abrupt auf die Couch und rollte sich zusammen wie ein Embryo. Während Braxton versuchte, sie zu trösten und ihr gleichzeitig ein paar Informationen zu entlocken, schaute sich Bosch rasch in der Zweizimmerwohnung um. Wie erwartet, deutete auf den ersten Blick nichts darauf hin, dass die Wohnung einem Einbrecher gehörte. Sie diente als Fassade – der Ort, an dem Kelman seinen Bewährungshelfer empfing und ihm einen gesetzestreuen Lebenswandel vorgaukelte. Bosch wusste, dass jeder auf Bewährung freigelassene, aber weiterhin aktive Einbrecher einen geheimen zweiten Rückzugsort hatte – ein Versteck, in dem er sein Werkzeug und seine Beute verstaute.

Im Schlafzimmer war ein kleiner Schreibtisch, in dem Kelman sein Scheckheft und seine persönlichen Unterlagen aufbewahrt hatte. Bosch blätterte im Scheckheft und entdeckte nichts Ungewöhnliches. Er durchsuchte den Rest der Schublade, fand aber keinen Hinweis auf Kelmans Versteck. Das störte ihn nicht groß. Damit durfte sich in erster Linie Braxton herumschlagen, der für Einbrüche zuständig war.

Bosch wollte gerade das Schlafzimmer verlassen, als er in der Ecke neben der Tür ein Saxophon stehen sah. Die Größe des Instruments verriet ihm, dass es ein Alt war. Er ging darauf zu und nahm es aus dem Ständer. Es sah betagt aus, aber gut in Schuss. Das Messing war blank poliert, und im Schallbecher des Instruments steckte ein Polierlappen.

Bosch hatte nie Saxophon gespielt, hatte es nicht einmal versucht, aber der Klang dieses Instruments war die einzige Musik, die ihn innerlich jemals hatte aufleuchten lassen.

Er hielt das Instrument mit einer Ehrfurcht, die er selten für einen Menschen oder einen Gegenstand aufbrachte. Und einen Augenblick lang war er versucht, das Mundstück zwischen seine Lippen zu schieben und zu versuchen, ihm einen Ton zu entlocken. Stattdessen hielt er das Saxophon so, wie er zahllose Musiker – von Art Pepper bis Wayne Shorter – ihr Instrument hatte halten sehen.

»Irgendwas gefunden, Harry?«, rief Braxton aus dem anderen Zimmer.

Bosch trug Saxophon und Ständer ins Wohnzimmer. Inzwischen saß die Frau, die Arme fest um die Brust geschlungen, aufrecht auf der Couch. Über ihr Gesicht liefen Tränen. Bosch wusste nicht, ob sie ihre verlorene Liebe beweinte oder ihre verlorene Drogenquelle.

Er hielt das Saxophon hoch.

»Wem gehört das?«

Sie schluckte, bevor sie antwortete.

»Monty.«

»Hat er gespielt?«

»Er hat es versucht. Er stand auf Jazz. Er hat immer davon geredet, dass er mal Unterricht nehmen will. Hat er aber nie.«

Ein neuer Schwall Tränen lief ihre Wangen hinunter.

»Es ist bestimmt gestohlen«, sagte Braxton an Bosch gewandt und ohne von dem Leid der Frau Notiz zu nehmen. »Ich kann es in den Computer eingeben, wenn wir zurück sind. Normalerweise sind Hersteller und Seriennummer immer irgendwo eingraviert.«

Er deutete auf den Schallbecher des Saxophons.

»Da drinnen. Würde mich nicht wundern, wenn es von einem der früheren Einbrüche in Servans Leihhaus stammt.«

Bosch zog das Filztuch aus der Öffnung und schaute in den Schallbecher. In die Messingkrümmung war etwas graviert, aber er konnte es nicht lesen. Er ging ans Fenster und hielt das Saxophon so, dass Sonnenlicht in die Öffnung fiel. Er beugte sich vor und drehte das Instrument, bis er die Inschrift lesen konnte.

*Calumet Instruments*
*Chicago, Illinois*
*Sonderanfertigung für Quentin McKinzie, 1963*
*»The Sweet Spot«*

Bosch las es noch einmal und dann ein drittes Mal. Plötzlich fühlten sich seine Schläfen an, als hätte jemand heiße Fünfundzwanzig-Cent-Stücke an sie gepresst. Ein Erinnerungsblitz schoss durch seinen Kopf. Ein Musiker unter einem Zeltdach auf einem Schiffsdeck. Dicht gedrängt stehende Soldaten. Die in Rollstühlen, GIs, denen Gliedmaßen fehlten, ganz vorne. Der Oberkörper des Musikers, der das Saxophon spielte, ständig in Bewegung, rauf und runter, links und rechts, wie Sugar Ray Robinson, wenn er aus der Ecke des Rings kam. Die Musik schön und schmeichelnd, berührend. Der Klang besser als alles, was Bosch jemals gehört hatte. Das verfluchte Licht am Ende aller seiner Tunnel.

»Mensch, Harry, was steht da?«

Die Erinnerung zog sich in die Dunkelheit zurück, als Bosch zu Braxton schaute.

»Was?«

»Du machst ein Gesicht, als hättest du da drinnen ein Gespenst gesehen. Was steht dort?«

»Chicago. Es wurde in Chicago hergestellt.«

»Ein Calumet?«

»Woher weißt du denn das?«

»Ich bearbeite Einbrüche. Da weiß man so was. Calumet ist einer der größten Musikinstrumentehersteller. Die Firma gibt es schon ewig. Vielleicht können wir das Sax zurückverfolgen.«

Bosch nickte und sagte:

»Dann lass uns mal, wenn du hier fertig bist.«

Damit er das Saxophon halten und untersuchen konnte, ließ Bosch Braxton ins Revier zurückfahren.

»Was ist so ein Ding wert?«, fragte er auf halber Strecke.

»Hängt ganz davon ab. Neu ein paar Tausender. Für einen Pfandleiher wahrscheinlich ein paar Hundert.«

»Mal was von Quentin McKinzie gehört?«

Braxton schüttelte den Kopf.

»Ich glaube nicht.«

»Besser bekannt als Sugar Ray McK. Weil er beim Spielen immer den Oberkörper bewegt hat wie der Boxer Sugar Ray Robinson. Verdammt gut, der Typ. Hauptsächlich war er Studiomusiker, aber er hat auch ein paar eigene Platten herausgebracht. *The Sweet Spot* zum Beispiel. Mal gehört?«

»Sorry, Mann, aber mit Jazz hab ich's nicht so. Du kennst ja dieses blöde Klischee. Detectives und Jazz. Ich persönlich stehe auf Country.«

Bosch war enttäuscht. Er hätte Braxton gern von diesem Tag auf dem Schiff erzählt, aber wenn er mit Jazz nichts am Hut hatte, würde er es nicht verstehen.

»Und wo ist jetzt der Zusammenhang?«, fragte Braxton.

Bosch hielt das Saxophon hoch.

»Das hier war seins. Steht hier drinnen: *Sonderanfertigung für Quentin McKinzie*. So heißt Sugar McK mit richtigem Namen.«

»Hast du ihn mal live gehört?«

Bosch nickte.

»Ein einziges Mal. 1969.«

Braxton stieß einen leisen Pfiff aus.

»Das ist aber schon eine Weile her. Glaubst du, er lebt noch?«

»Keine Ahnung. Platten macht er jedenfalls keine mehr. Die letzte, die von ihm rausgekommen ist, war *Man with an Ax*. Das ist aber schon mindestens zehn Jahre her. Eher länger. Ein Sampler.«

Bosch betrachtete das Saxophon.

»Und ohne das Ding hier könnte er wohl schlecht was einspielen.«

Boschs Handy begann zu summen. Es war Edgar.

»Harry, wo bist du gerade?«

»Auf dem Weg zum Revier. Wir waren gerade in Kelmans Wohnung.«

»Und?«

»Nicht wirklich was. Eine Fixerin und ein Saxophon. Was gibt's bei dir?«

»Zuallererst, mit den Leichenflecken stimmt was nicht. Der Typ wurde bewegt.«

»Und was ist mit der Todesursache?«

»Vorerst vertreten die Rechtsmediziner deine Theorie. Ein Stromschlag. Die Verbrennungen an Hand und Fuß – wo der Strom ein- und ausgetreten ist.«

»Hast du die Stromquelle schon entdeckt?«

»Ich habe überall gesucht. Ich kann sie aber nicht finden.«

Darüber dachte Bosch eine Weile nach. Die Totenflecken oder Livores rühren von dem Blut her, das sich in einer Leiche absenkt und aufgrund der Schwerkraft eine violette Linie bildet. Wird ein Toter bewegt, nachdem sich das Blut abgesenkt hat, bildet sich eine neue Linie. Ein simpler Hinweis, von dem aber außer Mordermittlern kaum jemand etwas weiß.

»Hast du dich in der Umgebung der Vitrine umgesehen, unter der der Handschuh gelegen hat?«

»Ja, habe ich. Ich kann aber nichts finden, woher der Strom gekommen sein könnte. Die Vitrine hat zwar eine Innenbeleuchtung, aber die Kabel sind alle in Ordnung.«

Braxton fuhr auf den Parkplatz hinter der Polizeistation und parkte auf einem für Ermittler reservierten Stellplatz.

»Hast du schon nach seinen persönlichen Dingen gesehen?«

»Ja, Fehlanzeige. Seine Taschen waren alle leer. Kein Ausweis oder sonst irgendwas.«

»Na schön. Wir sind gerade angekommen. Ich lasse mir das erst mal durch den Kopf gehen, dann rufe ich dich wieder an.«

»Wie du meinst, Harry. Aber ich möchte heute Abend rechtzeitig nach Hause, und mir gefällt nicht, wie sich die Sache anlässt.«

»Ich weiß, ich weiß.«

Bosch beendete das Gespräch und stieg mit dem Saxophon aus.

»Was hat er alles gefunden?«, fragte Braxton.

»Nicht viel«, sagte Bosch über das Wagendach hinweg. »Sieht alles nach einem Stromschlag aus.«

»Hast du ja bereits gesagt.«

»Wenn wir jetzt reingehen – kannst du gleich mal die

Berichte über die drei früheren Einbrüche im Three Kings raussuchen?«

»Klar. Was ist mit Servan?«

»Ich sehe kurz nach ihm, aber danach lasse ich ihn noch eine Weile schmoren.«

Sie gingen in das Stationsgebäude und zum Bereitschaftsraum der Detectives. Dort trennten sie sich. Braxton ging in den Bereich Eigentumsdelikte, um die Akten herauszusuchen, und Bosch in den Flur, der zu den Vernehmungszimmern führte. Servan war in Nummer drei und ging auf dem begrenzten Raum auf und ab, als Bosch die Tür öffnete.

»Alles klar, Mr. Servan? Es dürfte nicht mehr allzu lange dauern.«

»Ja, okay, okay. Sie haben gefunden?«

Servan deutete auf das Saxophon. Bosch nickte.

»Ist das aus Ihrem Laden?«

Servan sah sich das Instrument an und nickte nachdrücklich.

»Ich schon glaube, ja.«

»Okay, wir werden das feststellen. Wir müssen noch Verschiedenes erledigen und sind dann gleich wieder bei Ihnen. Möchten Sie bis dahin eine Tasse Kaffee oder auf die Toilette gehen?«

Servan lehnte beides ab, und Bosch ließ ihn im Vernehmungszimmer. Zurück an seinem Schreibtisch, startete er in der Datenbank der Kfz-Zulassungsstelle sowie im Wähler- und im Vorstrafenregister Suchen nach Quentin McKinzie. Er stieß auf eine Reihe von Festnahmen wegen Drogendelikten in Los Angeles, zu denen es in den siebziger und achtziger Jahren gekommen war, aber er fand keine Adresse oder sonst etwas, was Aufschlüsse auf seinen gegenwärtigen Verbleib gab.

Braxton kam zu ihm und warf drei dünne Akten auf den Schreibtisch. Bosch bat ihn, Servan das Foto von Monty Kelman, das sie gefunden hatten, zu zeigen und ihn zu fragen, ob er sich erinnern könne, dass Kelman als Kunde in das Leihhaus gekommen sei.

Als Braxton wieder ging, sah Bosch die Einbruchsberichte durch. Er fing mit dem ersten Einbruch im Three Kings an und blätterte die Akte rasch durch, bis er zur Liste der gestohlenen Gegenstände kam. Sie enthielt kein Saxophon. Er überflog die aufgeführten Gegenstände und stellte fest, dass es lauter kleine Objekte aus der beleuchteten Vitrine waren.

Er blätterte zu der von Braxton erstellten Zusammenfassung zurück. Darin stand, dass der unbekannte beziehungsweise die unbekannten Täter durch die Hintertür in das Leihhaus eingedrungen waren und dann die Vitrine mit den teuersten Wertgegenständen des Ladens ausgeräumt hatten. Außerdem vermerkte Braxton, dass die Vitrine über ein Schloss verfügte, das entweder nicht abgeschlossen gewesen oder mit Picks fachkundig geöffnet worden war.

Bosch nahm sich den nächsten Bericht vor und fand dort ein Saxophon auf der Liste der gestohlenen Gegenstände. Es wurde als Altsaxophon aufgeführt, aber die Liste enthielt keine Hinweise auf irgendwelche besonderen Kennzeichen oder auf die Person, die das Instrument verpfändet hatte. Beim Lesen der Zusammenfassung fielen ihm die großen Ähnlichkeiten mit dem ersten Bericht auf; der beziehungsweise die Täter waren durch die Hintertür in das Leihhaus eingebrochen und hatten die Vitrine geöffnet und alle hochpreisigen Gegenstände daraus entwendet. Das Saxophon schien außer der Reihe mitgenommen worden zu sein, und Bosch wusste, der Grund dafür war, dass

Monty Kelman schon seit Langem Saxophon hatte lernen wollen.

Mit dem dritten Bericht verhielt es sich mit Ausnahme der Einbruchsmethode genauso. Nachdem die Hintertür verstärkt worden war, hatten der oder die Täter ein Loch in das Dach gebrochen und waren in das Leihhaus gesprungen. Die Vitrine wurde ein drittes Mal geknackt und ausgeräumt.

Die infolge der drei Einbrüche entstandenen Verluste beliefen sich auf durchschnittlich vierzigtausend Dollar. Servan war versichert – allerdings nahm Bosch an, dass die Prämie kontinuierlich erhöht worden war. Die meisten der gestohlenen Wertgegenstände standen zum Verkauf, sprich: Ihre Eigentümer hatten die Einlösefrist verstreichen lassen, sodass die Gegenstände in Servans Besitz übergegangen waren.

Braxton kam aus dem Flur, der zu den Vernehmungszimmern führte, und steuerte auf Boschs Schreibtisch zu.

»Ja, er hat ihn wiedererkannt. Er sagt, er ist vor ein paar Tagen in den Laden gekommen. Hat sich die Münzen in der Vitrine angesehen.«

»Hat er ihn auch davor schon mal gesehen?«, fragte Bosch.

»Er glaubt, ja, aber sicher ist er sich nicht.«

»Arbeitet außer ihm sonst noch jemand im Leihhaus?«

»Nein, nur er. Sechs Tage die Woche, von neun bis sechs. Wie man es von fleißigen Einwanderern eben kennt.«

Bosch lehnte sich zurück und strich mit dem Daumen über eine Seite seines Schnurrbarts. Er sagte nichts. Nach einer Weile wurde Braxton des Wartens müde.

»Brauchst du sonst noch was von mir, Harry?«

Bosch schaute nicht zu ihm hoch.

»Ähm, könntest du noch mal zu ihm gehen und ihn nach dem Schrank fragen?«

»Nach dem Schrank? Meinst du die Vitrine?«

»Ja, frag ihn, ob er sicher ist, dass sie jedes Mal abgeschlossen war. Bei allen Einbrüchen.«

Er merkte, dass Braxton noch neben dem Schreibtisch wartete.

»Was ist?«

»Bin ich eigentlich dein Laufbursche, oder was?«

»Nein, du bist derjenige, dem er vertraut. Geh schon und frag ihn.«

Bosch wartete, strich über seinen Schnurrbart und dachte nach. Braxton brauchte nicht lang.

»Er sagt, er schließt die Vitrine hundertprozentig immer ab. Sie ist sogar abgeschlossen, wenn der Laden geöffnet ist. Er schließt sie nur auf, wenn er etwas reinlegt oder rausnimmt. Danach schließt er sie wieder ab, jedes Mal. Den Schlüssel hat er einstecken, immer. Einen zweiten gibt es nicht.«

»Dann hat unser Freund also Picks benutzt.«

»Sieht ganz so aus.«

Bosch nickte.

»Ähm, noch was, Brax. Das Saxophon. Er hat doch sicher eine Liste der verpfändeten Gegenstände?«

»Dazu ist er sogar verpflichtet, und wir bekommen auch eine Kopie dieser Liste. Von der Pfandabteilung. Sie vergleichen diese Listen mit den Diebstahls- und Einbruchsberichten. Du weißt schon, ob es Übereinstimmungen gibt oder so.«

Bosch beugte sich vor und hob das Saxophon vom Schreibtisch.

»Und wie finde ich jetzt raus, wer das hier verpfändet hat?«

Braxton sah ihn etwas erstaunt an.

»Was soll das Sax mit dem Ganzen zu tun haben?«

»Nichts, soweit ich weiß. Aber ich wüsste gern, wer es verpfändet hat.«

»Das dürfte nicht allzu schwer festzustellen sein. Die Jungs von der Pfandabteilung bewahren alles nach Leihhäusern sortiert auf. In Schuhkartons. Sie müssten nur den Karton für das Three Kings durchsehen. Je nachdem, wie weit die Unterlagen zurückreichen, müsste es dort drinstehen.«

»Was wäre besser? Wenn du sie anrufst oder ich?«

»Begeistert sind sie sicher so oder so nicht. Aber lass es mich mal versuchen.«

»Danke, Brax.«

Bosch sah auf die Uhr. Es war fast Mittag.

»Und sag ihnen, wir wüssten es gern noch heute.«

»Kann ich ihnen sagen, aber an deiner Stelle würde ich mir nicht zu viel erwarten. Heute ist Heiligabend, Harry. Da wollen alle früh nach Hause.«

»Sag ihnen einfach, es ist wichtig.«

»Für dich oder für den Fall?«

Bosch antwortete nicht, und schließlich ging Braxton an seinen Schreibtisch zurück, um anzurufen. Bosch sah noch einmal die drei Einbruchakten durch. Als er fertig war, stand er auf und ging den Flur zu den Vernehmungszimmern hinunter. Statt in Zimmer drei, wo Servan wartete, ging er jedoch in Zimmer vier und schaute durch den Einwegspiegel zu dem Pfandleiher hinein. Dieser saß mit verschränkten Armen und geschlossenen Augen da. Entweder schlief er, oder er meditierte. Vielleicht auch beides.

Bosch verließ das Zimmer und kehrte an seinen Schreibtisch zurück. Er setzte sich und griff nach dem Saxophon. Er hielt es gern in den Händen. Ihm gefiel, wie es sich anfühlte. Dass dieses Instrument Klänge hervorbringen konnte, in denen alle Traurigkeit und Hoffnung der Menschheit mitschwang, stimmte ihn nachdenklich. Wieder erinnerte er sich an diesen Tag auf dem Schiff. Wie sich Sugar Ray durch »The Sweet Spot« und ein paar andere Nummern gewunden und gefintet hatte. An diesem Tag hatte sich Bosch in den Klang des Instruments verliebt. Es hatte sich angefühlt, als käme er von einem Ort irgendwo tief in Boschs Innern. Nach diesem Tag war er nicht mehr derselbe.

Er tauchte aus seinen Erinnerungen auf und ging zu einem über den Aktenschränken angebrachten Bord. Er nahm eins der kriminaltechnischen Handbücher herunter und schlug den Index auf. Er fand, was er suchte, und blätterte zu der entsprechenden Seite. Als er sich setzte und zu lesen begann, läutete sein Handy. Er fummelte es aus der Hosentasche. Es war Edgar.

»Harry, hier werden sie jeden Moment fertig. Soll ich zurückkommen?«

»Noch nicht.«

»Und was soll ich hier noch?«

»Der Tote hatte nichts einstecken? Kein Werkzeug, keine Picks?«

»Nein. Hab ich dir doch schon gesagt.«

»Ich habe mir gerade die Berichte von den drei vorherigen Einbrüchen angesehen. Dabei wurde jedes Mal die Vitrine ausgeräumt. Das Schloss geknackt. Laut Servan ist sie immer abgeschlossen.«

»Aber wir haben hier keine Picks gefunden, Harry. Ich schätze mal, wer die Leiche bewegt hat, hat auch die Picks mitgenommen.«

»Es war Servan.«

Erst war Edgar still, dann sagte er: »Und wie kommst du darauf?«

Bosch dachte kurz nach, bevor er begann:

»In zwei Jahren wurde drei Mal bei ihm eingebrochen. Jedes Mal wurde die Vitrine mit den wertvollen Stücken geknackt. Wenn man Handschuhe anhat, ist es ziemlich schwer, mit Picks zu hantieren. Servan dürfte also klar gewesen sein, dass der Einbrecher seine Handschuhe nur dann kurz ausziehen würde, wenn er sich mit den Picks an die Arbeit machte. Stahlpicks, die in ein Stahlschloss gesteckt werden.«

»Wenn er das Schloss an eine Stromquelle angeschlossen hat, hätte das dem Einbrecher den Garaus gemacht.«

»Nicht unbedingt. Ich habe mich gerade kundig gemacht und in einem der Handbücher alles nachgelesen. Hundertzehn Volt können zwar einen Herzstillstand herbeiführen, aber entscheidend ist die Stromstärke, die Amperezahl. Dafür gibt es eine Formel. Hängt alles vom Widerstand ab. Du weißt schon, wie bei trockener Haut im Vergleich zu feuchter, lauter solches Zeug.«

»Dieser Typ hatte gerade seinen Handschuh ausgezogen. Wahrscheinlich hatte er verschwitzte Hände.«

»Genau. Wenn also der Widerstand niedrig war und Servan das Schloss an das Stromnetz angeschlossen hat, könnte der erste Stromstoß die Muskeln unseres Einbrechers so stark kontrahiert haben, dass er den Pick nicht mehr loslassen konnte. Der Strom geht durch ihn durch, erreicht sein Herz, und löst ein Kammerflimmern aus.«

»Kammerflimmern ist aber eine natürliche Todesursache, Harry.«

»Nicht, wenn du es mit hundertzehn Volt auslöst.«

»Dann haben wir es hier ja nicht nur mit einem simplen

Mord zu tun, sondern mit einem heimtückischen, vorsätzlichen Mord.«

»Das zu entscheiden, ist Sache des Staatsanwalts. Wir müssen ihm nur die Fakten liefern.«

»Wie bist du übrigens darauf gekommen, ihm die Socke auszuziehen und nach der Austrittsverbrennung zu schauen?«

»Wegen der Verbrennungen an seinen Fingern. Als ich sie gesehen habe, habe ich es einfach auf einen Versuch ankommen lassen.«

»Da hast du voll ins Schwarze getroffen, Partner, würde ich sagen.«

»Reines Glück. Deshalb möchte ich, dass du dir jetzt die Vitrine ansiehst und herauszufinden versuchst, wie er sie ans Stromnetz angeschlossen hat. Ist die Spurensicherung noch da?«

»Ja, aber sie sind schon am Zusammenpacken.«

»Sag ihnen, sie sollen die Vitrine als Beweismittel mitnehmen.«

»Das ganze Ding? Sie ist bestimmt drei Meter lang.«

»Sag ihnen, sie sollen sie mitnehmen. Und du fährst mit ihnen. Von dieser Vitrine hängt alles ab. Und sag ihnen, sie sollen vorsichtig damit sein.«

»Dafür werden sie aber einen Special-Services-Laster brauchen.«

»Egal. Ruf gleich mal dort an. Mach ihnen ordentlich Dampf.«

Bosch steckte sein Handy ein und stand von seinem Schreibtisch auf. Er ging den Flur hinunter, am Büro des Diensthabenden vorbei Richtung Umkleideräume, um sich aus dem Automaten zwei Packungen Erdnussbutter-Cracker zu holen. Eine davon öffnete er und aß sie auf dem

Weg zurück in den Bereitschaftsraum. Die andere Packung steckte er sich für später in die Jackentasche. Als er am Trinkbrunnen vorbeikam, nahm er sich einen Becher Wasser mit.

An seinem Schreibtisch erwartete ihn Braxton mit einem Blatt Papier in der Hand.

»Glück gehabt«, sagte er, als Bosch auf ihn zuging. »Der Typ hat das Saxophon schon vor zwei Jahren verpfändet, aber den Beleg hatten sie noch.«

Er reichte Bosch das Blatt Papier. Es war eine Kopie des Pfandscheins. Darauf standen Name, Adresse und Telefonnummern des Kunden. Der Mann, der Quentin McKinzies Saxophon verpfändet hatte, hieß Donald Teed. Er wohnte im Valley. Nikolai Servan hatte ihm zweihundert Dollar für das Instrument gegeben.

Bosch setzte sich und stellte fest, dass Teed eine Büronummer mit einer 323er-Vorwahl und einer Hollywood-Vermittlungsstelle angegeben hatte. Das erklärte unter Umständen, warum sich jemand, der im Valley wohnte, für ein Leihhaus in Hollywood entschieden hatte. Bosch griff nach dem Telefon und wählte Teeds Nummer. Es meldete sich sofort eine Frauenstimme.

»Splendid Age.«

»Wie bitte?«, sagte Bosch.

»Hier ist das Seniorenheim Splendid Age, kann ich etwas für Sie tun?«

»Ja, wohnt bei Ihnen ein Donald Teed?«

»Nein. Aber es gibt einen Donald Teed, der hier arbeitet. Meinen Sie den vielleicht?«

»Wahrscheinlich. Ist er da?«

»Er ist heute hier, aber ich weiß nicht, wo er im Moment ist. Er ist Hausmeister und ständig unterwegs. Mit wem spreche ich bitte? Handelt es sich hier um einen Werbeanruf?«

Allmählich begann sich für Bosch ein klareres Bild abzuzeichnen. Er beschloss, es auf einen Versuch ankommen zu lassen.

»Ich bin ein Bekannter von ihm. Können Sie mir vielleicht sagen, ob ein anderer Bekannter von mir bei Ihnen ist? Er heißt Quentin McKinzie.«

»Ja, Mr. McKinzie wohnt hier. Worum geht es bitte?«

»Ich rufe Sie gleich zurück.«

Bosch legte auf, und sein Blick wanderte zum Saxophon.


Sobald Bosch das Vernehmungszimmer betrat, öffnete Nikolai Servan die Augen. Bosch legte das Blatt Papier, das er in der Hand hatte, auf den Tisch und nahm Servan gegenüber Platz. Er verschränkte wie dieser die Arme und stützte fast spiegelbildlich die Ellbogen auf den Tisch.

»Es gibt ein Problem, Mr. Servan.«

»Ein Problem?«

»Ja. Genau genommen sogar mehrere. Deshalb möchte ich Ihnen jetzt eine Gelegenheit bieten, mir diesmal die Wahrheit zu sagen.«

»Das verstehe ich nicht. Ich habe gesagt Wahrheit. Ich habe gesagt Wahrheit.«

»Ich glaube aber, dass Sie das eine oder andere ausgelassen haben, Mr. Servan.«

Servan verschränkte die Hände auf dem Tisch und schüttelte den Kopf.

»Nein, ich habe alles gesagt.«

»Ich mache Sie jetzt auf Ihre Rechte aufmerksam, Mr. Servan. Hören Sie sich gut an, was ich Ihnen vorlese.«

Bosch las Servan von dem Blatt Papier auf dem Tisch

seine Rechte vor. Dann drehte er das Formular um und forderte den Pfandleiher auf, es zu unterschreiben. Er reichte ihm einen Stift. Servan zögerte und schien das Dokument langsam durchzulesen. Dann griff er nach dem Stift und unterzeichnete es. In dem Moment, in dem sich die Spitze des Stifts vom Papier löste, stellte Bosch die erste Frage.

»Was haben Sie mit den Picks des Einbrechers gemacht, Mr. Servan?«

Eine Weile presste Servan die Lippen fest aufeinander, dann schüttelte er den Kopf.

»Das verstehe ich nicht.«

»Das tun Sie sehr wohl, Mr. Servan. Wo sind die Picks?«

Servan sah ihn nur an.

»Na schön«, sagte Bosch. »Dann versuchen wir's damit. Erzählen Sie mir, wie Sie die Vitrine ans Stromnetz angeschlossen haben.«

Servan senkte einmal den Kopf.

»Ich habe jetzt Anwalt«, sagte er. »Bitte, ich habe jetzt Anwalt.«


Bosch stoppte vor dem Seniorenheim Splendid Age und stieg mit dem Saxophon und dem Ständer aus. Aus einem offenen Fenster kam Weihnachtsmusik. Elvis Presley, der »Blue Christmas« sang.

Er dachte an Nikolai Servan, der den Heiligabend und den Weihnachtstag in einer Zelle des Parker Center verbringen würde. Es war wahrscheinlich die einzige Zeit, die er in Haft verbringen würde.

Die Staatsanwaltschaft würde erst nach den Feiertagen entscheiden, ob sie Anklage gegen ihn erheben oder ihn freilassen würde. Und Bosch wusste, dass Letzteres das

Wahrscheinlichste war. Den Pfandleiher rechtlich zu belangen, war mit einigen Problemen verbunden. Servan hatte sich einen Anwalt genommen und aufgehört zu reden. Bei der nachmittagslangen Durchsuchung seiner Wohnung, seines Autos, des Leihhauses und der Mülltonnen im Hinterhof waren weder Monty Kelmans Picks noch irgendwelche Hinweise gefunden worden, wie die Vitrine so an das Stromnetz angeschlossen worden war, dass der Einbrecher einen tödlichen Stromschlag erhalten hatte. Selbst die Todesursache wäre in einem Gerichtsverfahren schwer nachzuweisen. Kelmans Herz hatte zu schlagen aufgehört. Vermutlich hatte ein Stromschlag ein Kammerflimmern ausgelöst, aber ein Strafverteidiger konnte vor Gericht mühelos und höchstwahrscheinlich mit Erfolg geltend machen, dass die Verbrennungen an der Hand des Opfers keine eindeutigen Schlüsse zuließen und möglicherweise nicht einmal etwas mit der Todesursache zu tun hatten.

Und alle diese Erschwernisse waren noch harmlos im Vergleich zu dem Hauptproblem – das Opfer war ein Einbrecher, der beim Begehen einer Straftat den Tod gefunden hatte. Er war wiederholte Male in das Leihhaus des Angeklagten eingebrochen. Würde es die Geschworenen überhaupt interessieren, dass ihm Nikolai Servan eine tödliche Falle gestellt hatte? Eher nicht, erklärte der Staatsanwalt Bosch und Edgar.

Bosch hatte vor, am nächsten Morgen noch einmal zum Leihhaus zu fahren. Für ihn zählte entweder jeder, oder es zählte keiner. Das galt auch für Einbrecher. Er würde so lange suchen, bis er die Picks oder den Draht fand, mit dem Servan Monty Kelman umgebracht hatte.

Als er sich dem Eingang des Seniorenheims näherte, stellte er fest, dass diesem entgegen seinem Namen nichts

Großartiges anhaftete. Es sah aus wie eine Endstation für Rentner und Menschen, die nicht damit gerechnet hatten, so lange zu leben, wie sie es taten. Wie Quentin McKinzie zum Beispiel. Wenige Jazzer und Drogenkonsumenten wurden alt. Wahrscheinlich hatte Sugar Ray McK nicht erwartet, so lange durchzuhalten. Dem zufolge, was Bosch im Internet über ihn herausgefunden hatte, war er zweiundsiebzig Jahre alt.

Bosch ging zum Empfang. Es roch wie in den meisten kostengünstigen Altersheimen, in denen er gewesen war: nach Urin und Verfall, nach begrabenen Hoffnungen und Träumen. Er erkundigte sich nach Quentin McKinzies Zimmer. Die Frau hinter dem Schalter beäugte argwöhnisch das Saxophon unter Boschs Arm.

»Haben Sie einen Termin?«, fragte sie. »Abendbesuche sind nur nach vorheriger Anmeldung möglich.«

»Ist das, damit Sie noch genügend Zeit haben, das Zimmer sauber zu machen, wenn die Kinder ihren alten Vater besuchen kommen?«

»Wie bitte?«

»Ich brauche keinen Termin. Wo ist Mr. McKinzie?«

Er hielt, dreißig Zentimeter von ihrem Gesicht entfernt, seine Dienstmarke hoch. Sie schaute darauf – länger, als nötig war, um sie zu lesen –, dann räusperte sie sich.

»Er ist in Hundertsieben. Den Flur runter links. Wahrscheinlich schläft er schon.«

Bosch nickte zum Dank und ging den Flur hinunter.

Die Tür von Zimmer hundertsieben stand einen Spaltbreit offen. Im Zimmer brannte Licht, und Bosch hörte Stimmen aus einem Fernseher. Er klopfte leise, aber es kam keine Reaktion. Daraufhin schob er langsam die Tür auf und streckte den Kopf ins Zimmer. In einem Sessel neben dem Bett saß ein alter Mann. Hoch oben an der Wand ihm gegenüber hing ein Fernseher, der monoton vor sich hin brabbelte. Die Augen des alten Manns waren geschlossen. Er wirkte ausgemergelt und kraftlos, und sein Körper nahm nur die Hälfte des Sessels ein. Seine schwarze Haut sah grau und puderig aus. Trotz des schmalen Gesichts und der schlaffen Haut unter seinem Kinn erkannte ihn Bosch. Es war Sugar Ray McK.

Bosch betrat das Zimmer und ging um das Bett herum. Der alte Mann rührte sich nicht. Bosch blieb kurz stehen und überlegte, was er tun sollte. Er beschloss, den Mann nicht zu wecken. Er stellte den Saxophonständer in die Ecke und platzierte das Saxophon darauf. Dann richtete er sich auf, sah den schlafenden Jazzer an und nickte ihm in unbemerkter Anerkennung zu. Bevor er das Zimmer verließ, fasste er zum Fernseher hoch und schaltete ihn aus.

An der Tür hielt ihn eine raue Stimme zurück.

»He!«

Bosch drehte sich um. Sugar Ray war wach und sah ihn aus triefenden Augen an.

»Sie haben die Glotze ausgeschaltet.«

»Entschuldigung. Ich dachte, Sie schlafen.«

Bosch machte kehrt und fasste zum Fernseher hoch, um ihn wieder einzuschalten.

»Wer sind Sie, junger Mann? Sie arbeiten hier nicht.«

Bosch wandte sich dem alten Mann zu.

»Ich bin Harry. Harry Bosch. Ich bin hier …«

Sugar Ray bemerkte das Saxophon in der Ecke.

»Das ist ja mein Sax.«

Bosch nahm das Saxophon und reichte es ihm.

»Ich habe es gefunden. Und weil Ihr Name drinstand, wollte ich es Ihnen zurückbringen.«

Der alte Mann hielt das Instrument, als wäre es so kostbar wie ein Neugeborenes. Er wendete es langsam in seinen Händen, als untersuchte er es nach Beschädigungen. Vielleicht wollte er es aber nur ansehen, wie man einen geliebten Menschen ansieht, den man lange nicht getroffen hat. Boschs Brustkorb schnürte sich zusammen, als der alte Jazzer das Instrument an die Lippen hob und das Mundstück zwischen seine Zähne schob. Sein Brustkorb hob sich, als er Atem holte.

Doch als er zu spielen beginnen wollte, entwich der Luftstrom durch den schwachen Verschluss, den seine Lippen um das Mundstück bildeten. Sugar Ray schloss die Augen und versuchte es noch einmal. Aus seinem Instrument tönte dasselbe Ergebnis. Er war zu alt und schwach. Die Lunge versagte ihm den Dienst. Er konnte nicht mehr spielen.

»Das macht nichts«, sagte Bosch. »Sie brauchen nicht zu spielen. Ich fand nur, es sollte wieder bei Ihnen sein, mehr nicht.«

Sugar Ray legte das Saxophon in seinen Schoß, als wollte er es beschützen. Er schaute zu Bosch hoch.

»Woher haben Sie das, Harry Bosch?«

»Von jemandem, der es aus einem Leihhaus gestohlen hat.«

Sugar Ray nickte, als würde er die Geschichte kennen.

»Wurde es Ihnen auch gestohlen?«, fragte Bosch.

»Nein. Ich habe es verpfänden lassen. Einer der Hausmeister hat es für mich weggebracht, weil ich Geld für eine Glotze gebraucht habe. Ich hatte keine Lust mehr, mit den anderen im Aufenthaltsraum zu sitzen. Lauter Selbstmorde, die bloß noch darauf warten, dass es passiert. Deshalb wollte ich eine eigene Glotze.«

Er schüttelte den Kopf. Sein Blick wanderte zu dem Fernseher, der über Boschs Schulter an der Wand hing.

»Stellen Sie sich das mal vor: dafür die Liebe seines Lebens einzutauschen.«

Bosch schaute zum Fernseher hinauf, wo gerade eine Werbesendung lief, in der sich ein Weihnachtsmann nach einer langen Nacht des Geschenkeverteilens und Gute-Laune-Verströmens ein kaltes Bier genehmigte. Bosch wandte sich wieder Sugar Ray zu. Er wusste nicht, ob er sich wegen seiner Aktion gut oder schlecht fühlen sollte. Er hatte einem Musiker, der nicht mehr spielen konnte, sein Instrument zurückgebracht.

Doch kaum begannen diese Zweifel in ihm aufzusteigen, da sah er, wie Sugar Ray das Saxophon an sich zog und fest umschlungen hielt, als wäre es das Einzige, was er auf der Welt noch hatte. Der alte Jazzer richtete den Blick auf seinen Besucher, und jetzt sah Bosch in seinen Augen, dass er das Richtige getan hatte.

»Frohe Weihnachten, Sugar Ray.«

Sugar Ray nickte und senkte den Blick. Bosch merkte, es wurde Zeit, den alten Mann allein zu lassen. Er streckte die Hand aus und drückte kurz seine Schulter.

»Warum?«, fragte Sugar Ray.

»Warum was?«

»Warum haben Sie das für mich getan? Wollten Sie Weihnachtsmann spielen oder was?«

Bosch lächelte und kauerte neben dem Sessel nieder. Er schaute hoch, dem alten Mann in die Augen.

»Ich glaube, ich war Ihnen einfach noch was schuldig.«

Sugar Ray McK sah ihn nur abwartend an.

»Im Dezember 1969 war ich auf einem Lazarettschiff im Südchinesischen Meer.«

Bosch fasste an seine linke Seite, direkt über der Hüfte.

»Ich hatte vier Tage zuvor eine Bambusspitze in den Bauch bekommen. Wahrscheinlich können Sie sich nicht mehr daran erinnern, aber …«

»Das war auf der USS Sanctuary. Vor Da Nang. Klar erinnere ich mich noch daran. Sie waren einer der Jungs in den blauen Bademänteln, stimmt's?«

Sugar Ray lächelte. Bosch nickte und fuhr fort:

»Ich erinnere mich noch, wie die Durchsage kam, dass der Auftritt abgesagt werden müsste, weil der Wellengang zu stark und der Nebel zu dicht war. Die fetten Hueys mit der ganzen Anlage konnten nicht landen. Wir haben alle auf Deck gewartet. Wir haben die Hubschrauber schon durch den Nebel anfliegen sehen, und dann sind sie einfach wieder umgedreht und zurückgeflogen.«

Sugar Ray hob einen Finger.

»Sie wissen schon, dass es Bob Hope war, der unserem Piloten gesagt hat, er soll verdammt noch mal wieder umkehren und auf diesem Schiff landen?«

Bosch nickte. Er hatte gehört, dass es Hope gewesen war. Ein Hubschrauber hatte wieder umgedreht und war auf der Sanctuary gelandet. Der kleine. Der mit den ganzen Stars an Bord.

»Ich weiß noch, es waren Bob Hope, Connie Stevens, Sie und dieses wunderschöne schwarze Mädchen aus dieser Fernsehsendung.«

»Teresa Graves. Von *Laugh-In*.«

»Was Sie noch alles wissen.«

»Nur weil ich alt bin, heißt das noch lange nicht, dass ich mich an nichts mehr erinnern kann. Der erste Mensch auf dem Mond war auch dabei.«

Bosch grinste. Sugar Ray ergänzte die Details, die er vergessen hatte.

»Stimmt, Neil Armstrong auch. Aber der Rest der Band – die Playboy All Stars –, sie waren in einem der anderen Hubschrauber, und der ist nach Da Nang zurückgeflogen. Sie waren der einzige Musiker, und Sie hatten Ihr Sax dabei. Sie haben für uns gespielt. Solo.«

Bosch schaute auf das Instrument in den grauen Händen des alten Manns. Er erinnerte sich so deutlich an den Tag auf der Sanctuary, wie er sich an sonst kaum einen Moment seines Lebens erinnern konnte.

»Sie haben ›The Sweet Spot‹ gespielt und ›Auld Lang Syne.‹«

»Und den ›Tennessee Waltz‹. Auf Wunsch eines jungen Manns in der ersten Reihe. Er hatte beide Beine verloren, und er hat mich gebeten, den Walzer zu spielen.«

Bosch nickte ernst.

»Bob Hope hat Witze erzählt, und Connie Stevens hat ›Promises, Promises‹ gesungen. A cappella. In nicht mal einer Stunde war alles vorbei, und der Hubschrauber ist wieder gestartet. Ich kann es zwar nicht erklären, aber es hat etwas bedeutet. Irgendwie hat es in einer chaotischen Welt etwas geradegerückt. Ich war damals neunzehn, und ich hatte keine Ahnung, wie und warum ich in das alles reingeraten bin. Jedenfalls, ich habe seitdem viel Saxophonmusik gehört, aber bessere habe ich nirgendwo mehr gehört.«

Bosch nickte und stand auf. Sein Knie knackte laut. Er fürchtete, es würde nicht mehr allzu lang dauern, bis auch er an so einem Ort landete. Wenn er Glück hatte.

»Das ist wahrscheinlich, was ich Ihnen sagen wollte«, sagte er.

»Sie waren in Vietnam in diesen unterirdischen Gängen, wie? Davon habe ich mal gehört.«

Bosch nickte.

»Jemanden wie Sie hätten sie auch bei bin Laden brauchen können.«

Er deutete auf den Fernseher, als ob der Terrorist dort wäre.

Bosch schüttelte den Kopf.

»Nein, das ist was völlig anderes. Damals haben sie dir eine Taschenlampe und eine Fünfundvierziger in die Hand gedrückt, auf die Schulter geklopft und dich in ein Loch im Boden gelassen. Aber heutzutage gibt es Bewegungsmelder, Geräusch- und Hitzesensoren, Infrarot … Das lässt sich nicht miteinander vergleichen.«

»Schon möglich. Aber ein Jäger bleibt ein Jäger.«

Bosch sah den alten Mann eine Weile an, bevor er sagte:

»Alles Gute, Sugar Ray.«

Er ging zur Tür, aber Sugar Ray hielt ihn noch einmal zurück.

»Nicht so schnell, Weihnachtsmann.«

Bosch drehte sich um.

»Sie kommen mir vor wie jemand, der niemanden hat«, sagte Sugar Ray. »Habe ich recht?«

Bosch nickte ohne Zögern.

»Meistens nicht.«

»Haben Sie fürs Weihnachtsessen schon was vor?«

Bosch zögerte. Schließlich schüttelte er den Kopf.

»Bisher nicht.«

»Dann kommen Sie doch morgen um drei noch mal vorbei. Wir essen alle zusammen, und ich darf einen Gast mitbringen. Ich trage Sie ein.«

Bosch zögerte. Er war in der Vergangenheit an Weihnachten so oft allein gewesen, dass er glaubte, es könnte zu spät sein: dass er es nicht ertragen könnte, an diesem Tag jemanden um sich zu haben.

»Keine Angst«, sagte Sugar Ray. »Solange Sie noch Zähne haben, jagen sie Ihnen den Truthahn nicht durch den Mixer.«

Bosch grinste.

»Wenn das so ist, Sugar Ray, komme ich.«

»Dann bis morgen.«

Bosch ging den vergilbten Korridor hinunter und in die Nacht hinaus. Als er zu seinem Auto kam, hörte er immer noch Weihnachtsmusik aus einem offenen Fenster schallen. Es war eine Instrumentalnummer, langsam und behäbig, auf einem Saxophon gespielt. Er blieb stehen, und er brauchte eine Weile, bis er »I'll Be Home for Christmas« erkannte. Er stand auf dem Gehweg und hörte zu, bis das Lied zu Ende war.

# Kaspar Wolfensberger

## *Gommer Weihnachten*
### *»Goggovää«*

Kauz saß in seinem Speicher am Holztisch, die Kaffeetasse vor sich, und schaute aus dem Küchenfenster.

Es schneite und schneite.

»Freu dich, Max«, sagte er. »Es gibt weiße Weihnachten.«

Max hob den Kopf und schaute ihn an.

»Aber dieses Jahr ohne Tote, ja?«, meinte Kauz weiter.

Max grunzte.

»Überhaupt keine Arbeit, einverstanden?«

Max gähnte.

»Außer Schneeschaufeln. Und kochen natürlich.«

Max reckte und streckte sich.

»Komm!«, sagte Kauz und stand auf.

Max bemühte sich schon mal zur Tür. Dort hockte er sich hin und sah hechelnd an Kauz hoch. Der schlüpfte in seine dicke Jacke, stieg in die Stiefel, zog die Wollmütze über die Ohren und griff nach den Handschuhen.

»Schau dir das an, Max«, sagte er, als die Tür offen stand.

Es hatte die ganze Nacht geschneit. Bevor er am Vorabend schlafen gegangen war, hatte er den gut einen halben Meter hohen Neuschnee vor der Speichertür weggeschaufelt. Heute am frühen Morgen, nachdem er den Ofen eingeheizt hatte, gleich noch einmal so viel. Jetzt, nach dem Frühstück, lag der Schnee bereits wieder kniehoch vor der Tür. Alles in allem waren seit dem Vortag bestimmt eineinhalb Meter Schnee gefallen.

Max zögerte, dann wagte er sich mit eingezogenem Schwanz hinaus. Kauz ging hinter ihm her, packte die Schaufel und begann, den Weg bis zur Langen Gasse ein drittes Mal freizuschippen.

Max tollte nicht mehr so ungestüm wie früher durch den tiefen Schnee, aber er steckte seine Nase in das luftig weiche Weiß und zog so mit der Schnauze eine Furche in die Pulverschneedecke.

Kauz legte eine Verschnaufpause ein und sah sich um.

Frischer Schnee türmte sich auf der Schicht, die schon auf den umliegenden Dächern lag. Meterhoch. Dicke weiße Hauben lagen auf Wegweisern und Zaunpfählen. Die Übergänge zwischen Gärten, Straßen, Wegen und freiem Feld begannen zu verschwimmen. Die Konturen der Holzhäuser, Ställe und Stadel wurden weicher. In kleinsten Flocken sank der Schnee ununterbrochen vom Himmel. Das ganze Dorf lag hinter einem dichten weißen Vorhang.

Gommer Winter!, dachte Kauz. Wie ich ihn liebe!

Ein Wermutstropfen mischte sich in die Freude: Was, wenn die Lawinengefahr stieg und Straßen und Schienen gesperrt würden? Es wäre ja nicht das erste Mal. Dann würde ihn Xaver einmal mehr nicht besuchen können. Sein Sohn hatte sich für den Heiligen Abend angekündigt, zusammen mit der zweijährigen Seraina. Kauz freute sich darauf, die beiden endlich wieder mal zu sehen.

Im Schneegestöber kam ihm eine vermummte Gestalt entgegen.

»*Güetä Tag*«, sagte Kauz, denn im Goms grüßte man auch Unbekannte. »Und frohe Weihnachten!«

»*Eww ö*«, tönte es zurück. Euch auch, hieß das. Im Goms

sagte kaum jemand »Ihnen« oder »Sie«, hier *ihrzte* man sich. *»Hibsch, där Schnee, oder nit? Entli.«*

»Ja, endlich«, bestätigte Kauz, denn noch vor wenigen Tagen war das Goms eine braungraue, unansehnliche Landschaft gewesen. Alle hatten auf Schnee gehofft. »Jetzt gibt's halt ein bisschen Arbeit.«

»So ist es«, meinte die Gestalt und stapfte weiter.

Kauz nahm das Schaufeln wieder auf. Als der Fußweg von der Tür bis zur Langen Gasse frei war, ging er zu seinem Speicher zurück und stellte die Schaufel an die Hauswand. Er warf Max, der sich neben ihn hockte, eine Handvoll Schnee ins Gesicht. Und gleich noch eine. Das erste Mal schnappte sein schwarzer Collie-Mischling nach dem Schnee, beim zweiten Mal schüttelte er sich heftig. Genau das hatte Kauz beabsichtigt. Es hatte einiges gebraucht, bis Max kapierte, dass er sich draußen vor der Tür und nicht drinnen schütteln sollte. Erst dann ließ Kauz ihn hinein. Max ging stracks zum Futternapf, aber den hatte er schon leer gefressen. Verdrossen lappte er kurz im Wassernapf und legte sich dann mit einem tiefen Seufzer in seinen Korb.

Kauz räumte das Frühstücksgeschirr weg, dann setzte er sich in seinen Sessel, scrollte auf seinem Smartphone diverse Playlists durch und drehte seine kleinen, aber feinen Lautsprecher auf. An jedem anderen Tag hätte er Blues oder Jazz gehört, aber heute suchte er Weihnachtsmusik. »Stille Nacht« und »Es ist ein Ros' entsprungen« waren die einzigen deutschen Weihnachtslieder, die er gern hörte. Aber das war Abendmusik. »Ihr Kinderlein kommet« und »O Tannenbaum« mit seinem läppischen Marschrhythmus konnte er nicht ausstehen. Englische *Christmas Carols* hingegen gefielen ihm fast durchs Band weg, und zwar auch tagsüber. Die ließ er jetzt zur Einstimmung auf die Weihnachtstage erklingen.

Ist alles da, was es für den Coq au Vin braucht?, fragte er sich. Die zwei zerteilten Hähnchen hatte er schon am Vorabend samt Knoblauchzehe, Zwiebel, Lorbeerblatt und Kräutersträußchen in einen guten Burgunder eingelegt. Xaver hatte einen gesunden Appetit, für ihn rechnete Kauz die doppelte Menge. Nun ging er zur Sicherheit die Liste der Zutaten nochmals durch.

Speck, Pilze und Schalotten brauche ich noch, stellte er fest und schaute auf die Uhr: halb zehn. Er räumte den Speicher fertig auf, dann machte er sich für einen Gang ins Dorf bereit.

Er trat vor seinen dreihundertjährigen ausgebauten Speicher, der außerhalb des Dorfkerns von Münster am Rand eines Feldes lag. Eine Außentreppe gleich neben der Tür führte in den Oberbau hinauf. Oben hatte er bei schönem Wetter aus seiner ungeheizten Schlafkammer freie Sicht auf die Feldkapelle und auf das Weißhorn. Der Oberbau, der eigentliche Speicher, ruhte auf hölzernen Beinen auf dem Unterbau des kleinen Gebäudes. Die Stadelbeine ihrerseits standen auf großen Steinplatten. Zwischen Ober- und Unterbau klaffte, wie bei jedem typischen Walliser Speicher, eine Lücke, durch welche man bei schönem Wetter von der Straße aus in die Ferne sah. Der Unterbau des Speichers bestand aus einem einzigen Raum: die Wohnküche mit einem Tisch, einer Eckbank und zwei Stühlen, einem Schüttstein und einem Stahlholzofen mit Kochstelle und Backfach, das sich natürlich auch zum Schmoren eignete. Dieser Kaminofen, den er vor einigen Jahren angeschafft hatte, zwei zusammenklappbare Sessel und seine kleinen, aber feinen Lautsprecher waren sein ganzer Stolz und trugen dazu bei, dass er sich in seinem Reich so wohlfühlte.

Kauz hatte den Speicher vor Jahren im Nachgang eines Mordfalls erwerben können. Von den Erben seines Freundes, der damals ums Leben gekommen war. Er, Kauz, hatte dafür gesorgt, dass der Mord aufgeklärt wurde. Seit er pensioniert war, lebte er im Sommer wie im Winter je drei Monate im Goms, oft auch noch ein paar Wochen im Herbst. Nur der Gommer Frühling reizte ihn nicht besonders. Aber der lag ja jetzt in weiter Ferne.

»*Güetä Tag*«, sagte Kauz wieder, wenn er auf der Langen Gasse einen Fußgänger kreuzte oder an einem vorbeiging, der sich mit Schneeschaufeln abrackerte. Das *Grüezi*, mit dem sich jeder *Üsserschwiizer* im Wallis als Fremder verriet, hatte er sich abgewöhnt. Dennoch sah niemand einen Einheimischen in ihm. Obschon er sogar einen Gommer Familiennamen trug.

Als Alois Walpen war er zur Welt gekommen, Sohn eines in die *Üsserschwiiz* abgewanderten Gommers und einer Zürcherin, noch dazu einer Protestantin. Diesen »Fehler« hatte man dem Vater lebenslang übel genommen und ein paar alte Gommer hielten sie hinter vorgehaltener Hand auch ihm, dem Sohn, der mittlerweile selber schon Großvater war, noch vor.

»*Güetä Tag*« oder »*Salü*« tönte es jedes Mal zurück.

Jeder einzelne, dem er begegnete, zeigte seine Freude über den ergiebigen Schneefall. Da und dort hantierten Hausbesitzer mit lärmigen Schneeschleudern. Auf der Furkastraße hörte man Räumungsfahrzeuge vorüberdonnern. Aber die Straßen und Wege im Dorf waren noch nicht geräumt.

Kauz beschloss, mit Max einen Rundgang zu machen und erst auf dem Rückweg im Dorfladen einzukaufen. Er sank knietief ein, es war ein Gehen wie auf Watte. Das hatte er schon als Kind geliebt, wenn er im Goms die Winterferien verbringen durfte. Als dann aber die große Lawine über dem Dorf niederging, es gab Dutzende Todesopfer, war es mit Winterferien im Goms vorbei. Im Goms hole man sich den Tod, hatte Mutter gesagt und ihm verboten, je wieder bei den Großeltern in Reckingen oder bei Onkel und Tante in Ernen Ferien zu machen. Erst Jahrzehnte später verlor dieser Bann seine Kraft und er traute sich wieder ins Goms.

Ein bisschen unheimlich war es schon, Münster so im Schnee versinken zu sehen. In erster Linie aber empfand Kauz das gedämpfte Licht, die Stille, das Weiß und die Kälte als richtig weihnachtlich. Ein Mann trug ein Christbäumchen nach Hause. Reichlich spät, dachte Kauz, denn die meisten Familien hatten ihren Baum längst an einem kühlen Platz im Haus aufgestellt und holten ihn jetzt in die warme Stube, um ihn zu schmücken. Er selber verzichtete auf einen Weihnachtsbaum. Aber er freute sich darauf, heute Abend mit Xaver und der Kleinen bei Kerzenlicht beisammen zu sitzen und nach draußen zu schauen.

Heftiger Wind kam auf. *Äs guggsät*, sagte man im Goms, wenn es schneite und gleichzeitig stürmte. Er war am anderen Dorfrand angekommen und wollte gerade umkehren.

»*Mischt!*«, hörte er da eine kräftige Männerstimme rufen. »*Schiissdräck, hüerä värdammtä!*«

Kauz blieb stehen und schaute um sich. Er sah im Schneegestöber aber niemanden, der diese nicht gerade weihnachtlichen Rufe ausstieß.

»Jetzt hab dich doch nicht so!«, keifte eine Frauenstimme zurück. »Mach endlich vorwärts!«

»*Häb d Schnurä!*«

»*Hü!* Ich warte nicht ewig!«

»*Tumms hüärä Rääff!* Noch ein Wort, und …«, gab die Männerstimme zurück, der Rest war wegen des Winds nur noch teilweise verständlich. »… den Kopf abschlagen!« Ein Krachen war zu hören. Dann Lärm, als ob einer sein Werkzeug in eine Ecke geworfen hätte. »*Schiissdräck!*«

»O Gott!«, rief die Frau. »Schau, *där Güggäl*, jetzt ist er …«, den Rest verstand er nicht. »*Bisch düü än Pfiiffä!*«

»*Häb d Schnurä! Verdammtä Schiissdräck!*«

»*Ggalööri!* Du bringst aber auch gar nichts zustande!«

Worum es ging, erriet Kauz nicht. Ein Windstoß pfiff ihm um die Ohren, er hörte nur noch Bruchstücke der Tirade: »… *gschtupfti Hennä* …«, schrie der Mann, »… *verrekkä!*«

Ein höhnisches Gelächter war die Antwort der Frau.

»Selbst schuld«, hörte er, dann verstummten die Stimmen.

Kauz stand nahe bei einem Bauernhof. Er kannte den Hof. Und er erkannte die Männerstimme. Nur sehen konnte er niemanden, die Stimmen kamen von irgendwoher, von neben oder hinter dem Haus.

Fritz, *där Güggäl*, dachte Kauz. Wer denn sonst?

Er hatte keine Lust auf eine Begegnung mit diesem Rüpel und ging weiter. Doch die Erinnerung an jene Szene vor drei Jahren war wieder da.

Alain Gsponer, der Kriminalinspektor aus Brig, war zu ihm nach Münster gekommen. Gemeinsam hatten sie an Weihnachten in einer schrecklichen Mordserie ermittelt. Kauz hatte Gsponer am Bahnhof abgeholt. Auf dem Weg ins Dorf war ihnen ein Traktor mit vorgespanntem Schneepflug entgegengekommen. Am Steuer saß Fritz Pfefferle. Der cholerische Landwirt war für seine Wutausbrüche und für seinen hochroten Kopf bekannt. Er trug deshalb den Spitznamen *där Güggäl*, der Gockel. Pfefferle schickte sich an, an ihnen vorbeizumanövrieren. Sie winkten ihm zu. Er hielt brüsk an und öffnete das klapprige Seitenfenster der Kabine.

»Alles klar?«, fragte Kauz.

»*Ä Schiissdräck* alles klar!«, raunzte der Güggäl.

»Wieso, was ist?«, erkundigte sich Kauz.

»Siehst du doch!«, schrie der Güggäl und fuchtelte mit dem Arm zum Fenster hinaus gen Himmel. Daraufhin gab er seiner Besorgnis darüber Ausdruck, dass er dem vielen Schnee auf den Straßen und Wegen des Dorfs bald nicht mehr beikam, wenn es so weiterschneie. In Güggäls *Gommertiitsch* klang das so: »*Wenn de nu mee vo däm hüerä Schiissdräck ämbrichä chunnt, bringä mär der värdammt Mischt gar nimme äwäg!*«

Kauz und der Kriminalinspektor sahen sich an.

Hatten sie richtig gehört? Hatte Pfefferle die weiße Pracht, die da vom Himmel sank, wirklich als *Schiissdräck* bezeichnet?

Grimmig fügte der Güggäl an, dass wegen der stündlich steigenden Lawinengefahr Straßen und Schienen sicher bald gesperrt würden. Er schlug das Fenster zu, senkte den Pflug wieder auf die Straße und gab Gas.

»*Ab mit dem Mischt!*«, hörten sie ihn hinter der Scheibe weiter schimpfen. »*Weg mit dem Schiissdräck!*«

Das war vor genau drei Jahren gewesen. Kauz schüttelte den Kopf. Damals hatte er mit Alain über die Begegnung gelacht, doch die Tirade, die er eben zu hören bekommen hatte, fand er weniger lustig. Der Mann schien auf Schneefall regelrecht allergisch zu sein. Dass er aber mit seiner Frau wegen des Schnees, oder wegen des Schneeräumens, dermaßen in die Haare geriet, wunderte Kauz trotzdem.

Nun gut, es gab im Goms eben Familien, in denen ein eher rauer Umgangston herrschte. Vielleicht sollte man die Worte nicht auf die Goldwaage legen, dachte er.

*Gschtupfti Hennä, tumms hüerä Rääff, Pfüffä, Ggalöri* – verrücktes Huhn, elendes Reibeisen, Niete, Großmaul – waren ja nicht die allerschlimmsten Schimpfwörter, aber dass die beiden sich sogar an Weihnachten so titulierten, fand Kauz doch bedenklich. Und *Häb d Schnurä!* – Halt die Fresse! –, so etwas durfte ein Mann zu einer Frau einfach nicht sagen.


Vor dem Dorfladen blieb Kauz stehen, hieß Max unter dem Vordach warten und trat ein. Im Laden kannte man ihn. Überall in Münster, ja im ganzen Goms, kannte man ihn. Ihn, den alle nur *Kauz* nannten. Der ehemalige Polizist aus der *Üsserschwiiz*. Der mit den Eulenaugen. Er hatte vor Jahren der Walliser Polizei bei der Aufklärung von mehreren schweren Verbrechen geholfen. Dass er mit dem Postenchef von Fiesch, Ria Ritz – keinem Menschen wäre es eingefallen, sie Posten*chefin* zu nennen, am wenigsten ihr selber –, dass er also mit Ria Ritz und mit dem Kriminalinspektor Alain Gsponer aus Brig befreundet war, wussten alle.

Kauz ließ sich Speck abschneiden und Pilze und Schalotten abwägen.

»*Hedär keert?*«, fragte Erna, die Frau hinter der Theke.

Ob er es gehört – *keert* – habe, hieß das.

Erna weigerte sich standhaft, Kauz zu duzen, obschon er, als der deutlich Ältere, es ihr mehr als einmal angeboten hatte. *Ischt güet*, hatte sie jedes Mal gesagt, wenn er betonte, er sei der Kauz – *där Chüzz* für seine Gommer Freunde – und man könne sich doch duzen. Aber schon beim nächsten Mal kehrte sie jeweils zum Ihr oder gar zum Sie zurück. Ob aus Schüchternheit, übertriebenem Respekt oder Ablehnung, das hatte Kauz noch nicht herausgefunden. Er siezte sie also auch, nannte sie aber Erna, so wie alle ihre Kunden.

»*Waas keert?*«, fragte er zurück.

»Vom Lawinenniedergang bei Ulrichen. *D Schtraass ischt züä*«, antwortete Erna. Da sei kein Durchkommen mehr. Von Oberwald her sei das Goms auf der Straße nicht mehr erreichbar. Nur noch von Fiesch her.

Das ging ja schneller als erwartet, dachte Kauz.

»Und die Schienen?«

Die seien noch offen, die Matterhorn-Gotthardbahn verkehre nach Fahrplan. Kauz atmete auf. Aber man wisse ja, wie rasch sich das ändern könne, fuhr Erna fort. Stimmt, dachte Kauz, vielleicht wird doch wieder nichts aus Xavers Besuch.

»Wer ist hier im Dorf eigentlich für die Schneeräumung zuständig?«, fragte er.

»Der Pfefferle Fritz, wie jedes Jahr.«

»*Där Güggäl?*«

»Ja, der. Wieso?«

»Weil die Straßen noch nicht geräumt sind. Und weil ich ihn habe schimpfen hören. Und wie!«

»Der schimpft doch immer, besonders wenn es ans Schneeräumen geht.«

»Er schimpfte aber mit seiner Frau. Oder sie mit ihm.«

»*Nëi, nëi*«, meinte Erna. »Das war nicht seine Frau. Die wohnt nämlich nicht mehr hier. Sie ist ihm im Herbst davongelaufen.«

»Wusste ich nicht. Mit wem hat er sich dann gestritten?«

»Mit seiner Mutter. Die lebt jetzt wieder auf seinem Hof.

Er hat sie aus dem Altersheim zurückgeholt, dabei ist sie doch schon über achtzig. Aber ohne ihre Hilfe wäre er aufgeschmissen.«

»Was?!«, rief Kauz. »Der Güggäl holt seine alte Mutter aus dem Altersheim auf den Hof zurück, weil er dringend auf ihre Hilfe angewiesen ist?«

»Ja, genau.«

»Und dann beschimpft er sie derart unflätig!«

»Sie ist eben auch nicht besser. Sie war schon immer ein *Rääff*. Die streiten sich die ganze Zeit. Das war auch früher so.«

»Wegen des Schnees?«

»Wegen allem. Die sind nichts anderes gewohnt. Sie können gar nicht normal miteinander reden.«

Fritz, *där Güggäl*, selber nicht mehr der Jüngste, beschimpft seine noch ältere Mutter, die ihm doch aus der Patsche helfen soll!, dachte Kauz. Und das an Weihnachten. Unsäglich!

Er ließ sich noch ein paar weitere Kleinigkeiten geben, dann packte er seine Einkäufe in die mitgebrachte Tragtasche und verließ den Laden. Er hieß Max voraustrotten und stapfte hinter ihm her. Auf Max war Verlass, wenn man die Wege, wie gerade jetzt, kaum mehr erkannte.

Wieder im Speicher stellte er die Schüssel mit den zerteilten und in Burgunder eingelegten Hähnchen auf den Küchentisch, legte Speck, Zwiebel und Pilze bereit und karamellisierte schon mal die Schalotten. Bald war alles so weit vorbereitet, dass er die Hähnchen hätte anbraten und den Coq au Vin in den Ofen schieben können. Aber dafür war es noch zu früh. Er wärmte einstweilen bloß den gusseisernen Bräter vor.

Dann machte er sich einen würzigen Tee, tat Zucker und einen Schuss Milch hinein und rührte um. Er fläzte sich in seinen Sessel, stellte die dampfende Tasse neben sich auf den Holzboden und drehte die kleinen, aber feinen Lautsprecher auf.

»*O come, all ye faithful* …«, klang es aus der Stubenecke.

Eine Push-Nachricht riss ihn aus der weihnachtlichen Stimmung: *Schienenverkehr Andermatt–Oberwald wegen Lawinengefahr eingestellt.* Xaver reist immer über Andermatt an, dachte Kauz und schickte ihm sofort eine Nachricht: *Goms nur noch via Lötschberg-Brig-Fiesch erreichbar.*

*Wir machen uns auf den Weg,* war Xavers Antwort.

Erneut wurden ungute Erinnerungen an jenen Höllenwinter vor drei Jahren in Kauz wach. Nur dank Max war er damals mit dem Leben davongekommen. Als habe der Hund seine Gedanken erraten, hockte Max sich vor ihn hin und schaute ihn treuherzig an. Kauz tätschelte seinen Kopf, dann kraulte er dort, wo der weiße Fleck auf dem schwarzen Fell leuchtete, seine Brust.

Immer wieder musste er an den Güggäl und dessen Mutter denken. Wie würden die zwei wohl den Heiligen Abend verbringen? Im Streit, keifend und fluchend? Irgendwie taten sie ihm leid.

Kurz nach Mittag kam die nächste Push-Nachricht: *Straße Binn–Imfeld wegen Lawinengefahr gesperrt.* Das betraf Münster zwar nicht, bedeutete aber, dass nun im ganzen Goms erhöhte Lawinengefahr bestand.

Hoffentlich kommt Xaver noch rechtzeitig an, dachte Kauz.

Er beschloss, mit Max trotz Wind und Schneefall einen

längeren Ausmarsch zu machen, damit der Hund abends richtig müde wäre und Ruhe gäbe. Diesmal ging er in Richtung Rotten. So hieß hier die junge Rhone. Er marschierte durch das Schneegestöber bis zur *Briggä*, zur Brücke also, dorthin, wo vor drei Jahren die erste von drei Toten gelegen hatte. Damals, im Höllenwinter.

Auf dem Rückweg, er war noch ein-, zweihundert Meter von den Gleisen entfernt, näherte sich von rechts – dort, wo im Sommer ein Feldweg einmündete – im tiefen Schnee ein Traktor. Er hatte eine Ladeschaufel montiert.

Nun, dachte Kauz, manchmal benützten die Bauern eben eine Ladeschaufel statt eines Pflugs, um den Schnee wegzuräumen. Die Scheinwerfer des Traktors brannten nicht, obschon das bei dem dichten Schneefall angebracht gewesen wäre. Kauz riss Max beiseite, denn der Fahrer des Traktors machte keine Anstalten, seine Fahrt zu verlangsamen. Im Gegenteil, er gab Gas. Vielleicht hatte der Lenker ihn im Schneegestöber gar nicht bemerkt. Kauz konnte nicht erkennen, wer am Steuer saß. Was er aber sah, war, dass sich in der Ladeschaufel kein Schnee befand, sondern ein eingepacktes ballenförmiges Ding. Das Ding hatte die Größe jenes toten Kalbs, das ein Bauer im Sommer in der Ladeschaufel seines Traktors von der Weide gekarrt hatte. Sicher war sich Kauz nicht, aber ihm war, er habe einen Kopf aus der Decke ragen sehen. Den Kopf eines Kalbs? Oder den eines Schafs?

Brachte der Mann – wer immer es war – am Heiligen Abend ein verendetes Stück Vieh zur Kadaversammelstelle? Aber die befand sich doch im Nachbardorf. Fuhr einer trotz Lawinengefahr dorthin? Was für ein Leichtsinn!

Schon war der Traktor vorbei und verschwand hinter dem Vorhang aus Schneeflocken. Nur die Spuren von dessen riesigen Reifen waren noch zu sehen. Bald würden sie unter dem Neuschnee verschwinden.

Zurück im Speicher arrangierte Kauz zum Klang der *Christmas Carols* seine schlichte Weihnachtsdekoration: Tannenzweige, eine große Bienenwachskerze, eine gläserne, eine silberne und eine goldene Kugel und einen hölzernen, bunt bemalten Engel, den er auf dem Wohltätigkeitsbasar zugunsten einer peruanischen Schule erstanden hatte.

Nun war es Zeit, das Hähnchen anzubraten. Für ihn war das Routine. Zum Glück, denn er war nur halb bei der Sache. In Gedanken war er mal bei Xaver und der kleinen Seraina, mal beim Güggäl und dessen Mutter.

Er schickte sich eben an, den gut gefüllten Bräter zum Schmoren ins Backfach zu schieben, da hob Max den Kopf und knurrte. Einen Augenblick später polterte es an der Speichertür.

Kauz beschlich ein mulmiges Gefühl. Erinnerungen an jenen Höllenwinter stiegen auf.

Er ging zur Tür und öffnete.

Erna, die Frau aus dem Dorfladen stand da. Sie sah aus, als hätte sie eben ein Gespenst gesehen.

»Erna!«, rief Kauz. »Was ist? Kommen Sie herein.«

»Nein!«, keuchte die Frau.

»Wieso nicht?«

»Es ist etwas Schlimmes passiert. Kommen Sie. Bitte!«, flehte sie außer Atem und drehte sich um.

»Moment!«, sagte Kauz. »Was ist denn passiert?«

»Es ist alles voller Blut«, presste die Frau heraus.

»Was ist voller Blut? Wo?«

»Auf Pfefferles Hof. Kommen Sie sofort. Bitte!«

»Beim Güggäl? Noch einmal: Was ist passiert?«

»Das weiß ich doch nicht. Die Marie ist verschwunden …«

»Welche Marie?«

»Seine Mutter. Die Mutter vom Güggäl, meine ich.«

»Mit der er sich gestritten hat?«

»Davon haben Sie mir doch erzählt.«

»Ja, ja, schon. Und wo ist der Güggäl?«

»Auch weg. Und rund ums Haus ist alles voller Blut. Bestimmt hat er sie umgebracht!«

»Nun mal langsam. Haben Sie die Polizei gerufen?«

»Gerufen schon, aber die kann nicht kommen.«

»Wieso nicht?«

»Die Straße ist gesperrt.«

»Wie? Auch ab Fiesch?«

In Fiesch war die Walliser Kantonspolizei für das Goms stationiert.

»Ja. Lawinengefahr. Da darf keiner mehr durch. Auch die Polizei nicht. Hat Ria gesagt.«

Wenn Ria sagte, die Polizei dürfe nicht fahren, dann war es so.

»Seit wann?«

»Seit einer halben Stunde.«

Kauz zückte sein Smartphone. Tatsächlich, da war eine Push-Nachricht, die er noch nicht gesehen hatte: *Straße Oberwald-Münster wegen Lawinenniedergang weiterhin gesperrt. Straße Fiesch-Münster ab 14 Uhr vorsorglich wegen Lawinengefahr gesperrt, Dauer unbestimmt. Schienenverkehr zwischen Niederwald und Oberwald wegen Lawinengefahr eingestellt. Autoverlad in Realp und Oberwald eingestellt.*

Eingeschneit!, dachte Kauz. Das Goms ist von der Außenwelt abgeschnitten. Oje, dann kann Xaver nicht kommen. Ich feiere Weihnachten wieder mal allein.

»Die Polizei sagte, ich solle Sie holen.«

Soso, dachte Kauz. Bin ich also der, den man ruft, wenn die Polizei mal gerade nicht kann.

»Gut, gehen wir«, sagte er und zog seine Wintersachen an. Dann steckte er seine Powerlite-Taschenlampe ein, die ihm in jener schrecklichen Winternacht einst gute Dienste geleistet hatte. »Komm, Max!«

Der Wind hatte nachgelassen, es schneite nur noch spärlich. Dafür war es deutlich kälter geworden. Die Straßen waren immer noch nicht geräumt. Seite an Seite kämpften sie sich so rasch sie konnten durch den tiefen Schnee bis ans andere Ende des Dorfs. Schwer atmend erklärte Erna, wieso sie auf Güggäls Hof gewesen war: Marie, die Mutter, habe Knie- und Hüftarthrosen und könne kaum mehr gehen. Erna hatte ihr deshalb angeboten, ein paar Einkäufe auf den Hof zu bringen.

»Machen Sie das immer für sie?«, fragte Kauz.

»Wo denken Sie hin?«, rief Erna. »Sicher nicht.« Marie sei *ä Beeschi*, eine Böse, der helfe niemand freiwillig, erklärte sie. »Aber sie hat mich extra angerufen und ganz anständig gefragt. Und heut ist Heiliger Abend, da erfüllt man einen solchen Wunsch natürlich.«

»Schön. Wann waren Sie dort?«

»Kurz nach Mittag, etwa halb zwei. Ich wollte rechtzeitig zurück sein, um bei Ladenschluss pünktlich dichtmachen zu können.«

Es war gegen drei Uhr nachmittags, als sie auf Güggäls Hof ankamen. Es schneite nun gar nicht mehr und der Wind hatte aufgehört zu blasen. Aber es war seltsam düster, als ob die Nacht schon bald anbrechen würde.

»Schauen Sie da!«

Außer Atem zeigte Erna auf die Türschwelle.

Große dunkelrote Blutstropfen lagen darauf. Eine Blutspur verlor sich dort, wo das Vordach aufhörte, im Schnee.

»Und da«, keuchte die Frau.

Sie deutete zur Hausecke und das seitliche Vordach.

»Platz!«, befahl Kauz.

Max legte sich neben die Haustür. Weit genug von der Türschwelle entfernt, damit er dort keine Blutspuren verwischte.

»Warten!«, wies ihn Kauz weiter an, damit er sich auch ja nicht vom Fleck bewegte.

Erna fasste Kauz am Arm und zog ihn auf den kleinen Platz neben dem Haus, auf dem der Güggäl das Brennholz spaltete. »Als niemand öffnete, bin ich ums Haus gegangen und habe das da gesehen«, damit ließ sie seinen Arm los und zeigte auf den Spaltblock. »Da hab ich alles stehen und liegen gelassen und bin ins Dorf zurückgelaufen. So rasch ich konnte. Hier stehen noch die Sachen, die ich mitgebracht habe«, erklärte sie und zeigte auf die Einkaufstasche, die an der Hauswand stand.

Kauz warf einen Blick auf den Spaltblock. Angetrocknetes Blut war darauf zu sehen. Die Axt war an die Hauswand gelehnt. Kauz zog sein Taschentuch und fasste sie vorsichtig am hölzernen Stiel, ohne sie anzuheben. Er neigte sie bloß ein wenig, um sich den Axtkopf anzusehen, und bückte sich über das Werkzeug. Mit bloßem Auge war das Blut an dessen Schneide erkennbar.

»Sehen Sie das?«, rief die Frau.

»Sicher«, sagte Kauz. Der Güggäl wird sich mit der Axt verletzt haben, dachte er. In die Hand gehackt, vermute ich mal. Hoffentlich hat er noch alle Finger.

Erna stand verdattert an der Hausecke und beobachtete ihn.

Kauz ging zur Haustür zurück. Erna folgte, die Einkaufstasche in der Hand. Mit dem Ellbogen stieß Kauz die Tür auf und ging zwei Schritte ins Haus hinein.

»Bleiben Sie hinter mir«, befahl er und ging vorsichtig in den düsteren Flur. »Hallo!«, rief er. »Jemand da?«

Niemand antwortete. Er fand den Schalter und machte Licht.

»*Äm Gottswillä*!«, rief Erna und starrte auf die Blutlache, die auf dem Steinboden zwischen Küche und Treppe lag.

»Blutlachen erschrecken einen immer«, sagte Kauz. »Sieht aber meistens nach mehr aus, als es ist.«

»Und was bedeutet das?«

»Nun«, sagte Kauz und griff sich in den Nacken, »verblutet ist hier niemand. Dafür liegt zu wenig Blut da.«

»Aber verletzt …«

»Wahrscheinlich.«

»Schwer?«

»Das kann man nicht beurteilen. Ich schau mich mal um«, sagte er weiter. »Setzen Sie sich auf den Stuhl dort.«

Kauz knipste seine Powerlite an und leuchtete in die Küche.

Tadelloses *Mise en Place*, stellte er fest, denn auf dem Küchentisch stand und lag alles fürs Kochen bereit: Gefäße mit Salz und Mehl, eine kleine Schüssel mit halb geschmolzener Butter, eine aufgeschnittene Knoblauchknolle, Schalotten, ein Bund Schnittlauch, Gläser mit allerlei Gewürzen und getrockneten Ingredienzien, eine Literflasche Rotwein, ein Rüstbrett und ein großes Küchenmesser. Es sah aus, als wäre jemand von der Arbeit weggelaufen oder weggerufen worden. Eine Bratpfanne mit Deckel stand auf dem Herd.

Kauz lüftete den Deckel, die Pfanne war, bis auf etwas Bratfett, leer.

Kauz nahm, immer mit dem Taschentuch bewehrt, das Küchenmesser vom Tisch und sah sich die Klinge an. Blut klebte keins daran, jedenfalls war keines von Auge zu erkennen.

Die Spurensicherung würde natürlich genauer hinsehen, dachte Kauz. Aber mit der Kripo war einstweilen nicht zu rechnen. Und ob überhaupt etwas Strafbares vorgefallen war, stand längst nicht fest. Sich beim Holzspalten ins eigene Fleisch zu hacken, war ja kein Delikt. Auch wenn Erna in ihrer panischen Aufregung von einem Mordfall ausging.

Kauz ging in die Stube – und staunte: Der Tisch war für zwei Personen gedeckt. Ein fertig geschmücktes Christbäumchen stand in einer Ecke. Der Großteil des Raums aber war mit einer aufwändig aufgebauten Weihnachtskrippe belegt. Die Krippe mit dem Jesuskind, Maria und Josef, Ochs und Esel und Hirten – alles war da, nichts fehlte. Ein ausgehöhlter Baumstrunk diente als bescheidene Unterkunft der Heiligen Familie. Aus Tüchern, Ästen und Moosen war die Umgebung modelliert, im Hintergrund waren die Heiligen drei Könige im Anmarsch. Der Stern von Bethlehem hing über allem, Engel schwebten an silbernen Schnüren von der Zimmerdecke herab. Alles schien genau auf dem seit Generationen vorgegebenen Platz zu stehen.

Nun ging Kauz ins Schlafzimmer, streckte den Kopf ins Badezimmer, in die Speisekammer und andere Nebenräume, schließlich in den Keller mit der Waschküche und leuchtete mit seiner Powerlite in jeden Winkel und unter die Betten. Menschen fand er nirgendwo vor. Da dem Bauern Fritz Pfefferle, dem Güggäl, die Frau davongelaufen war, hatte Kauz erwartet, im Haus ein Chaos anzutreffen. Doch das war nicht der Fall. Die Betten waren zwar nicht gemacht, ein Haufen ungewaschener Wäsche lag in der Waschküche und es war nicht bis in die hinterste und letzte Ecke geputzt, aber alles in allem sah es im Haus recht ordentlich aus. Mutter Marie Pfefferle musste eine tüchtige Person sein, eine richtige *Chrampferi*. Wenn auch eine mit losem Mundwerk.

Kauz ging nach draußen und schaute sich in Stall und Scheune um. Die Kühe muhten nicht, es war Ruhe im Stall. Ob die Tiere um diese Zeit schon gemolken waren?

»Wie viele Traktore besitzt der Güggäl?«, fragte Kauz, als er wieder hereinkam.

»Einen, glaube ich.«

»Es steht aber keiner da, weder im Schuppen noch im Freien. Dann ist er wohl am Schneeräumen.«

»Gesehen haben wir ihn aber nicht auf der Dorfstraße.«

»Vielleicht fängt er mit den Nebenstraßen an.«

»Nein, nein. Er fängt immer mit der Dorfstraße an. Aber wenn er nicht am Schneeräumen ist, wo ist er dann?«, fragte Erna.

Plötzlich fiel Kauz der Traktor mit dem großen verpackten Ding in der Ladeschaufel ein. War das der Güggäl gewesen? Erkannt hatte er ihn nicht. Aber der Traktor war aus der Richtung von Güggäls Hof gekommen. Was hatte er wohl geladen gehabt? Oder musste man fragen: *wen* oder was?

Kauz behielt diese Gedanken für sich.

»Glauben Sie auch, dass der Güggäl im Zorn seine Mutter umgebracht hat? Mit der Axt erschlagen oder so?«

»Ich weiß es nicht«, sagte Kauz, aber völlig abwegig kam ihm der Gedanke auf einmal nicht mehr vor. »Möglicherweise hat er sich beim Holzspalten selbst verletzt. Wir haben ja weder eine Verletzte noch eine Leiche gefunden.«

»Vielleicht hat er sie, ähm, entsorgt. In den Rotten gekippt, irgend so etwas.«

»Moment! Wir wissen doch gar nicht, ob Marie tot ist. Wir haben keine Ahnung, von wem das Blut da stammt.«

Kauz zeigte auf die Blutlache im Flur und auf die Türschwelle.

»Wenn sie nicht tot ist, dann würde sie jetzt ja in der Kälte umherirren.«

»Sie haben recht, Erna. Kommen Sie, wir gehen sie suchen.«

Kauz ging vors Haus, rief Max und schaute um sich.

»Woher sind Sie gekommen, als Sie heute Mittag hierherkamen?«, fragte er.

»Von da«, sagte Erna und zeigte dorthin, wo auch die Fußstapfen waren, die Kauz und sie selbst hinterlassen hatten.

»Und dann gingen Sie in *der* Richtung ums Haus herum?«

Kauz zeigte auf die Hausecke, hinter der der Spaltblock stand.

»Ja.«

»*So* rum gingen Sie nicht?«, fragte Kauz weiter und zeigte in die andere Richtung.

»Nein.«

»Dann sind die Fußspuren dort drüben vermutlich entweder vom Güggäl oder von seiner Mutter«, meinte er und zeigte auf die Stapfen, die unter dem Vordach noch erkennbar waren. Der Wind von heute früh hatte eine ansehnliche Menge Schnee unters Vordach geweht. Später hatte er nachgelassen. Deshalb waren die Fußstapfen, die jemand dort hinterlassen hatte, nicht zugeschneit worden. Das Vordach hatte es verhindert.

Vorsichtig näherte sich Kauz den Stiefelabdrücken. Er ging dicht an der Hauswand, wo kein Schnee lag. Dann blieb er stehen und betrachtete lange einen Abdruck.

»Dieser Stiefelabdruck ist tiefer als unsere eigenen dort drüben«, stellte er fest und schaute Erna an.

»Was bedeutet das?«

»Dass die Person, von der dieser Abdruck stammt, entweder sehr viel schwerer ist als ich oder eine schwere Last trug.«

»Eine Leiche, zum Beispiel?«

Kauz antwortete nicht.

»Kommen Sie, wir schauen, wo die hinführen«, sagte er stattdessen und folgte den Spuren um die Ecke auf der Seite des Hofs, die dem Platz mit dem Holzspaltblock gegenüberlag.

»Da steht sonst der Traktor«, sagte Erna.

»Klar«, meinte Kauz, denn schon leuchtete er mit seiner Powerlite in den Unterstand, in welchem außer einem Schneepflug weitere zum Traktor gehörende Gerätschaften, Ersatzreifen und allerlei Werkzeug herumstand. Er richtete den Lichtstrahl auf eine metallene Werkzeugkiste mit Klappdeckel, die neben der Front des Traktors gestanden haben musste. Mehrere dunkle Tropfen klebten auf dem Deckel der Kiste.

»Blut?«, fragte Erna.

Kauz ging näher heran, Max immer an der kurzen Leine festhaltend, und bückte sich über die Kiste.

»Ja, Blut«, bestätigte er. »Ich glaube, wir müssen Marie nicht suchen gehen. Die irrt nirgendwo umher.«

»*Äm Gottswillä*!«, rief Erna. »Ihr denkt das also auch.«

»Wo wohnen Sie, Erna?«

»Mitten im Dorf.«

»Gut, wir gehen zurück. Hier gibt es einstweilen nichts mehr zu tun.«

Schweigend stapften sie auf der noch nicht geräumten Dorfstraße durch den Schnee. Man sah in einzelne erleuchtete Fenster hinein. Da und dort war in einer Stube ein festlich geschmückter Weihnachtsbaum zu sehen. Tische wurden gedeckt, in den Küchen wurde hantiert. Kinder in warmen Jacken waren in Begleitung Erwachsener, vielleicht der Großeltern, im Dorf unterwegs. Sie wurden wohl spazieren geführt, damit Vater und Mutter in Ruhe den Weihnachtsbaum fertig schmücken und die Geschenke bereitlegen konnten.

»*Güetä-n-Abänd*«, lautete jetzt der Gruß, wenn ihnen jemand entgegenkam. »Und frohe Weihnachten!«

Kauz malte sich aus, was in den Häusern vor sich gehen mochte: Friede, Freude, Weihnachtslieder in den einen. Streit, Tränen und Enttäuschung in den andern. Alle Jahre wieder, dachte er. Auch Xaver würde wegen des Schnees heute *wieder* nicht anreisen können.

*Schüssdräck!*, dachte er und musste unwillkürlich lachen.

»Was ist?«, fragte Erna und sah ihn von der Seite an.

»Nichts«, behauptete Kauz. »Hab bloß an etwas gedacht.«

»Ich auch«, sagte Erna. »Aber nichts zum Lachen.«

»Klar, an Marie und den Güggäl, nicht wahr?«

»Allerdings. Müssen wir nicht …«

»Ist nicht mehr Ihre Sache, Erna. Es ist doch so: Wenn Marie tot ist, wie Sie denken, dann können wir daran nichts ändern. Dann wird die Polizei sich den Güggäl schnappen. Weit kommt er ja nicht, bei dem vielen Schnee.«

Erna blieb vor einem Mehrfamilienhaus an der Straße stehen.

»Und wenn er auch noch andere umbringt?«

»Hmm«, machte Kauz. »Ist das Ihr Haus?«

Erna nickte.

»Allein?«

»Ja.«

»Gut, dann gehen Sie jetzt in Ihre Wohnung und verriegeln die Tür«, wies Kauz sie an. »Ich schaue dann später nochmals vorbei. Frohe Weihnachten, trotz allem.«

»Ich weiß nicht ...«, sagte Erna und ging ins Haus.

Wieder in seiner Küche stehend, überlegte Kauz hin und her: Sollte er den *Coq au Vin* jetzt ins Schmorfach schieben? In der Hoffnung, dass Xaver und Seraina es vielleicht doch noch ins Goms geschafft hatten und bald bei ihm auftauchen würden. Dann wäre das Gericht in einer guten Stunde fertig. Oder sollte er zuwarten? Vielleicht würden später am Abend die Lawinen gesprengt und die Sperrung würde morgen Früh aufgehoben. Er konnte den *Coq* ja über Nacht in der Marinade kühl stellen und ihn am nächsten Tag schmoren.

Ich warte noch zu, entschied er.

Dann sah er auf die Uhr: halb fünf, es war schon fast dunkel. Zeit für einen weihnachtlichen Apéro, beschloss er, wir sind ja im Wallis. Er öffnete eine Flasche Rèze, die er sich für eine besondere Gelegenheit aufgespart hatte, und schenkte sich ein. Er stellte die selbst gemachten Gemüsechips und Gewürzmandeln vor sich hin, zündete die Weihnachtskerzen an und setzte sich, das Glas in der Hand, in seinen Sessel.

»*Hark! The herald angels sing ...*«, klang es aus seinen kleinen, aber feinen Lautsprechern.

Max schlief in seinem Korb, zappelte mit den Beinen und schnaufte aufgeregt. Dann wurde er wieder still.

Er kämpft sich durch den Schnee, dachte Kauz und schaute seinem Hund beim Träumen zu.

Aber auf einmal ging ihm die Schimpftirade, die er am Vormittag gehört hatte, wieder durch den Kopf.

*Häb doch d Schnurä* …, Noch ein Wort …!, hatte der Güggäl gedroht. Etwas von Grind *abhöwwä*, Kopf abschlagen, und von *verrekkä!* hatte er gerufen.

*Ggalööri*, hatte sie zurückgegen, *Pfiiffä* hatte sie ihn genannt und noch dazu höhnisch gelacht.

Was, wenn Erna doch recht hat?, dachte er.

Und schon sah er die Szene vor sich:

Wie der Güggäl, am Spaltbock stehend, die Axt in der Hand, außer sich vor Zorn zuerst auf seine keifende Mutter und dann mit der blutigen Axt auf den Spaltblock schlug. Wie er die Erschlagene in Panik zuerst ins Haus und, als er feststellte, dass sie tot war, zum Traktor schleppte, die Leiche in die Ladeschaufel hievte und mit ihr im Schneegestöber davonbrauste, um sie am Rottenufer in den Fluss zu kippen.

Ich muss noch einmal auf Güggäls Hof!, dachte er.

»Komm, Max!«

Widerwillig stand der Hund auf und trottete hinter ihm her. Im Eilschritt – so eilig wie es der tiefe Schnee eben zuließ – zog Kauz durchs Dorf.

Pfefferles Hof lag vollkommen im Dunkeln. Kauz knipste seine Powerlite an. Frische Reifenspuren, sie mussten von einem Traktor stammen, führten zum Hof. Es war aber weit und breit kein Fahrzeug zu sehen. Kauz ging zum Spaltblock neben dem Haus. Da stand er, mitsamt dem Blut darauf. Aber die Axt war weg. Kauz eilte zur Haustür, sah das Blut auf der Schwelle und ging ins Haus. Er machte Licht: Die Blutlache, die auf dem Fußboden gelegen hatte, war weggewischt worden. Er ging in die Küche und richtete den Lichtstrahl auf den Küchentisch. Er sah sofort: Das Küchenmesser fehlte! Er leuchtete in die papierne Einkaufstasche, die Erna mitgebracht hatte. Alles noch drin, stellte er fest.

Donnerwetter, dachte er, was hat das zu bedeuten?

Er knipste die Powerlite aus und horchte.

Es war nichts zu hören. Er horchte minutenlang.

Nichts.

Soll ich durchs Haus gehen?, fragte er sich.

Tu das nicht!, sagte eine innere Stimme. Spiel nicht den Helden! Oder willst du abgestochen werden? An Weihnachten? Nein, willst du nicht.

Er ging nach draußen, postierte sich etwas weiter weg und observierte das Haus aus der Distanz. Es brannte nirgendwo Licht. Nichts war zu hören, nichts bewegte sich. Nach einer Viertelstunde war er sich ziemlich sicher, dass niemand drin war. Er ging trotzdem nicht hinein, sondern machte sich auf den Heimweg.

Es war sechs Uhr abends. In den meisten Häusern von Münster wurde jetzt gefeiert. Christbäume und Kindergesichter leuchteten, Weihnachtslieder wurden angestimmt. Familien setzten sich zu Tisch, das Weihnachtsessen wurde aufgetragen. Zwischen den Gängen gab es Bescherung. Um Mitternacht würden viele Familien die Messe besuchen. Kauz war etwas melancholisch – so ganz allein in seinem Speicher sitzend. Xaver hatte eine Nachricht geschickt: Er sitze in Fiesch fest. Wenn die Sperrung aufgehoben werde, könne er im besten Fall am Weihnachtstag in Münster eintreffen. Aber wenn nicht, müsse er mit Seraina nach Zürich zurück.

Auf einmal fing es wieder an: Der Wind rüttelte an den Läden seines Speichers. Ihm war, jemand polterte an seine Tür. Aber da war niemand. Trotzdem wurde es ihm unheimlich zumute. Die Erinnerung an den Höllenwinter holte ihn ein. Bilder tauchten auf. Die unheimliche Stimmung. Der Schreck. Die lähmende Angst. Todesangst. Litt er an einem Trauma?

Jetzt stell dich nicht so an!, rief er sich zur Besinnung.

Das war damals, sagte er sich. Heute ist heute.

Er riss sich zusammen und ließ sich alles noch einmal durch den Kopf gehen, was er gesehen und gehört hatte.

Die Schimpftirade, die übrigen Geräusche.

Der Spaltblock, die Axt, das Blut.

Der Traktor, die Ladeschaufel, das große Ding, der Kopf.

Die Blutlache im Flur.

Die Küche, der Küchentisch, das Messer.

Die Tasche mit den Einkäufen, die Erna mitgebracht hatte.

Da ging ihm plötzlich ein Licht auf.

»Max, wir gehen!«

Max hob schlaftrunken den Kopf.

Muss das sein?, schien er zu fragen.

»Komm schon, ich brauche dich!«

Jacke, Mütze, Handschuhe, Powerlite – zum dritten Mal machte sich Kauz mit seinem Hund zum Hof der Pfefferles auf. Es war mittlerweile stockdunkle Nacht.

Bei Güggäls Hof ging er schnurstracks zum Spaltblock. Er ließ Max an der blutigen Oberfläche schnuppern.

»Such!«, befahl er.

Max fing sofort zu suchen an. Es dauerte nicht lange und er apportierte, was Kauz erwartet hatte: den abgetrennten Kopf des Mordopfers.

»Brav!«, sagte Kauz.

Aber wo ist der Rumpf?, fragte er sich und leuchtete die Umgebung mit der Powerlite ab. Wahrscheinlich längst vom Schnee zugedeckt, dachte er.

In diesem Moment klingelte sein Handy.

*Doktor Kalbermatter*, stand auf dem Display.

Der alte Dorfarzt mit dem silbernen Rauschebart praktizierte immer noch.

»Kauz«, meldet sich Kauz.

Dann horchte er.

»Ich?«, fragte er. »Wieso ich?«

Er hörte sich die Erklärung an.

»Gut, ich komme«, sagte er und schlug den Weg Richtung Dorfarztpraxis ein.

*

Ein Ohrenschmaus war es nicht gerade, als zwei Stunden später auf Pfefferles Hof in der geheizten Stube, die Kerzen am Weihnachtsbaum brannten, Weihnachtslieder gesungen wurden. »O Tannenbaum«, tönte es, »o Tannenbaum …«

Das sei ihr allerliebstes Weihnachtslied, erklärte Marie. Und singen könne sie immer noch, sagte sie lachend, auch wenn sie einen Verband am *Grind* trage.

Kauz beugte sich seinem Schicksal und sang mit. Erna ebenso. Geduldig hörten sie sich danach an, was Marie über ihre Krippe zu erzählen wusste. Die Erzählung dauerte geraume Zeit, denn sie flocht die Geschichte ihres Vaters, der ein Säufer gewesen sei, und ihrer Mutter, die sich zu Tode gerackert habe, mit ein. Ganz allein habe sie als Älteste ihre sieben Geschwister aufziehen müssen. Nur gerade vier Jahre habe sie zur Schule gehen können. Ihr Leben lang habe sie geschuftet, aber das halte einen jung. *Wer rastet, der rostet*, habe sie immer gesagt, und das gelte für sie auch heute noch.

»*Gäll, Fritz?*«, schloss sie.

»*Ja, Müetter*«, bestätigte der Güggäl und tätschelte ihre Hand.

Der Mann, den sie geheiratet habe, sei auch nicht besser gewesen als ihr Vater. Davon könne der Fritz, genau wie ihre übrigen Kinder und die Kindeskinder, auch ein Liedchen singen.

Der Güggäl nickte.

Das Leben habe sie gelehrt sich zu wehren, erklärte Marie und sah den beiden Gästen in die Augen.

Sie wisse schon, dass alle Welt finde, sie sei *ä Beeschi*. Aber Leisetreterei liege ihr nun mal nicht im Blut. In ihrer Familie sei man es gewöhnt, Deutsch und deutlich miteinander zu reden. Schmeicheln sei nicht ihre Stärke. »*Gäll, Fritz?*«

»*Nëi, scho nit gad*«, bestätigte der, »aber gibt's jetzt endlich *Ggoggovää*? Ich hab Hunger. Es ist schon bald zehn Uhr.«

»*Äwa!*«, machte seine Mutter. »Wirst wohl noch warten können. Zuerst hören wir die Weihnachtsgeschichte.«

»*Gugus*«, maulte der Güggäl.

»Hier«, sagte Marie an Kauz gewandt und reichte ihm die Familienbibel. »Lest Ihr. Ihr habt die besseren Augen.«

Das Siezen beherrschte die alte Frau nicht, sie *ihrzte* Kauz.

Kauz nahm ihr die Bibel aus der Hand.

Doch gleich griff Marie wieder nach dem Buch.

»Halt!«, rief sie und fragte skeptisch: »Seid Ihr überhaupt katholisch? Man sagt, Eure Mutter sei eine *Üsserschwüzeri* gewesen. Und dazu noch eine Protestantin. Stimmt das?«

»Was glaubt Ihr eigentlich?«, gab Kauz aufgebracht zurück. Er war nicht wirklich wütend, er tat nur so. »Wir *Üsserschwiizer* feiern auch Weihnachten, *hüerä Siäch nomaal!*«

Offensichtlich hatte er den Ton getroffen.

»Also, los«, sagte Marie nämlich und bedeutete ihm mit einem Wink, endlich anzufangen.

Kauz öffnete die Bibel beim Buchzeichen und las: »Es begab sich aber zu der Zeit …«

Er hatte die Weihnachtgeschichte seit Jahrzehnten nicht mehr gehört. Und vorgelesen schon gar nicht. Drei Augenpaare hingen an seinen Lippen.

Als die Geschichte zu Ende war, klappte er die Bibel zu.

»*Güet. Hibsch* gelesen«, lobte Marie. »*Gäll, Fritz?*«

»*Ja, ja. Hüërä hibsch*«, murrte der. »Aber jetzt wäre dann der *Ggoggovää* fällig.«

»*Limmel, ulüidigä!*«, wies ihn die Mutter zurecht.

»*Häb doch d Schnu…*«, fing der Güggäl an. Gerade noch rechtzeitig hielt er sich zurück. »Entschuldigung«, wandte er sich an die zwei Gäste. »*Häbs Mül*, halt den Mund, wollte ich bloß sagen.«

Erna sah ihn trotzdem missbilligend an.

Marie sah den Blick.

»Er meint es nicht so«, entschuldigte sie ihren Sohn. »*Är ischt këi Beeschä.*«

Da mag sie sogar recht haben, dachte Kauz, er ist kein Böser. Und sie, Marie, auch nicht. Mit ihrem weißen Kopfverband, noch dazu mit einer Gazehaube, die den ganzen Kopf einhüllte und unter dem Kinn fixiert war, sah sie aus wie eine liebenswürdige alte Klosterfrau.

»Wir singen noch ein Weihnachtslied«, bestimmte sie und fing schon wieder zu krächzen an:

»Ihr Kinderlein kommet, o kommet doch all …«

Der Güggäl brummte mit, Erna und Kauz stimmten wohl oder übel mit ein. Alle blickten sie beim Singen auf die Krippe.

»So«, sagte Marie, als sie mit allen Strophen durch waren. »Jetzt ist der *Ggoggovää*, glaube ich, *paraat*. Oder was meint Ihr, Herr Walpä?«

»*Chüzz*«, sagte Kauz. »Darf ich Du sagen?«

»*Fiiwohl. Ich bin ds Marie.*«

Kauz stand auf und schenkte jedem ein Schlückchen vom Rèze ein, den er mitgebracht hatte.

»Frohe Weihnachten, Marie«, sagte er und stieß mit ihr an. »Frohe Weihnachten, Fritz.« Mit dem Güggäl war er seit Jahren per Du, aber wenn er mit ihm sprach, nicht über ihn, nannte er ihn Fritz, nicht Güggäl. »Frohe Weihnachten, Erna. Wollen wir uns endlich auch Du sagen?«

»*Ischt güet, ja*«, sagte Erna.

Kauz ging in die Küche, nahm mit einem Topflappen den Bräter aus dem Ofen und hob den Deckel ab. Es duftete köstlich. Er trug das Gericht in die Stube und stellte es auf den Tisch.

Erna hatte Weißbrot mitgebracht, Marie zwei weitere Gedecke aufgelegt.

Nun ließen sie sich den *Coq au Vin* schmecken. Die sämige Soße tunkten sie mit dem Brot auf. Dazu gab es ein Glas Burgunder.

»*Ggoggovää! Äns güet, gäll Fritz?*«, schwärmte Marie.

»*Hüerä güet.* Besser als deiner!«, lautete das Urteil des Güggäls. »Der *Chüzz* nimmt eben guten Wein, richtigen Burgunder, nicht diesen billigen Dôle. Und er legt ihn über Nacht ein, nicht nur eine halbe Stunde.«

»*Ggalööri!* Fang nicht schon wieder an!«

»Marie!«, mahnte Erna. »Es ist Weihnachten.«

»Eben«, sagte Marie. »Und bei uns gibt's an Weihnachten immer *Ggoggovää*, das ist Familientradition.«

»Ja, ja. Wenn mir das verdammte Viech nicht abhaut.«

Marie fing laut zu lachen an.

»Das hättet ihr sehen sollen«, sagte sie, an Erna und an Kauz gewandt. »Schlägt der doch dem Hahn den Kopf ab ...«

»Es war kein Hahn, es war ein Huhn«, korrigierte der Güggäl seine Mutter. »*Und äs het guggsät wie läzz*«, schob er das Schneegestöber als Erklärung für sein Versagen vor.

»*Ja, ja, äs het guggsät.* Aber trotzdem: Diese *Pfiiffä*«, sie zeigte mit dem Finger auf ihren Sohn, »schlägt dem Huhn den Kopf ab und lässt es dann davonflattern. Ihr glaubt's nicht! Man muss ein Huhn doch festhalten, wenn man ihm den Kopf abschlägt, sonst flattert es weg. Auch ohne Kopf kann es noch dreißig, vierzig Meter weit fliegen. Wahrscheinlich hockt das Viech jetzt oben auf dem Hausdach.«

»Ist ja gut, Marie«, fuhr Erna dazwischen. Sie war auf Einzelheiten der Schlachtung nicht erpicht.

»Ich will bloß sagen: Hätte Fritz die Henne an den Füßen festgehalten, als er ihr auf dem Spaltbock den Kopf ab...«

Erna sah sie scharf an.

»Ich mein ja nur: Dann hätten wir jetzt unseren eigenen *Ggoggovää* auf dem Teller.«

»Hätte, hätte«, begehrte der Güggäl auf. Hätte seine Mutter Schuhe an den Füßen gehabt statt ihrer ausgetretenen Pantoffeln, und hätte sie im Flur Licht gemacht, dann wäre sie nicht auf dem glitschigen Steinboden ausgerutscht, wäre nicht hingefallen und hätte sich nicht den *Grind* aufgeschlagen. Und er wäre nicht zu Tode erschrocken, als er sie da liegen sah.

Nicht zum ersten Mal an diesem Abend erzählte er, was vorgefallen war. Sofort zum Arzt, habe er sich gesagt. Aber wie, bei dem vielen Schnee? Er habe die Mutter kurzerhand in eine Wolldecke gewickelt, zum Traktor getragen und in die Ladeschaufel gelegt. So sei er mit ihr zum Doktor gefahren.

»*Gäll, Müetter?*«, schloss der Güggäl.

»*Fiiwohl.* Wie ein totes Kalb hast du mich durchs Dorf gekarrt. Hast wohl gedacht, ich sei *am verrekkä, gäll? Niggs daa,* Unkraut verdirbt nicht.«

»Red' doch nicht solchen *Schüssdräck, Müetter.* Laut geheult habe ich, vor lauter Angst um dich.«

»*Äwa!* Wer's glaubt. *Ggalööri!*«

So derb und so wenig weihnachtlich die Sprache der beiden auch war, in Kauz' Ohren klang, was sie sagten, auf einmal gar nicht mehr so schlimm. Ein bisschen gewöhnungsbedürftig vielleicht, aber schon fast irgendwie normal.

Doktor Kalbermatten hatte es nicht zugelassen, dass die alte Frau in der Ladeschaufel des Traktors nach Hause transportiert wurde. Er fragte nach Bekannten oder Verwandten, die die Patientin nach Hause begleiten könnten, derweil der Güggäl mit seinem Traktor die Straßen im Dorf räume und dann auf den Hof zurückfahre.

Den beiden war nur gerade Erna eingefallen, die Frau aus dem Dorfladen, und Kauz, der pensionierte *Üsserschwiizer* Polizist. Man habe halt nicht mehr so viele Freunde, erklärten sie. Der Dorfarzt rief die Genannten an, bat sie, in seine Praxis zu kommen, organisierte einen Transporter mit Allradantrieb und entließ die Patientin mit einbandagiertem Kopf – er hatte eine stark blutende Rissquetschwunde nähen müssen – in Begleitung von Erna und Kauz nach Hause.

Beim Nähen der Wunde hatte der Güggäl nicht zusehen wollen. Er hatte sich verdrückt – er müsse dringend auf den Hof, hatte er behauptet –, war auf den Traktor gestiegen und nach Hause gefahren. Dort hatte er pro forma ein bisschen Ordnung gemacht, die Axt verstaut, die Blutlache weggewischt, in der Küche das eine oder andere verräumt und war dann wieder in Doktor Kalbermatters Praxis gekommen.

Als die alte Frau während der Fahrt über das Weihnachtsessen zu lamentieren begann, das nun ausfallen würde, weil der Fritz *so ä Pfüffä* sei, fackelte Kauz nicht lange, fuhr einen kleinen Umweg zu seinem Speicher und lud den Bräter mit seinem *Coq au Vin* und zwei Flaschen Wein ein. Zufrieden, dass er die doppelte Menge zubereitet hatte.

Marie genehmigte sich einen Schluck Burgunder und holte mit einem Bissen Weißbrot den letzten Rest Soße aus ihrem Teller.

»So schöne Weihnachten haben wir noch nie gehabt, *gäll* Fritz? *Äns güet und äns fridlich.*«

Sehr, sehr gut und sehr, sehr friedlich, hieß das.

»*Fiiwohl*«, bestätigte der Güggäl, »*hüerä güetä Ggoggovää. Und hüerä fridlichi Wienächt*«, tätschelte seiner Mutter noch einmal die Hand und fuhr sich mit dem Handrücken über die Augen.

# Maurizio de Giovanni

## *Von wegen Feiertag*

Gelsomina Settembre hielt an einer einzigen felsenfesten Überzeugung fest: der vom Scheißtag.

Es gab in ihrem Leben kaum etwas Stabileres, weshalb sie dazu übergegangen war, diesen Tag mit einer Abkürzung zu versehen, SchT, einem vertraulichen Akronym, mit dem sie ihn auf die Schnelle abstempeln konnte.

Ihre Erfahrungen als Sozialarbeiterin hatten ihr nur allzu oft vor Augen geführt, dass es so etwas wie eine göttliche Vorsehung nicht gab und dass der Glaube an den Zufall oder ans Schicksal lediglich ein bequemer Weg war, die eigene Ohnmacht gegenüber den Widrigkeiten des Lebens zu leugnen. Von eher pragmatischem Naturell konnte sie mit allem Esoterischen wie milde lächelnden Geistern, die über die Menschen wachten, oder kunstvollen Reinkarnationen in Tier- oder Pflanzenform nur wenig anfangen.

Sie war hingegen absolut sicher, dass ein Tag, der schlecht begann, auch schlecht endete und sie ihn, wenn sie dann endlich ihr müdes Haupt aufs Kopfkissen gebettet haben würde, mit dem berühmten SchT-Stempel versehen und kurzerhand ins Archiv verfrachten konnte. An die Frage des Erkennens brauchte sie keinen Gedanken zu verschwenden: Der SchT wusste sich schon von allein bemerkbar zu machen.

An jenem Morgen zum Beispiel bekam Mina gleich nach dem Aufstehen ein Gefühl dafür, wie die nächsten vierundzwanzig Stunden verlaufen würden, als sie nämlich vor dem Spiegel stand und feststellen musste, dass sich die Anzahl grauer Haare auf ihrem Kopf von vier auf acht verdoppelt hatte.

Okay, sie war zweiundvierzig Jahre alt, selbst wenn sie offensichtlich nicht so aussah, wenn man die vielen Komplimente und mehr oder weniger unverhohlenen Avancen bedachte, die sie zu ihrem Leidwesen von morgens früh bis abends spät erhielt. Doch sie färbte sich weder ihre rabenschwarzen Haare noch unterzog sie sich langwieriger Schönheitskuren wie viele ihrer Freundinnen, sondern ging lediglich einmal pro Woche zum Haarewaschen und, um sich ein kleines Schläfchen zu gönnen, zum Friseur. Mina war definitiv keine Frau, für die die Pflege ihres Äußeren das Wichtigste im Leben war, auch weil sie es nicht nötig hatte, da die Zeit bei ihr kaum Spuren hinterließ. Ihre Haut war glatt und fest, ihre Lippen voll und von Natur aus leicht zu einem Schmollmund verzogen und ihre Augen trotz Brille, die sie nie gegen Kontaktlinsen hatte eintauschen wollen, groß und dunkel.

Und ihre Figur – nun ja, hier lag das Problem. Hochgewachsen, schlank, grazil und noch dazu mit einem üppigen Busen ausgestattet, besaß sie eine fatale Ähnlichkeit mit einem offenen Marmeladentopf auf einer Sonnenterrasse: Die Zahl der Schmeißfliegen, Wespen und Hornissen war trotz ihrer kontinuierlichen Bemühungen, ihren Vorbau unter zeltartigen Kleidungsstücken zu verstecken, ständig im Wachsen begriffen. Hätte sie nicht eine solche Angst vor chirurgischen Eingriffen gehabt, hätte sie liebend gern etwas von ihrer Oberweite an andere Bedürftige abgetreten.

Warum war Mina also ob der paar zusätzlichen grauen

Haare so beunruhigt, zumal doch niemand davon Notiz nehmen würde?

Ursache war nichts anderes als das »Problem« – wie sie es insgeheim nannte. Weil sie genau dieses umgehen wollte, hatte sie sich gerade an ihrem viel zu heißen Kaffee die Zunge verbrannt. Doch das wohlbekannte Quietschen, das aus dem Flur zu ihr in die Küche hinüberschallte, sagte ihr, dass die ganze Eile umsonst gewesen war.

Nach der Trennung von ihrem Mann zwei Jahre zuvor war Mina aus finanziellen Gründen zurück in ihr Elternhaus gezogen, in dem nur noch ihre Mutter zusammen mit der moldawischen Zugehfrau Sonia lebte. Seit jenem Tag bestand Signora Concettas (auch das »Problem« genannt) einzige Beschäftigung darin, sich permanent in das Leben ihrer Tochter einzumischen, die – statt sich einen anständigen neuen Ehemann zu suchen – nur solch nutzlosen Kleinkram wie ihren Sozialarbeiterjob, das Wohlergehen der Welt und den Kampf gegen den allgemeinen Niedergang im Sinn hatte.

Das Quietschen der Räder ihres Rollstuhls, auf den Signora Concetta wegen ihres starken Rheumas angewiesen war, erinnerte an das Intro von »I Will Survive«, den Gloria-Gaynor-Hit, der den Sound zu Minas Jugend abgegeben hatte. Komisch, dass sie ihn jetzt gar nicht mehr hören mochte … »*At first I was afraid*«, hieß es in dem Lied, das die maunzenden Räder nachahmten. Wahrscheinlich hatte ihre Mutter sie extra so einstellen lassen, dass sie wortlose Botschaften intonieren konnten.

Mina zog sich rasch in eine dunklere Ecke der Küche zurück, in der Hoffnung, dass das »Problem« noch nicht in Bestform war.

»Ach, Mama, du bist schon wach?«, rief sie betont ungezwungen. »Wie kommt's? Heute ist doch Feiertag, warum schläfst du nicht ein bisschen länger?«

Concetta presste die Augen zu einem schmalen Spalt zusammen.

»Heute ist Heiligabend, der Feiertag ist erst morgen. Außerdem kann ich vor lauter Schmerzen nicht schlafen, das weißt du ganz genau. Komm mal bitte ins Licht, damit ich dich besser anschauen kann.«

Mina seufzte und trat wie befohlen einen Schritt vor.

»Wusste ich's doch, das hast du schon als kleines Mädchen gemacht: Immer, wenn du mir was verheimlichen wolltest, hast du dich versteckt. Sieh dir das an – bald bist du ja komplett grau! Noch ein paar Monate und du bist ein altes Weib, das keiner mehr haben will. Und wie bist du überhaupt angezogen? Das einzig Vorzeigbare, das du hast, kaschierst du unter diesen unförmigen Pullovern, statt es zu betonen.«

Mina seufzte ein zweites Mal. Sie wusste, jedes Argument zu ihrer Verteidigung war vergeudete Liebesmühe. Mit schneidender Stimme setzte das »Problem« seine Litanei fort.

»Hast du immer noch nicht kapiert, dass man als Frau heutzutage einen auf Schlampe machen muss, wenn man einen Ernährer finden will? Du guckst wohl gar kein Fernsehen, was? Nichts als Make-up, Botox, High Heels, Silikon und Push-ups. Und du? Ungeschminkt, flache Absätze, zeltartige Oberteile … Was geht eigentlich in deinem Kopf vor? Du solltest froh sein, dass die Carmen-Ausschnitte aus den Siebzigern wieder angesagt sind, die das Dekolleté so schön betonen. Vielleicht findest du dann ja doch noch einen Depp, der dich haben will.«

Mina hatte nun endgültig genug.

»Die Siebziger konnte ich noch nie leiden, nicht mal in den Siebzigern selbst. Außerdem weißt du ganz genau, dass jemand mit meiner Oberweite einen V- und keinen Carmen-Ausschnitt tragen sollte. Und jetzt lass mich in Ruhe, es ist schon spät, ich muss jetzt los. Soll ich dir was mitbringen?«

Das »Problem« warf ihr einen bitteren Blick zu.

»Was für ein Benehmen – so verhältst du dich also jemandem gegenüber, der dir nur die Augen öffnen will? Und kannst du mir mal verraten, was du an Heiligabend so Dringendes zu arbeiten hast? Und sprich ja nicht wieder von deinem ›Büro‹, dieser abgewrackten Bude in diesem abgewrackten Haus. Von dem abgewrackten Viertel gar nicht erst zu reden.«

Keine Frage, ein echter SchT, dachte Mina, die Hand schon auf der Türklinke. Ohne sich umzudrehen, sagte sie leise:

»Ich spreche von ›Büro‹, weil ich dort arbeite, Mama. Es handelt sich um eine Beratungsstelle, wir helfen den Leuten. Und ich gehe dorthin, weil gerade an Weihnachten die Not am größten ist; da gibt es Kinder, die nichts zu essen haben – vielleicht bringt uns ja jemand was, das wir ihnen geben könnten. Und außerdem: Was weißt du denn schon davon, in welchem Zustand sich das Haus und das Viertel befinden? Du warst ja noch nie da.«

Zufrieden, mitten ins Schwarze getroffen zu haben, sagte Signora Concetta mit einem triumphierenden Lächeln:

»Ich habe da so meine Quellen. Hin und wieder versorgt mich auch diese Schlampe von Sonia – die mir hier besser mal zur Hand gehen sollte, statt immer noch im Bett rumzulungern, während ich mich klaglos alleine gewaschen und angezogen habe, sozusagen als Opfergabe für Padre

Pio, wenn man die Schmerzen bedenkt, die ich dabei erleiden muss – also, manchmal versorgt mich Sonia mit Informationen, auch wenn sie dann immer stundenlang wegbleibt und wer weiß was anstellt, um sich ein paar Kröten dazuzuverdienen, habgierig, wie sie ist.«

Vor Minas innerem Auge stieg das Bild auf, wie sich die fünfzigjährige Moldawierin mit ihrem Tonnengewicht und den sechs funkelnden Goldzähnen im dunklen Korridor versteckt hielt, um den Beginn ihres eigenen SchT noch ein wenig hinauszuzögern. Kurz erwog sie die Möglichkeit, ob jemand mit diesem Aussehen sich als Gelegenheitsprostituierte ein paar Euro dazuverdienen könnte, und rief dann so laut, dass beide Frauen sie hören mussten:

»Na ja, du wirst schon sehen, gleich steht sie auf und leistet dir Gesellschaft. Bis später, ich mache heute nicht so lange.«

»Als würdest du Wert auf meine Gesellschaft legen … Ich werde bald sterben, ist dir das klar? Ich werde sterben, und du wirst mutterseelenallein dastehen. Es wird dir noch leidtun, du wirst schon sehen.«

In Selbstmitleid suhlend rollte sie zurück in ihr Zimmer. Das quietschende Rad jaulte sein eigenes Klagelied, als Mina die Wohnungstür hinter sich schloss.

Angefangen beim Namen, dachte sie, während sie sich einen Weg durch die Menge bahnte, die die Gassen auf der Suche nach Last-minute-Geschenken verstopfte, hat sie wirklich alles drangesetzt, mir das Leben schwer zu machen.

Versuch du mal, geliebte Mama, hocherhobenen Hauptes deine Jugend durchzustehen, wenn alle deine Klassenkameraden und Freunde dich permanent wegen deines Namens aufziehen. Gelsomina Settembre! Armer Papa, letztlich war es Glück im Unglück, dass du so jung gestorben bist. Ich möchte mir gar nicht ausmalen, wie du deinen Ruhestand verbracht hättest. Vielleicht hättest du dich buchstäblich taub gestellt.

Sie musste allerdings zugeben, dass ihre Mutter mit ihren abfälligen Bemerkungen nicht völlig danebenlag. »Beratungsstelle« war die hochtrabende Bezeichnung für zwei armselige Zimmer im dritten Stock eines maroden Altbaus mitten im Spanischen Viertel von Neapel, mit einem dauerkaputten Aufzug und einer penetranten Zwiebelwolke, die wie ein Gespenst im Treppenhaus umherwaberte. Und das waren beileibe nicht die einzigen Probleme an ihrem Arbeitsplatz, wie ihr prompt in Erinnerung gerufen wurde, als aus der schäbigen Pförtnerloge eine zwergenhafte Gestalt geschossen kam, die ihr den Aufgang nach oben versperrte.

Der Hausmeister der Mietskaserne Giovanni Trapanese, genannt Rudy, konnte genauso gut sechzig wie hundert Jahre alt sein. Sein Gesicht war ein einziges Netz aus Falten, während er seine geringe Körpergröße dank der erhöhten Absätze mit Ach und Krach auf ein Meter sechzig brachte. Sein übertrieben gestyltes Haupt- und Barthaar war in einem unmöglichen Nussbraun gefärbt; wahrscheinlich, so vermutete Mina, bezog er die Tönung in riesigen Mengen direkt vom Möbelhaus.

Der Mann hatte die unangenehme Eigenschaft, mit ihr zu reden, ohne den Blick von ihrem Busen zu lösen. Auf diese Weise hatten ihre Gespräche immer etwas Surreales an sich, als wäre sie Sozialarbeiterin und zugleich Bauchrednerin.

»Signora Mina, meine Schöne, selbst an Heiligabend führt Ihr Weg Sie hierher«, sagte er zu ihrer rechten Brust.

»So ist es, Signor Trapanese ... Und in Eile bin ich außerdem. Ist jemand oben?«

Mit einem Seufzer wandte Rudy sich an ihre andere Brust, als wollte er verhindern, dass sich diese vernachlässigt fühlte.

»Sie wollen einfach nicht Rudy zu mir sagen, was? Das kommt übrigens von Valentino, so nennen mich die Damen hier im Viertel. Anders als Sie sind die Ladys nämlich nicht immun gegen meinen Charme. Auf jeden Fall, ja, leider ist in der Beratungsstelle schon voller Betrieb.«

»Leider?«, fragte Mina.

»Na, sonst hätte ich Sie natürlich nach oben begleitet! Man weiß ja nie, wie die Dinge sich so entwickeln …«

Mina schätzte die Chancen ab, ihn unter ihrem Fuß zerquetschen zu können. Fast wäre sie der Versuchung erlegen. Doch dann entschied sie sich für ein gequältes Lächeln und machte sich auf den Weg die Stufen hinauf.

In der Beratungsstelle, eine der wenigen außerhalb der Gesundheitszentren, die noch existierten, arbeiteten neben Mina noch ein Gynäkologe und eine Psychologin. Die Psychologin, eine reizende ältere Dame aus einem der besseren Viertel, ließ sich nur selten blicken, da sie eine private Praxis hatte und sich nur ungern die Hände beim gemeinen Volk schmutzig machte. Allerdings wollte sie weder auf ihre Krankenkassenzulassung noch auf ihr Gehalt verzichten. »Wenn ihr mich braucht, ruft mich einfach an«, pflegte sie zu sagen, »ich kann in fünf Minuten da sein.« Im Bedarfsfall sprang Mina jedoch gern auch als Psychologin ein, ebenso als Psychiaterin, Sanitäterin oder Mädchen für alles, weshalb das Handy der Kollegin meist im Stand-by-Modus blieb. Abgesehen davon war es so eng in der Beratungsstelle, dass sich die Anwesenden über jeden Abwesenden freuten.

Was den Gynäkologen betraf, so lag der Fall ganz anders

und sorgte zudem für einigen Wirbel in Minas Gefühls-haushalt.

Die Trennung von ihrem Ehemann war eher trist als dramatisch gewesen. Ein wunderbarer Mensch, den sie an der Universität kennengelernt hatte, ein Bruder im Geiste mit denselben Werten und der gleichen Begeisterung für Literatur, Musik und Reisen, Spross einer wohlhabenden Familie und Staatsanwalt mit Leib und Seele, hart, aber ge-recht. Außerdem ein ziemlich gut aussehender Mann, wie ihr das »Problem« täglich dutzendfach unter die Nase rieb, wenn es mal wieder darum ging, dass Mina aus unerfind-lichen Gründen ihre glänzende Zukunft als wohlversorgte Ehefrau aufgegeben hatte. Und das vom selben »Problem«, das ihr während ihrer ganzen Ehe ebenfalls dutzendfach am Tag vorgehalten hatte, mit einem Versager verheiratet zu sein.

Doch Mina hatte ihre Gründe für die Trennung und zwar ganz spezifische. Der erste Grund war Sex. Von morgens bis abends war sie konfrontiert mit den tragischen und schmerzvollen Folgen irgendwelcher Leidenschaften, die in dem Viertel so zuverlässig vor sich hin köchelten wie die Pasta am Mittag, sodass sie irgendwann begonnen hatte, sich zu fragen, wo denn ihre eigene Leidenschaft abgeblie-ben war. Es folgte die Erkenntnis, dass es sie nie gegeben hatte. Daraufhin hatte sie sich eingeredet, dazu wohl nicht in der Lage zu sein – bis sie bei einem Kongress im Norden des Landes, dem eine angeregte Diskussion und ein paar Cocktails zu viel nachgefolgt waren, mit einem Kollegen im Bett gelandet war, einem Sizilianer voller Charisma.

Die Sache hatte zwar kein Nachspiel gehabt, aber Mina wirkungsvoller als jede Therapiestunde klargemacht, wie unbefriedigend ihr Leben war. In aller Aufrichtigkeit hatte sie mit Claudio, ihrem Ehemann, darüber gesprochen, der ihr trotz verletzter Gefühle und gekränkter Eitelkeit zugesichert hatte, den Ausrutscher zu verzeihen und zu vergessen. »Das Problem ist leider«, hatte Mina ihm erklärt, »dass ich nicht vergessen *will*.« Es kam zur Trennung. Zum Entsetzen ihrer Mutter hatte Mina sich bemüßigt gefühlt, Claudio alle gemeinsamen Besitztümer zu überlassen, die im Übrigen er bezahlt hatte, und auf Unterhalt zu verzichten. »Ich kann mich selbst ernähren«, hatte sie erklärt. Und so war es gekommen.

Tatsächlich hing Claudio nach wie vor an ihr. Er machte sich Sorgen um sie, wollte wissen, wie es ihr gesundheitlich ging, ob sie mit dem Geld auskam und so weiter. Sie war in den zwei Jahren ohne ihn keine andere Beziehung eingegangen; sie hatte es zu deprimierend gefunden, sich auf die Suche zu begeben, so wie ihre geschiedenen Freundinnen, die sie zu gern bei ihren trüben Abenden in bestimmten Lokalen dabeigehabt hätten. Doch Mina entzog sich diesen Versuchungen, in dem festen Glauben, dass einem die wichtigen Dinge im Leben unverhofft zufallen und sich nicht finden lassen, wenn man krampfhaft nach ihnen sucht. Für sie gehörte die Gelegenheit beim Schopf ergriffen, wenn sie sich bot.

Und tatsächlich bot sich ihr eine Gelegenheit, nämlich als der alte Dottor Ratazzi mit fast siebzig Jahren in den Ruhestand ging. Sie hatten ihm alle nachgeweint, er war, erst als Bereitschaftsarzt später als Gynäkologe in der Beratungsstelle, wie ein Vater und später wie ein Großvater für Generationen von Frauen aus dem Viertel gewesen, auch wenn seine schlechten Augen und zitternden Hände gegen Ende die Untersuchungen eher unangenehm werden ließen. Mina hatte ihm ebenfalls nachgeweint – bis sein Nachfolger gekommen war, Dottor Domenico Gammardella, Spitzname Mimmo.

Mimmo hatte an einem Frühlingsmorgen plötzlich auf ihrer Türschwelle gestanden, jung, lässig, mit wirrem Haar, das die haselnussbraunen Augen umrahmte, blondem Dreitagebart, weißen Zähnen, die von seinem spontanen Lächeln entblößt wurden, mit breiten Schultern und langen schmalen Fingern. Sogar ein Grübchen am Kinn hatte er vorzuweisen. Kaum hatte Mina sich von ihrer ersten Verblüffung erholt, hatte sie ihm gegenüber ein entschieden kühles professionelles Verhalten an den Tag gelegt, eine reine Verteidigungsmaßnahme, die dazu geführt hatte, dass Domenicos Lächeln sehr viel verhaltener geworden war.

Dafür hatten die Besucherinnen der Beratungsstelle sich wie die Hennen in der Legebatterie vermehrt, und einige Männer waren zwecks Vorbeugung von Missverständnissen dazu übergegangen, ihre Verlobten bei den Arztbesuchen zu begleiten. Den Paaren bekam diese plötzliche Fürsorge seitens des männlichen Teils sichtlich gut, was wiederum die Sozialarbeiterin erfreute. Dummerweise vermochte Mina sich aus irgendeinem Grund, der mit ihrem brachliegenden Gefühlsleben zu tun haben musste, nicht anders als ruppig dem Gynäkologen gegenüber zu verhalten, der seinerseits äußerst herzlich, um nicht zu sagen geradezu liebevoll zu ihr war und sie, statt ihr auf den Busen zu starren, mit innigen haselnussbraunen Blicken bedachte, was sie einmal mehr verunsicherte. Ihr Verhältnis hatte also eine gewisse Unwucht: auf der einen Seite seine große Zugewandtheit und auf der anderen ihre kühle Reserviertheit. Hinzu kam eine sexuelle Spannung, die mit dem Messer zu schneiden war.

An jenem Morgen des vierundzwanzigsten Dezembers,

bekanntermaßen einem SchT, war Dottor Domenico »Bitte nenn mich Mimmo« Gammardella nicht in der Beratungs- stelle, sehr zum Bedauern einer stark geschminkten, schon arg in die Jahre gekommenen Frau mit einem voluminösen Päckchen in der Hand, das offenbar etwas Essbares enthielt.

»Entschuldigen Sie, Signora, aber kommt der nette Dok- tor heute nicht? Wir haben hier Struffoli und eine Pastiera für ihn.«

Mina erwiderte eisig:

»Keine Ahnung, er sagt mir nicht, ob er kommt oder nicht. Und überhaupt, gibt es diese Ricotta-Torte nicht eher an Ostern?«

Die Frau gab ein genervtes Prusten von sich.

»Ja, aber weil er nicht von hier ist und auch noch nicht lange hier wohnt, wird er sie kaum kennen. Klar, wenn je- mand von seinen Kolleginnen ihn hin und wieder zum Es- sen einladen würde, dann wüsste er auch besser über unsere Küche Bescheid.«

Minas Gesicht nahm eine dunkelrote Färbung an.

»Aber ... wieso muss man sich denn gleich verbrüdern, nur weil man zusammenarbeitet? Abgesehen davon sind wir hier, um der Allgemeinheit zu dienen und nicht ...«

Die Frau schnitt ihr das Wort ab.

»Schon gut, Signora, ich hab's begriffen: Der Doktor ge- fällt Ihnen auch. Ich gehe jetzt, vielleicht komme ich später noch mal wieder, wenn Sie ihn sehen, sagen Sie ihm, Si- gnora Nunzia war da, die mit der Blasenentzündung, um ihm schöne Weihnachten zu wünschen. Danke, und ma- chen Sie's gut.«

Mina war so baff, dass es ihr die Sprache verschlug. Sie schaute der Frau nach, wie sie auf ihren Stöckelschuhen die Stufen hinunterbalancierte, immer gefährlich nah am Abgrund schwebend. Mein Gott, dachte sie, war das so offensichtlich? Sie schauderte, aber nicht nur wegen des Windes, der durch das Treppenhaus fegte wie über eine sibirische Steppe, und trat in die Beratungsstelle.

Auf einem der schäbigen Holzstühle im Flur saß eine junge Frau und wartete.

Sie saß so nah an der Wand, dass man sie nicht sehen konnte, wenn man von der Treppe kam; Mina hatte sie nur bemerkt, weil sie vor ihrer Bürotür stehen geblieben war, um in ihrer Tasche nach dem Schlüssel zu kramen.

Ein solches Verhalten war nicht ungewöhnlich: Für die meisten jungen Frauen, die in die Beratungsstelle kamen, lag die größte Angst darin, erkannt zu werden, weshalb sie vorzugsweise früh am Morgen oder kurz vor Feierabend hereinschneiten, was für Mina bedeutete, dass sie oft zu spät zum Abendessen heimkehrte und sich auf eine endlose Diskussion mit dem »Problem« einlassen musste. Oft, zu oft versteckten diese Mädchen nicht nur sich selbst, sondern auch die Spuren von Schlägen im Gesicht oder am Körper, für die sie sich absurderweise schämten.

Diesmal hatte die »Kundin« jedoch keine blauen Flecken oder Schürfwunden, wie Mina aus den Augenwinkeln sehen konnte, im Gegenteil, bereits um diese Uhrzeit war ihr Aussehen so makellos, dass sie nur staunen konnte.

Die junge Frau war nicht nur wunderschön, sondern auch raffiniert zurechtgemacht. Das dezente Make-up hob ihre feinen Gesichtszüge hervor, und das zu einem lockeren Pferdeschwanz gebundene Haar gab den Blick frei auf ein Paar dezente Perlenohrringe. Unter dem dunklen Mantel mit dem Wollschal lugten schwarz bestrumpfte Beine mit eleganten halbhohen Pumps hervor, die die schmalen Knöchel betonten.

Wahrscheinlich stammte sie aus einem der besseren Viertel und war in die Beratungsstelle gekommen, um sich von Dottor Domenico »Bitte nenn mich Mimmo« Gammardella untersuchen zu lassen, schlussfolgerte Mina. Sie verspürte ein unangenehmes Ziehen im Magen, als sie an ihren unförmigen Pullover und ihr ungeschminktes Gesicht dachte. Also tat sie so, als würde sie die Frau nicht bemerken, schlüpfte in ihr Zimmer und knallte die Tür hinter sich zu.

Sie bemühte sich, ihren altersschwachen Heizofen in Gang zu setzen, als sie ein verhaltenes Klopfen an der Tür hörte.

»Herein!«, sagte sie lauter als beabsichtigt, und die junge Frau aus dem Flur stand im Türrahmen.

»Darf ich reinkommen?«

Mina runzelte die Stirn. Diese Stimme. Leise, ein wenig rau, mit einem kaum zu vernehmenden Beben. Diese Stimme hatte sie schon einmal gehört.

Die Frau machte einen Schritt ins Zimmer hinein. In ihren behandschuhten Händen trug sie eine lederne Handtasche. Ihre blauen Augen waren auf Minas Gesicht gerichtet.

»Bitte, Signora, sagen Sie mir, was ich für Sie tun kann.«

Noch ein Schritt vor.

»Dottoressa, erkennen Sie mich nicht wieder? Ist es denn schon so lange her?«

Mina durchforstete ihr Gedächtnis und versuchte, sich die Kleider und den Schmuck der schönen jungen Dame wegzudenken. Die Stimme. Und die Augen, strahlend blau, furchtlos und mit einem kleinen herausfordernden Funkeln. Ja, sie war es, sie musste es sein.

»Anna? Bist das wirklich du? Aber …«

Ein flüchtiges Lächeln glitt über das Gesicht der Frau.

»Darf ich mich setzen, Dottoressa? Und kann ich die Tür hinter mir zumachen?«

Normalerweise zog Mina es vor, dass die Tür nur angelehnt war; sie hatte sich schon manch eine Geschichte angehört, die im Eifer des Gefechts eine seltsame Wendung genommen hatte, sodass sie rasch um Hilfe hatte rufen müssen. Aber sicher nicht bei Anna, der kleinen Nanninella – so viele Jahre waren seit damals vergangen.

Sie nickte ihrer Besucherin zu und wartete darauf, dass diese mit graziösen, fließenden Bewegungen die Tür hinter sich schloss und auf dem Stuhl vor ihrem Schreibtisch Platz nahm.

Während Mina ihren Erinnerungen freien Lauf ließ, kam es ihr so vor, als wäre ihre letzte Begegnung mit Anna erst gestern gewesen und nicht schon vor einer halben Ewigkeit.

Damals, vor zwölf Jahren, hatte sie ehrenamtlich fürs Jugendgericht gearbeitet, das ihr auf Veranlassung ihres Staatsanwalt-Ehemannes ein paar minderschwere, noch nicht justiziable Fälle zugewiesen hatte. Ein Schauer lief ihr über den Rücken, als sie an das innere Feuer dachte, das in ihr gebrannt hatte, an ihren unbedingten Willen, aus dieser Stadt eine bessere zu machen. Kurz fragte sie sich, wie lange die Stadt wohl gebraucht hatte, um aus ihr einen schlechteren Menschen zu machen, doch schnell verdrängte sie den Gedanken wieder.

Nanninella war ein Kind aus der »Bronx«, wie seine Bewohner ihr Viertel nannten, das vom Drogenhandel beherrscht wurde. Ihr Vater arbeitete als illegaler Parkwächter und sammelte den Müll neben den Containern auf; ihre Mutter putzte die Treppenhäuser in einigen Mietskasernen. Anna war die Älteste von vier Kindern. Mit ihren elf Jahren passte sie tagsüber auf die jüngeren Geschwister auf und war abends schon ein paar Mal von den Carabinieri draußen auf der Straße erwischt worden, wo sie sich mit ein paar Halbstarken die Zeit vertrieb. Es waren keine Kriminellen im eigentlichen Sinne, aber dennoch kein guter Umgang für eine Elfjährige. Der über den Fall unterrichtete junge Staatsanwalt hatte Mina gebeten, einen Hausbesuch zu machen, um die Eltern zu informieren.

Bei früheren Besuchen dieser Art hatte man sie entweder gar nicht erst in die Wohnung gelassen, oder aber sie wurde wüst beschimpft, damit die Nachbarn nicht auf die Idee kamen, man habe sich Hilfe vom Amt geholt, was in dem Viertel verpönt war. Die Familie Capassa hingegen hatte Mina freundlich empfangen und ihr sogar einen Kaffee angeboten.

Nanninella, so hatten die Eltern ihr erklärt, sei ein intelligentes, aufgewecktes Mädchen, das nicht so aufwachsen solle wie die Kinder aus der Nachbarschaft; leider hätten sie jedoch kein Geld für eine ordentliche Ausbildung und könnten sie noch nicht einmal regelmäßig auf die normale Schule schicken, weil sonst niemand auf die jüngeren Geschwister aufpassen würde. Sogar sonntags, wenn der Vater in den Stadtpark gehe, um Luftballons und Trillerpfeifen zu verkaufen, und die Mutter in einer Pizzeria kellnere, müsse Nanninella für das Mittagessen sorgen. Sie seien sich des Risikos bewusst, das von einem bestimmten Umgang ihrer Tochter ausging, aber in ihrer miserablen Lage hätten sie keine Möglichkeit, woanders hinzuziehen. Wirklich sehr traurig, denn »die Kleine geht so gerne in die Schule, sie ist die Lieblingsschülerin von allen Lehrern, sie sind sogar hierhergekommen, als sie sich mal eine Weile nicht blicken ließ. Aber es geht einfach nicht anders.«

Daraufhin hatte sich Mina der Sache angenommen. Jeden Tag war sie für ein paar Stunden zu dem Mädchen nach Hause gegangen und hatte dafür gesorgt, dass sie ihre Schulaufgaben machte, um einen anständigen Abschluss zu bekommen, den sie vielleicht nie brauchen, der ihr aber zumindest eine gewisse Befriedigung geben würde. Zugleich versuchte sie, das Mädchen von ihren sogenannten Freunden fernzuhalten, die sie gegen ein paar Lire mit Vergnügen für Kurierdienste einsetzten. Dann war die Beratungsstelle eröffnet worden, und Mina hatte ihren Schützling nicht mehr wiedergesehen.

»Wie geht's dir denn? Mein Gott, bist du groß geworden! Wie lange ist das jetzt her? Zehn Jahre, nein, zwölf, oder? Und wie gut du aussiehst, so ... so anders.«

Die junge Frau lächelte bitter.

»Sie meinen bestimmt ›so wohlhabend‹, oder? Sie denken sicher, dass meine Kleider, mein Schmuck, mein ganzes Aussehen nicht im Entferntesten mehr an das Mädchen erinnern, das Sie damals kannten. Luxus statt Lumpen, wenn man so will. Aber ein Luxus, der bezahlt werden will. Teuer bezahlt. Um denen zu gefallen, die da oben in Ihrem Viertel wohnen.«

Minas Ton wurde schärfer.

»Was willst du mir damit sagen, Nanninella? Als ich mich damals zurückgezogen habe, warst du ein Teenager, der seinen Schulabschluss in der Tasche hatte und bester Dinge war.«

»Um Gottes willen, so war das nicht gemeint, Dottoressa. Schon klar, Sie können nicht ein Leben lang auf unsereins aufpassen. Sie können dafür sorgen, dass wir eine ordentliche Grundlage bekommen, einen Schulabschluss, vielleicht sogar einen Job. Oder dass wir aus dem Knast entlassen werden. Danach müssen wir selber sehen, wie wir uns in unserer Welt behaupten. Und wissen Sie: Unsere Welt, das ist die Hölle. Da können Sie natürlich nichts für, es ist allein unsere Schuld, dass wir nicht aufstehen und auf die Monster schießen, dass wir es ihnen nicht mit denselben Waffen vergelten, die sie gegen uns richten.«

»Pass auf, ich kann diese Art Gerede nicht ertragen. Wir reißen uns hier von morgens bis abends ein Bein für euch aus, wie die Prediger in der Wüste, also komm mir bitte nicht mit solchen Litaneien. Was willst du von mir?«

Nanninella lächelte noch einmal, diesmal versöhnlicher.

»Genau, so habe ich Sie in Erinnerung: kämpferisch und fest entschlossen. Ich habe Sie damals richtig toll gefunden und sogar versucht, so zu werden wie Sie. Natürlich haben Sie davon nichts mitbekommen ... Nun, stattdessen ist aus mir eine Prostituierte geworden. Zwar auf hohem Niveau, aber Hure ist Hure. Man kann mich unter einer geheimen Nummer erreichen, auf einem Spezialtelefon, nur für gewisse Kunden. Wir treffen uns in Hotels, auf dem Flur: Sie buchen ein Einzel- und ich ein Doppelzimmer, ganz diskret.«

Mina hatte wenig Lust auf ein Gespräch auf dieser Ebene.

»Ihr Armen, die ihr zu einem solchen Leben gezwungen seid. Denn Treppenputzen, so wie deine Mutter, die sich ihren Rücken dabei ruiniert, das ist euch zu anstrengend, was? Mit so einem Job kannst du dir keine Perlenohrringe kaufen.«

»›Ruinierte‹, Dottoressa. Vergangenheitsform. Meine Mutter ist tot. Genau wie mein Vater, der an derselben Krankheit gestorben ist wie sie, beide innerhalb von zwei Jahren. Solche Dinge passieren. Und an schöne Kleider, an Schmuck gewöhnt man sich schnell. Aber das ist nicht der Grund, weshalb ich hier bin; ich weiß selbst, dass ich den falschen Weg gewählt habe.«

»Und weshalb bist du dann hier? Hast du an Heiligabend nichts Besseres zu tun?«

»Bitte, Dottoressa, Sie müssen mir zuhören. Ich wohne in einem der besseren Viertel, ich habe keinen Kontakt mehr zu den Leuten von früher. Ich gehe einer geregelten Arbeit nach – Sie sehen ja, ich wirke nicht wie eine Hure, genauso wenig wie die anderen Escortmodels, man hält uns für ganz normale Frauen. Ich komme zu Ihnen, weil ich ein Kind habe.«

Eine seltsame Szene spielte sich vor Minas Augen ab: Kaum hatte Anna ihren Sohn erwähnt, kullerte eine Träne über ihre Wange. Weder veränderte sich ihr Tonfall noch verschwand die Härte aus ihrem Blick. Weder verzog sich ihre Miene zu einem leidvollen Gesichtsausdruck noch legte sich ihre Stirn in Falten. Da war nur dieses Rinnsal, das sich ganz langsam von ihrem linken Auge hinunter bis zu ihrem Kinn zog.

»Er ist zwei Jahre alt. Frucht einer Affäre mit einem … Egal, das spielt hier keine Rolle. Der Vater weiß nichts von ihm und soll es auch nicht wissen. Ich ziehe ihn alleine auf, das hätte ich ohnehin getan. Meine Geschwister denken, ich lebe im Ausland; ich schicke ihnen regelmäßig Geld, und es geht ihnen gut. Gott sei Dank scheinen sie auch ohne mich klarzukommen.«

Mina konnte sich ein Lächeln nicht verkneifen. Gut, Nanninella ging anschaffen, aber sie kümmerte sich nach wie vor um ihre Familie, so wie sie es von klein auf getan hatte. So etwas nannte man wohl »Prägung«.

»Verstehe. Aber weshalb bist du hier?«

»Ich bin hier, weil dies mein letztes Weihnachten sein wird, Dottoressa. Heute Abend muss ich sterben.«

Von unten auf der Straße drang ein heiseres Hupen zu

ihnen nach oben. Mina öffnete den Mund und schloss ihn gleich wieder, als sie ein Klopfen an der Tür hörte. Sie stand auf und öffnete.

»Hallo, Mina. Ich wollte dir nur sagen, dass ich hier bin, etwas verspätet zwar, aber besser spät als nie. Falls du mich also brauchen solltest …«

Kaum hatte Mina in das strahlende Gesicht des Gynäkologen geblickt, machte sie die Tür bis auf einen winzigen Spalt gleich wieder zu und stellte sich so hin, dass er ihren Besuch auf keinen Fall sehen konnte.

»Ah, Domenico, hallo! Okay, verstanden, danke für die Info. Bis später.«

Die Tür war noch nicht ganz ins Schloss gefallen, als Mina sich auch schon innerlich wegen der verpassten Gelegenheit verfluchte, mit dem Arzt ins Gespräch zu kommen. Denn wie sie sich eingestehen musste, war sie nur seinetwegen am Morgen des vierundzwanzigsten Dezembers ins Büro gekommen. Stattdessen hatte sie jetzt diese harte Nuss zu knacken.

»Was soll das heißen, du musst heute Abend sterben?«, fragte sie, während sie sich wieder auf ihren Platz setzte.

»Sagt Ihnen der Name Luongo etwas?«

Wem sagte dieser Name nichts, dachte Mina seufzend. Die Familie Luongo herrschte nicht nur über das Viertel und die ganze Stadt, sondern bestimmte sogar, wann die Sonne aufging – je nachdem ob sie mit ihrem nächtlichen Treiben schon fertig war oder nicht.

»Sie haben meinen Sohn entführt. Er ist seit gestern bei ihnen, nachdem seine ukrainische Babysitterin mit ihm einen Spaziergang in der Nähe unserer Wohnung gemacht hat. Die Entführung ist vollkommen geräuschlos abgelaufen – sie hat sofort begriffen, wen sie da vor sich hatte. Als ich abends nach Hause kam, war sie in Tränen aufgelöst und hatte ein ganz geschwollenes Gesicht. Später haben sie mich angerufen, auf der Geheimnummer, die niemand außer meinen Kunden kennt.«

Mit aufgerissenen Augen hatte Mina ihr zugehört.

»Und was wollen sie – Geld?«

Die junge Frau lachte höhnisch auf.

»Von wegen. Die kaufen sich, was sie wollen – mich, Sie, die ganze Stadt –, und danach haben sie immer noch eine Summe mit so vielen Nullen in der Hand, dass wir sie gar nicht benennen können. Nein, sie wollen etwas ganz anderes von mir.«

Sie nahm einen Briefumschlag aus ihrer Tasche und zeigte ihn Mina.

»Der Anruf kam mitten in der Nacht, als ich nicht mehr ein noch aus wusste. Ihnen wäre klar gewesen, dass eine wie ich nicht die Polizei ruft, haben sie gesagt. Dem Jungen ginge es gut, er würde mit den anderen Kindern spielen, die genauso alt wären wie er. Ich konnte ihn im Hintergrund durchs Telefon rufen und lachen hören.«

Wieder fing sie lautlos an zu weinen.

»Ich habe den Mann am anderen Ende der Leitung gefragt, was ich tun soll. Der Stimme nach war er schon ziemlich alt; er meinte, jemand würde mich anrufen, ein Geschäftspartner von ihnen, der den Abend mit mir verbringen wollte, ich wäre ihr Weihnachtsgeschenk für ihn. Sie würden mir was in den Briefkasten werfen, ein Tütchen. Und den Inhalt dieses Tütchens solle ich in das Glas von dem Typ geben.«

Mina wartete schweigend, während die junge Frau den Briefumschlag mehrfach in den Händen drehte und schließlich vor sich auf den Schreibtisch legte. Sie schniefte kurz und sprach weiter.

»Er ist auf einem Boot im Jachthafen, ich soll … Sagen wir, ich soll ihm Gesellschaft leisten, heute Abend ab acht. Nur ich alleine. Wahrscheinlich ist er schon älter, weil er nur eine Frau will und nicht zwei oder drei, wie es die Reichen normalerweise wünschen. Eine Nummer, dann sind die Herren in der Regel erschöpft und schlafen ein, aber du musst neben ihnen liegen und ihre Hand halten. Wie bei kleinen Kindern.«

Sie schaute Mina unbeirrt an; es schien ihr weder peinlich zu sein noch wirkte sie, als würde sie unter ihrer Arbeit leiden.

»Es geht um meinen Sohn, Dottoressa. Ich bin zu Ihnen gekommen, weil Sie ein guter Mensch sind, der einzige, der jemals etwas für mich getan hat, ohne eine Gegenleistung zu verlangen. Ich weiß, dass sie mich nicht gehen lassen werden, nach diesem … nach heute Abend. Das Risiko, jemanden mit diesem Wissen laufen zu lassen, ist ihnen sicher zu groß. Und falls sie mich nicht umbringen, dann muss ich es selbst tun, denn wenn sie mich im Auto in die Luft sprengen oder in der Wohnung, zusammen mit meinem Kind … Mein Sohn – Sie müssen ihn da rausholen, Dottoressa. Ich weiß, wer ihn hat, auch ich habe ein paar einflussreiche Freunde. Morgen früh müssen Sie da hingehen, ihn rausholen. Und bringen Sie ihn in ein Waisenhaus, in ein gutes, und nicht zu meinen Geschwistern, denn dann ändert sich gar nichts, dann wird er genauso enden wie sie. Oder vielleicht finden Sie auch eine nette Familie für ihn, die ihn behandelt wie ihren eigenen Sohn.«

Mina nahm den Briefumschlag vom Schreibtisch und wog ihn nervös in den Händen.

»Und Sie müssen dafür sorgen, dass er diesen Brief erhält, wenn er achtzehn ist. Da stehen ein paar Dinge drin, die er wissen soll, damit er nicht denkt, seine Mutter hätte ihn im Stich gelassen, um ihr eigenes Ding zu drehen. Ich weiß, dass Sie das tun werden, Sie sind nicht von der Polizei oder vom Amt, Sie sind jemand, der uns versteht, der weiß, wie unsere Welt funktioniert. Deshalb bin ich auch zu Ihnen gekommen.«

Ihre letzten Worte waren fast in dem gackernden Lachen untergegangen, das aus dem Flur zu ihnen hinüberdrang. Vielleicht war die Dame mit der Ostertorte zurückgekehrt, um dem Doktor ihr selbst gemachtes Gebäck zu bringen, dachte Mina. Sie versuchte, ihre Gedanken zu ordnen.

»Du musst das nicht tun, du musst diesen … diesen Auftrag nicht erledigen. Wenn du weißt, wer das Kind hat, kannst du die Leute anzeigen, ich werde dir helfen und …«

Wieder lachte Anna höhnisch auf.

»Das glauben Sie doch selber nicht, Dottoressa! Das sind keine normalen Leute, die klein beigeben, wenn ihnen was danebengeht. So schnell können Sie gar nicht gucken, wie dieser Hydra die Köpfe nachwachsen. Und ich wüsste auch gar nicht, wo ich mich verstecken sollte. Wie auch immer – wenn Sie mir nicht helfen können oder wollen, verstehe ich das. Danke trotzdem. Und frohe Weihnachten.«

Sie machte Anstalten, sich zu erheben, aber Mina hielt sie zurück.

»Habe ich jemals die Brocken hingeworfen, ich, Mina Settembre? Das glaubst du doch nicht wirklich, oder? Nun komm schon, erzähl mir alles, was ich wissen muss. Angefangen damit, wo dein Sohn sich aufhält.«


Allein zurückgeblieben trat Mina ans Fenster und sah Nanninella mit gesenktem Kopf aus dem Haus treten. Beim Abschied hatte sie der Sozialarbeiterin das Versprechen abgenommen, zu niemandem einen Ton zu sagen und in keiner Weise aktiv zu werden. Mina hatte der jungen Frau ihr Wort gegeben, wohlwissend, dass sie sich nicht daran halten würde.

Die Entscheidung, diesen Beruf zu ergreifen und sowohl auf ein vernünftiges Gehalt als auch auf ein gewisses soziales Standing zu verzichten, wurde ihr fast täglich von ihrer Mutter vorgehalten. Concettas Stimme hallte in ihrem Ohr wider: »Du hättest jede Menge Geld verdienen können, man hätte dich respektiert und gefürchtet, und du hättest sogar deinen Mann verlassen können, ohne danach beinah nackt dazustehen.«

Doch sie hatte ihre Entscheidung nicht von ungefähr getroffen, denn sie wollte nun einmal nicht ohnmächtig dabei zusehen müssen, wie das Böse seinen Lauf nahm. Für das Studium von Akten und Gesetzen war sie nicht gemacht, doch sie wusste genau um den Unterschied zwischen Recht und Gerechtigkeit, der manchmal winzig, manchmal aber auch enorm war. Eine Grauzone, in der die Schwächsten fast immer den Kürzeren zogen.

Ihr Blick fiel auf den Brief, den die junge Frau ihr dagelassen hatte. Wahrscheinlich hatte Anna den leichtesten Weg gewählt, der sich ihr dank ihres guten Aussehens geboten hatte, wer wollte es ihr verübeln? Sicher niemand, der das Loch gesehen hatte, in dem sie aufgewachsen war, oft ohne etwas Vernünftiges zu essen zu haben, umgeben von Dreck, Ratten und ansteckenden Krankheiten. Die ganze Kindheit und Jugend hindurch nur Elend und Armut. Allein schon, dass sie nicht drogenabhängig geworden war, wie so viele ihrer Altersgenossen, war ihr hoch anzurechnen.

Nicht das war der Grund, weshalb sie ihr Leben zu verlieren drohte. Nicht aus dem Grund musste ihr Kind für sie und alle anderen bezahlen.

Es stimmte natürlich: Wenn Mina zur Polizei gehen würde, könnte diese den Mord vielleicht verhindern, aber danach blieben Anna und ihr Kind doch wieder ihrem Schicksal überlassen, einmal ganz abgesehen davon, dass die Auftraggeber des Mordes weder identifiziert noch dingfest gemacht werden könnten.

Es gab einfach keine Lösung. Und von ihr, der Sozialarbeiterin Gelsomina Settembre, genannt Mina, wurde nun erwartet, dass sie trotzdem eine fand oder es zumindest versuchte. Und das innerhalb von wenigen Stunden, noch dazu an Heiligabend.

Sie nahm ihre Brille ab und legte das Gesicht in die Hände. Fast eine Minute lang verharrte sie in dieser Stellung, bemüht, ihre Gedanken zu sortieren – ohne den geringsten Erfolg. Es half nichts, sie musste mit jemandem reden, der in der Sache völlig unvoreingenommen war und, anders als sie, nicht in hektische Betriebsamkeit verfallen würde.

Sie erhob sich, trat zur Tür hinaus und wäre beinah mit Dottor Gammardella zusammengestoßen, der mit einem gefährlich schwankenden Stapel Weihnachtspäckchen auf dem Arm verzweifelt versuchte, einer sich auf ihn stürzenden Schar gurrender Matronen zu entgehen.

»Domenico, könntest du bitte einen Moment in mein Büro kommen?«

Sichtlich dankbar für die unerwartete Hilfestellung verabschiedete der Gynäkologe seine Verfolgerinnen und machte mit einem Seufzer der Erleichterung die Tür hinter sich zu.

»Mamma mia, was für ein Stress! Die Damen sind ja alle wahnsinnig nett, aber ehrlich gesagt scheint mir dieses ganze Gewese um mich doch ziemlich übertrieben. Letztlich tue ich nur meine Arbeit. War das bei meinem Vorgänger auch so heftig?«

Mina hatte jetzt keine Zeit für Geplänkel.

»Nein, ich glaube nicht«, sagte sie kurz angebunden. »Bitte, Domenico, setz dich. Ich muss dir was erzählen.«

»Okay, aber sag doch endlich Mimmo zu mir. Domenico kommt mir so förmlich vor – und das sollte es nicht sein, schließlich arbeiten wir ja zusammen. Meinst du nicht?«

Das war jetzt wirklich nicht der Moment für eine nähere Beschäftigung mit haselnussbraunen Augen, Kinngrübchen und blondem Dreitagebart. Kurz wurde Mina von dem Gedanken gestreift, dass sie ja ursprünglich genau aus dem Grund an Heiligabend ins Büro gegangen war und dass der SchT wieder einmal anders für sie entschieden hatte. Sie fragte sich, ob der Mann, den sie vor sich hatte, wohl in der Lage war, mit dem Problem umzugehen, das sie ihm gleich darlegen würde. Doch dann beschloss sie, dass sie keine andere Wahl hatte, und erzählte ihm in einem Atemzug und ohne ein einziges Detail auszulassen die ganze Geschichte von Nanninella.

Der Arzt hatte ihr mit wachsendem Erstaunen zugehört. Als sie fertig war, rieb er sich zerstreut über das kratzige Kinn und das Grübchen und sagte:

»Keine Frage, wir müssen das den Behörden melden.«

»Genau das sollten wir auf keinen Fall tun«, erwiderte Mina und erklärte ihm den Grund dafür. Es grenzte fast schon an Sadismus, als sie ihm in den leuchtendsten Farben ausmalte, was »diese Leute« im Falle von Zuwiderhandlung mit Mutter und Kind anstellen würden.

»Lass mich nicht bereuen, dir das alles erzählt zu haben, Domenico. Ich habe niemanden sonst, mit dem ich reden könnte, und ich brauche Hilfe. Wir müssen uns dieser Sache einfach annehmen.«

»*Wir*? Und was genau können *wir* hier tun? Ein Gynäkologe und eine Sozialarbeiterin, wohlgemerkt. Wir müssen jemanden finden, der uns bei der ganzen Sache unterstützt, wenn du schon die Polizei aus dem Spiel lassen willst. Jemanden, der weiß, was zu tun ist. Du kennst doch bestimmt irgendwen, der in dieser Szene zu Hause ist, oder? Ich, ich komme von außerhalb, ich bin erst seit ein paar Monaten hier und …«

Das Letzte, was Mina wollte, war, sich von diesem typisch männlichen Mangel an Pragmatismus entmutigen zu lassen. Nicht an einem SchT. Vor allem nicht, wenn es wie dieser einer der Sonderklasse war.

»Pass auf, ich will jetzt nur wissen, ob ich eventuell auf dich zählen kann. Nur im absoluten Notfall. Sonst belassen wir es jetzt einfach dabei und tun so, als hätte dieses Gespräch nie stattgefunden.«

Domenico saß mit einem Mal so kerzengerade auf seinem Stuhl, als hätte man ihm einen Schlag in die Nieren versetzt.

»Machst du Witze? Klar kannst du auf mich zählen! Ich lasse dich doch nicht alleine mit dieser Geschichte. Ich will nur sicher sein, dass wir das Richtige tun, mehr nicht.«

Mina nickte gedankenverloren. Tatsächlich kannte sie jemanden, der sich in der Szene auskannte, zumindest war es ziemlich wahrscheinlich. Nur, dass sie nicht sehr begierig darauf war, diesem Jemand zu begegnen.

Das Centro Direzionale war wirklich ein deprimierender Ort, erst recht an einem Tag wie Heiligabend. Selbst wenn in der ganzen Stadt das schönste Wetter herrschte, mit viel

Sonne und einem lauen Lüftchen, pfiff der Wind zwischen den Hochhäusern hindurch, und die verlassenen Straßen waren übersät von leeren Kartons und trockenen Blättern, die von hier nach da getrieben wurden.

Mina stieg aus dem Taxi und ging mit festem Schritt in Richtung Justizpalast. Sie hatte sicherheitshalber vorher angerufen, obwohl sie kaum Zweifel hegte, dass die Person, mit der sie sprechen wollte, auch an Heiligabend im Büro sein würde.

Fröstelnd, die Hände tief in den Taschen seines grauen Wintermantels vergraben, stand ihr Ex-Mann wartend hinter einer Säule gegenüber vom Eingang. Mina lächelte. Das Grau stand ihm gut, es war seine Farbe.

Kaum hatte Claudio sie hinter seinem Windschutz entdeckt, trat er ihr entgegen.

»Jetzt bin ich aber gespannt, warum du nicht mit mir am Telefon reden oder in mein Büro kommen wolltest. Zehn Minuten in dieser Eiseskälte bei dem Wind – da hätte ich mich ja gleich erschießen können.«

»Ciao, Claudio. Was für eine nette Begrüßung. Da drüben ist eine Bar, da kannst du dich aufwärmen.«

Nachdem sie an einem abgelegenen Tisch Platz genommen und zwei Espressi bestellt hatten, musterten sie sich gegenseitig: Claudio, der wie immer eine sorgenvolle Miene aufgesetzt hatte, suchte nach Anzeichen von Unwohlsein bei Mina, während diese zu ergründen versuchte, wie sie bloß auf die Idee gekommen war, mit einem so Vertrauen erweckenden, aber tieftraurigen Mann ihr Leben verbringen zu wollen.

»Geht's dir gut? Du siehst ein bisschen verhärmt aus. Isst du auch genug?«

»Das hast du mich letztes Mal schon gefragt. Ja, ich esse

genug. Aber deswegen bin ich nicht hier. Ich muss mit dir reden.«

Claudio zog eine Grimasse.

»Das habe ich mir schon gedacht, als du angerufen hast. Also, was gibt's?«

Mina drehte den Kaffeelöffel in ihren Händen.

»Erst musst du mir versprechen, dass du für die nächsten Minuten den Staatsanwalt in dir vergisst. Deshalb wollte ich dich auch nicht in deinem Büro treffen.«

»Mina, du weißt schon, dass man nicht nur zu einer bestimmten Uhrzeit oder an einem bestimmten Ort Staatsanwalt ist, oder? Entweder man ist Staatsanwalt, oder man ist es nicht. Du machst mir ein bisschen Angst – was ist denn los?«

Ihr Blick wanderte über die ordentliche Frisur, die ebenmäßigen Gesichtszüge, die Brille, die korrekt gebundene Clubkrawatte, das Hemd mit den Initialen auf der Brusttasche. Wie bei jeder ihrer Begegnungen verspürte sie eine Mischung aus Zuneigung, Melancholie, Zärtlichkeit und Wut.

»Ich weiß, du bist schon seit der Wiege Staatsanwalt. Vielleicht war es ein Fehler, dich anzurufen, also vergiss es einfach. Lass uns unseren Espresso trinken, und dann gehe ich wieder. Wenigstens habe ich dir auf diese Weise persönlich schöne Weihnachten wünschen können.«

Claudio begehrte auf.

»Nein, nein, jetzt bist du schon mal da, jetzt erzählst du mir auch alles. Und ich werde versuchen, über meinen Schatten zu springen. Aber erst bist du an der Reihe.«

Mina seufzte.

»Na gut. Also, nehmen wir an, ich hätte heute Morgen Besuch bekommen und dieser Besuch hätte mir eine Geschichte erzählt. Nehmen wir an, es handelt sich um eine Geschichte, bei der die Möglichkeit besteht – wohlgemerkt, nur die Möglichkeit –, dass ein Verbrechen begangen wird. Und dass der Versuch, dieses Verbrechen zu verhindern, extreme Konsequenzen für die Person und ihren Sohn haben würde. Nehmen wir an, ich würde es für meine Pflicht halten, den beiden zu helfen …«

Der Staatsanwalt saß plötzlich kerzengerade auf seinem Stuhl und starrte sie aus vor Verblüffung geweiteten Augen an. Mina konnte nicht anders, als festzustellen, dass seine Reaktion identisch mit der von Domenico war.

»Was erzählst du da? Und was hast du damit zu tun? Mina, hör zu: Du wirst dir jetzt nicht schon wieder ein Problem aufladen, mit dem du selbst nicht das Geringste zu tun hast! Denk bitte daran, dass du immer noch meine Frau bist und dass …«

»Da haben wir's mal wieder, typisch Claudio! Das eigentliche Problem ist nämlich deine Karriere und die Auswirkungen, die mein Leben auf sie haben könnte. Genau aus dem Grund ist unsere Beziehung kaputtgegangen, wenn es denn überhaupt jemals eine war. Ciao, Claudio, mach's gut!«

Er streckte den Arm über den Tisch aus und hielt ihre Hand fest, um sie aufzuhalten.

»Komm schon, lass das. Ich sage auch nichts mehr. Und du erzählst mir jetzt alles.«

Mina maß ihn mit einem langen Blick und beschloss, ihm Glauben zu schenken, auch weil sie keine andere Lösung wusste. Betont neutral und ohne den leisesten Hinweis, der Rückschlüsse auf Nanninella zugelassen hätte, erzählte sie Claudio die ganze Wahrheit. Der Staatsanwalt hörte schweigend zu, nur hin und wieder hakte er nach. Nach weniger als einer Minute konnte er der Versuchung nicht mehr widerstehen und zog einen Stift hervor, um ein paar Notizen auf eine Papierserviette zu kritzeln. Mina grinste kaum merklich, als sie sein Faible für methodisches Denken wiedererkannte.

Als sie fertig war, verharrten sie eine Minute lang in nachdenklichem Schweigen. Dann sagte Claudio:

»Die Luongos. Brutale Schlächter. Leute, die keine Sekunde zögern, dich in eine Kalkgrube oder ins Meer zu werfen. Du kannst dir nicht vorstellen, wie viele von denen, die sich ihnen entgegengestellt haben, wir nicht mehr ausfindig machen konnten. Eine Jacht, sagst du? Dann muss es sich um einen ausländischen Waffenschieber handeln, jemanden, der sie vermutlich über den Tisch ziehen wollte. Ein geschickter Schachzug, ihn mithilfe von einer Nutte da rauszuholen – er wird gut bewacht sein, diese Typen haben eine ganze Privatarmee um sich herum.«

»Herzlichen Glückwunsch für dein ausgeprägtes Sozialempfinden! Als hätte eine ›Nutte‹ nicht auch Gefühle … Zufällig hat die besagte junge Frau ein Kind und befindet sich in einer ausweglosen Lage. Also, hast du irgendeine Idee?«

Claudio biss sich auf die Oberlippe.

»Du willst niemanden anzeigen, sie erst recht nicht; also können wir nicht einfach hingehen und sie und das Kind einkassieren, denn irgendwann müssten wir sie wieder freilassen und damit direkt in die Arme dieser Gangster treiben. Genauso wenig können wir auf Verdacht sämtliche Jachten im Hafen durchkämmen. Wir könnten sie vielleicht festnehmen, bevor sie an Bord geht, bei einer angeblichen Kontrolle. Vielleicht könnten wir sie sogar für ein paar Tage hinter Gitter bringen, sagen wir, bis zum Dreikönigstag, dann wäre es nicht ihre Schuld, dass es nicht zu dem Auftragsmord kam. Aber mehr können wir nicht tun, fürchte ich, außer wie gesagt jemand erstattet Anzeige, sodass wir offiziell ermitteln müssten.«

Mina schüttelte seufzend den Kopf.

»Nein, das würde nichts bringen, im Gegenteil, das würde für die beiden alles nur noch schlimmer machen. Also gut, ich denke mir was anderes aus.«

Claudio rutschte unruhig auf seinem Platz hin und her.

»Es ist nicht mehr viel Zeit, Mina. Es ist schon fast zwei Uhr. Tu bitte nichts Unüberlegtes, das sind brutale Mörder, die zögern nicht lange, dich um die Ecke zu bringen, und das könnte ich … das könnte ich nicht ertragen.«

Sie lächelte ihm zu und strich zärtlich über seine Hand. Dann stand sie auf.

»Mach dir keine Sorgen, Claudio. Ich tue nie etwas Unüberlegtes, das weißt du doch.«

In Wirklichkeit würde sie es natürlich doch tun, und das wusste auch er ganz genau.

Sie saß noch im Taxi, als ihr Handy klingelte.

»Mina? Ciao, hier ist Mimmo.«

»Mimmo? Welcher Mimmo?«

»Äh … Domenico, hier ist Domenico.«

»Ah, ciao, Domenico. Was ist los?«

»Pass auf, ich habe noch mal über … über diese Sache nachgedacht. Ich meine das Problem … Deinen Besuch von heute morgen. Diese … diese …«

»Domenico, nun spuck's schon aus! Du musst keine Angst haben, die werden uns sicher nicht abhören.«

»Natürlich nicht, wo denkst du hin? Ich wollte nur diskret sein, verstehst du, von wegen Datenschutz et cetera

… Also, ich habe da so eine Idee … Das wollte ich dir nur sagen, mehr nicht.«

»Okay, ich bin auf dem Weg. In fünf Minuten bin ich in der Beratungsstelle.«

Domenico »Bitte nenn mich Mimmo« hüpfte aufgeregt von einem Bein aufs andere, mit einem ganz neuen Funkeln im haselnussbraunen Blick. Mina schaute ihn prüfend an.

»Musst du aufs Klo?«

»Nein, es ist nur wegen meiner Idee. Eine Kollegin von mir, eine ehemalige Studienkameradin, der ich bei ihren Prüfungen geholfen habe – also, bei dieser Kollegin habe ich noch was gut.«

»Kann ich mir vorstellen. Und?«

»Sie ist inzwischen Notfallchirurgin in einem großen Krankenhaus. Und was meine Idee angeht: Unser Hauptproblem ist doch das Kind, oder? Das Kind von der jungen Frau, das die Luongos entführt haben.«

»Sagen wir so: Es ist Teil des Problems. Und?«

»Also, meine Kollegin, die von der Notaufnahme, hat einen ziemlich direkten Draht zu einem der Rettungssanitäter. Oder sagen wir, in dem Fall hat sie bei ihm noch was gut. Sie hat nämlich bei einem Krankentransport, als er am Steuer saß, so getan, als hätte sie nicht gemerkt, dass er … na ja, dass er ziemlich viel getrunken hatte. Sie hat ihn gedeckt, und deshalb hat er seinen Job nicht verloren.«

»Hör zu, Domenico …«

»Bitte nenn mich doch Mimmo … Also, was hältst du davon, wenn er, dieser Fahrer, seinen Autoschlüssel auf dem Tisch meiner Kollegin liegen lassen würde? Und wenn dieser Schlüssel verschwinden würde, für ein Stündchen, nicht länger?«

»Und wer hat ihn genommen, den Autoschlüssel?«

»Na, wir natürlich!«

Mina konnte es nicht glauben.

»Wie, wir sollen einen Krankenwagen klauen? Und was machen wir damit?«

Domenico grinste über das ganze Gesicht. Er sah aus wie ein Lausbube, der sich über einen gelungenen Streich freute.

»Du hast doch die Adresse, wo sie das Kind versteckt halten, ja? Um kein Aufsehen zu erregen, haben sie es in der Stadt gelassen, hast du gesagt. Wenn wir uns heimlich anpirschen, sehen sie uns und halten uns an. Wenn wir mit dem Auto kommen, sehen sie uns und halten uns an. Wenn wir mit dem Taxi kommen, sehen sie uns und halten uns an. Wenn wir mit dem Streifenwagen kommen …«

»… sehen sie uns und halten uns an, schon verstanden. Und jetzt?«

»Aber wenn eine Ambulanz mit Tatütata angerast kommt, direkt vor dem Haus hält und ein Arzt und eine Krankenschwester rausspringen, handelt es sich um das perfekte Täuschungsmanöver. Und vielleicht, wenn wir uns beeilen, kommen wir sogar in das Haus rein und können uns den Jungen schnappen. Zumindest sollten wir rauskriegen, in welcher Wohnung er sich genau befindet, um dann einen neuen Plan auszuhecken.«

Mina starrte ihn mit offenem Mund an.

»Du bist ja ein echter Macher! Abgesehen davon, dass sie uns verhaften werden, weil wir eine Ambulanz geklaut, eine falsche Berufsbezeichnung angegeben und einen Betrug zu Lasten des Staates begangen haben, ist das eine großartige Idee.«

Der Arzt frohlockte.

»Das gefällt dir, was? Also legen wir los! Mir scheint, wir

haben nicht mehr viel Zeit. Allerdings bleibt natürlich das Problem mit der jungen Frau bestehen.«

Mina nickte.

»Wohl wahr. Aber wenn es uns gelingt, das Kind in unsere Obhut zu bringen, kann ich sie vielleicht dazu überreden, die Finger von der ganzen Sache zu lassen. Der Versuch lohnt sich auf jeden Fall. Zumal wir sowieso keine andere Wahl haben.«

Um dem SchT auch wirklich gerecht zu werden, beschloss Mina, zu Hause anzurufen und dem »Problem« mitzuteilen, dass sie erst sehr spät von der Arbeit zurückkehren würde. Falls sie überhaupt jemals zurückkehren würde …

Es war die sogenannte Sonia-Schlampe, wie ihre Mutter sie getauft hatte, die ans Telefon ging. Die Zugehfrau hielt die Erfindung Telefon für vollkommen überflüssig, wie sie jedes Mal aufs Neue demonstrierte, wenn sie in den Hörer hineinbrüllte, als müsste sie die Distanz zu ihrem jeweiligen Gesprächspartner mit ihrer bloßen Stimme überwinden.

In ohrenbetäubender Lautstärke teilte sie Mina mit, dass sie die Signora an den Apparat holen würde. Kaum hatte sich das Pfeifen in Minas Gehörgang gelegt, vernahm sie auch schon das rhythmische Quietschen der Rollstuhlräder. Während ihre Mutter ihr noch immer mit ihrem unnachahmlichen Charme begreiflich zu machen versuchte, dass ihr Leben eine Kette von Fehlentscheidungen und nun endgültig ruiniert sei, hatte Mina längst die Verbindung beendet. Eine weitere Lektion in Sachen Eigenliebe konnte sie nun wirklich nicht gebrauchen. Sie warf einen Blick auf das Display ihres Handys: schon vier Uhr.

Zwei ewig lange Stunden verbrachte sie damit, auf den Anruf zu warten, der ihnen grünes Licht für den Krankenwagen geben würde. Mina hätte in dem Moment viel dafür gegeben, vor etlichen Jahren nicht auf Claudio gehört und mit dem Rauchen aufgehört zu haben, doch es entsprach einfach nicht ihrem Charakter, abgelegte schlechte Gewohnheiten wieder aufzunehmen. Zum Ausgleich leistete sie sich ein paar andere Marotten. Sie stand auf, setzte sich, ging drei Schritte, blieb stehen, setzte sich, stand auf, ging drei Schritte, blieb stehen ...

Domenico war ihr auch keine Stütze. Vor lauter Panik, wegen des schlechten Netzempfangs in der Beratungsstelle den entscheidenden Anruf zu verpassen, hielt er sein Handy am ausgestreckten Arm vor sich wie ein Nachtwächter seine Laterne und lief in einem unverständlichen Dialekt leise vor sich hin fluchend von einem Zimmer ins andere. Zum Glück herrschte an diesem Tag kein Kundenverkehr, sonst hätten wohl all die Ratsuchenden gedacht, dass nicht sie, sondern viel eher die Ratgebenden dringend Hilfe benötigt hätten.

Als es schon fast sechs Uhr und Mina kurz vor dem Verzweifeln war, weil ihr keine andere Lösung für die Rettung von Mutter und Kind einfallen wollte, durchschnitt mit einem Mal das donnernde Dröhnen eines E-Basses die Stille: »Highway to Hell« von AC/DC, Domenicos Handy-Klingelton. Vor lauter Schreck stellte die Sozialarbeiterin einen neuen Weltrekord in der Disziplin »Standhochsprung aus dem Sitzen« auf, während der leicht verschämt dreinblickende Gynäkologe das Telefonat nach ein paar einsilbigen Worten rasch beendete.

»Das hätten wir«, sagte er mit konspirativer Miene. »Ich kann ihn holen, zusammen mit dem Fahrer.«

»Fahrer? Was für ein Fahrer?«

Der Arzt zog seine Jacke über und wedelte vage mit der Hand.

»Wir brauchen natürlich einen Fahrer. Hast du je einen Arzt gesehen, der selbst die Ambulanz gesteuert hat? Sie würden sofort wissen, dass es sich um ein Täuschungsmanöver handelt. Aber mach dir keine Sorgen, ich habe da schon einen Fahrer organisiert.«

Mina verstand die Welt nicht mehr. Der Mann dachte wohl, er befände sich in einem amerikanischen Actionfilm.

»Entschuldige, aber was soll das heißen, ›du hast da schon einen Fahrer organisiert‹? Wo hast du ihn denn her? Und was hast du ihm gesagt? Wir können doch nicht einfach irgendjemanden von der Straße auflesen und in die Sache verwickeln. Wie stellst du dir das denn vor?«

»Erstens: Es ging nicht anders. Zweitens: Es ist niemand von der Straße. Drittens: Er ist höchst zuverlässig. Viertens: Er hat auch den richtigen Führerschein – denn stell dir mal vor, die Polizei würde uns anhalten!«

»Und wer soll dieser nicht von der Straße kommende, mit dem richtigen Führerschein ausgestattete, höchst zuverlässige Jemand sein?«

Der Arzt wagte es nicht, ihr in die Augen zu sehen, als er mit leiser Stimme entgegnete:

»Rudy.«

»Wer? Rudy, der Hausmeister? Dieser alte Lustmolch, der seine Finger nicht bei sich behalten kann?«

»In der kurzen Zeit war schlicht niemand anderes aufzutreiben. Und du hättest mal sein Strahlen sehen sollen, als ich ihn gefragt habe! Es sei immer schon sein Traum gewesen, einen Krankenwagen mit Blaulicht zu fahren, hat er gesagt.«

Einmal SchT, immer SchT, dachte Mina und fühlte sich erneut in ihrem unerschütterlichen Glauben bestätigt.

»Okay, dann lass uns zumindest mal ein paar Eckdaten festhalten«, seufzte sie resigniert. »Also, der Junge befindet sich in der Obhut eines Ehepaares mit mehreren Kindern; Nanninella hat mir zwecks Übergabe des Briefes ihren Namen und ihre Adresse genannt. Sie wohnen im Cavone, du weißt, dieser langen Gasse hangaufwärts, die so aussieht, als wäre sie direkt in den Tuffstein gegraben worden. Der Ehemann gehört dem Luongo-Clan an, er ist einer aus der zweiten Reihe. Sie haben vier oder fünf Kinder, sodass ein weiteres kaum auffällt. Wir werden mit der Ambulanz direkt in den Hof reinfahren und so tun, als hätte jemand aus ihrer Etage uns gerufen – sie wohnen im vierten Stock.«

Mit schillernden Augen und einem leichten Grinsen hörte Domenico ihr aufmerksam zu.

»Und dann?«

Mina biss sich auf die Lippen.

»Und dann holen wir uns den Jungen zurück. Mehr kann ich dir auch nicht sagen.«

Das Grinsen wurde breiter.

»Genau, der Rest wird improvisiert. Weißt du, ich war mir bis zum letzten Moment nicht sicher, ob ich Medizin studieren oder lieber nach New York gehen und Schauspieler werden soll. Eine meiner Theaterlehrerinnen meinte damals, ich sollte es unbedingt versuchen.«

Mina konnte nur hoffen, dass die Lehrerin den richtigen Riecher gehabt hatte.


Die Übergabe des Krankenwagens war vergleichsweise glatt verlaufen, auch wenn Mina Domenicos sichtliche Aufregung kaum ertragen konnte und der Hausmeister sich ausstaffiert hatte, als wäre er zu einer Hochzeit geladen: mit tonnenweise Brillantine im Haar, einer extrem scheußlichen Fliege um den Hals und von einer Wolke billigstem Aftershave umweht. Sie wirkten wie zwei Schuljungen bei einem Klassenausflug.

Als Domenico Minas strafendem Blick begegnete, hatte er sogleich die Schultern gestrafft und dem Hausmeister einen weißen Kittel gereicht, in den dieser zweimal hineingepasst hätte. Der Mann strahlte wie ein Honigkuchenpferd.

»Dottoressa, wie wunderbar, ein Traum geht in Erfüllung! Mein ganzes Leben lang habe ich unter diesem furchtbaren Autoverkehr gelitten – und jetzt müssen sie alle vor mir kuschen.«

»Signor Trapanese, das ist kein Spiel, was wir hier machen. Ich weiß nicht, ob mein Kollege Ihnen den Sachverhalt erklärt hat, jedenfalls ist die Lage ernst und nicht ohne Risiko. Ich hoffe, das ist Ihnen klar.«

Rudy zog eine gekränkte Miene.

»Das weiß ich doch, Dottoressa. Ich war beim Militär, da kennt man sich mit heiklen Situationen aus. Machen Sie sich keine Sorgen, ich werde Sie nicht enttäuschen. Ihr Kollege hat mir alles ganz genau erklärt.«

Mina war nervös. Sie begaben sich da auf sehr dünnes Eis, und ihr Plan war alles andere als ausgereift. Es musste nur ein winziges Detail schiefgehen, und das Kartenhaus brach in sich zusammen. Und selbst wenn es ihnen tatsächlich gelang, das Kind zu entführen, wie sollten sie Nanninella davon überzeugen, nicht auf diese Jacht zu gehen?

Während ihr die schwärzesten Gedanken durch den Kopf gingen, sah sie Domenico mit großen Schritten aus dem Krankenhaus eilen. Er blickte sich verstohlen um.

»Hier ist der Schlüssel. Meine Bekannte hat mir erklärt, dass der Krankenwagen eigentlich in Reparatur ist, deshalb haben sie ihr ein Ersatzfahrzeug gegeben. Nur dass die Werkstatt über die Feiertage geschlossen hat, sie macht erst Mitte Januar wieder auf, und ...«

»Wow«, grinste Rudy, »die feiern aber lange Weihnachten in dieser Werkstatt!«

Domenico warf ihm einen schrägen Blick zu.

»Umso besser für uns, oder nicht? Jedenfalls können wir den Wagen den ganzen Tag behalten, ich muss ihn ihr erst heute Abend vors Haus stellen.«

Mina lächelte.

»Ah, verstehe. Lieferung frei Haus. Vielleicht bringst du ihr gleich eine Pizza mit?«

»Meinst du, ich sollte? Ach nein, sie hat gesagt, sie hätte was Leckeres zum Abendessen eingekauft, sie lebt allein und ...«

Seine restlichen Worte gingen im Aufheulen des Motors unter. Rudy, der sich sofort hinter das Steuer geklemmt hatte, während Mina und Domenico noch damit beschäftigt waren, sich auf den Sitzen für das medizinische Begleitpersonal einzurichten, hatte einen echten Kavalierstart hingelegt. Kaum hatten sie das Krankenhausgelände hinter sich gelassen, schaltete der vom Hausmeister zum Rennfahrer mutierte Rudy das Martinshorn ein und raste mit hundertfünfzig Stundenkilometern die Straße entlang.

Domenico, der sich an seinem Sitz festkrallte, brüllte:

»Rudy, nicht so schnell! Sie fahren noch jemanden über den Haufen ...«

Der Mann drehte den Kopf nach hinten und schenkte ihm ein glückliches Lächeln, wobei er mindestens drei Goldzähne entblößte.

»Dottore, ruhig Blut! Sie sehen doch, die Leute kennen es nicht anders.«

Mina bemerkte überrascht, dass der Hausmeister nicht übertrieben hatte. Tatsächlich schien sich niemand über seinen Formel-1-Fahrstil zu wundern: Ohne mit der Wimper zu zucken, sprangen die Fußgänger zur Seite, wichen die Autos und Motorräder auf den Bürgersteig aus und pressten sich die fliegenden Händler gegen die Hauswand, wobei sie ihre Waren mit dem eigenen Körper schützten. Der urbane Selbsterhaltungstrieb funktionierte wieder einmal bestens.

In weniger als drei Minuten erreichten sie ihr Ziel. Kaum hatten die Bewohner der Mietskaserne begriffen, dass das Jaulen der Sirene in ihrem Innenhof nicht etwa von einem Streifen-, sondern einem Krankenwagen kam, steckten sie alle in freudiger Erwartung auf das kommende Schauspiel die Köpfe aus den Fenstern, Türen und sonstigen Löchern.

Mit gemischten Gefühlen sprangen Mina und Domenico aus dem noch rollenden Fahrzeug. Einerseits waren sie voller Tatendrang angesichts der bevorstehenden Aufgabe, andererseits waren sie vor allem erleichtert darüber, die Fahrt mit der Ambulanz wider Erwarten überlebt zu haben. Minas Kittel klaffte über dem Busen auf, und Domenico, der ein Stethoskop umgehängt hatte, trug eine Tasche mit bedrohlich klimperndem Chirurgenbesteck in der Hand.

»Schnell, schnell!«, rief er an die anderen beiden gewandt, die sich direkt hinter ihm befanden. »Wir haben keine Zeit zu verlieren. Welche Etage hattet ihr gesagt?«

Rudy, der sich vorkam wie ein Starschauspieler bei der Premiere, brüllte unnötigerweise genauso laut zurück:

»Vierter, Dottore! Los, beeilen wir uns, es geht hier schließlich um Leben oder Tod!«

Wie hatte sie nur zwei solche Idioten mit einer so heiklen Mission betrauen können, fragte Mina sich verzweifelt, während sie damit rechnete, jeden Moment von den etwa hundert Schaulustigen erst verhöhnt und dann erschossen zu werden. Doch wundersamerweise wich die Menge vor ihnen zurück wie das Rote Meer vor Moses, und jemand wies ihnen sogar den Weg nach oben und ermahnte sie, sich bloß zu beeilen.

Die breiten Treppen waren das einzige Überbleibsel, das noch an die vergangene Pracht des ehemaligen Patrizierhauses erinnerte. Je höher sie kamen, verfolgt von einer stetig wachsenden Schar Neugieriger, umso geringer erschienen Mina ihre Erfolgsaussichten. Sie konnte nur hoffen, dass die Luongos nicht mit einer Entführung des Jungen gerechnet und also auch nicht für eine engmaschige Überwachung gesorgt hatten. Anderenfalls liefen Domenico, Rudy und sie ernsthaft Gefahr, für immer von der Bildfläche zu verschwinden.

Durch das Getöse der Menschenmenge in ihrem Schlepptau war ihr Kommen nicht unbemerkt geblieben: Beide Eingangstüren in der vierten Etage waren geöffnet worden. Auf der einen Seite schaute ihnen eine Matrone mit in die Hüften gestemmten Fäusten misstrauisch entgegen, auf der anderen Seite beobachtete sie ein Augenpaar verstohlen durch den kettengesicherten Türschlitz. In welcher der beiden Wohnungen hielt sich wohl der kleine Junge auf?

Domenico warf Mina einen hilflosen Blick zu. Ihr Skript endete mit der Ankunft am Zielort, alles Weitere hatten sie improvisieren wollen. Aber wer würde ihnen nun das richtige Stichwort geben?

Rudy, der vor lauter Treppensteigen kaum mehr Luft bekam, rettete die Situation mit einem genialen Einwurf.

»Wosdskind?«, keuchte er.

Domenico und Mina starrten ihn panisch an.

»Was?«, brachte Domenico in einer Art Falsett-Ton hervor.
Ein dumpfes Schweigen hatte sich in der Menschenmenge um sie herum ausgebreitet.

Noch immer nach Atem ringend und sein abscheuliches
Aftershave ausdünstend, ließ Rudy den Blick über die Ver-
sammlung im Treppenhaus schweifen und sagte mit treu-
herzigem Lächeln:

»Das kranke Kind, Dottore. Der Junge, von dem Sie
meinten, er könnte das ganze Haus mit der Pest anstecken.«

Als bestünde sie nicht aus Dutzenden von Schaulustigen,
sondern aus einer einzigen Person wich die Menschenmenge zurück. Alle hatten sie gleichzeitig die Hand gehoben, um sich Mund und Nase zu bedecken. Es sah aus
wie bei einem jener Tänze, die jeden Samstag unter Anlei-
tung eines Laienchoreographen in der Dorfdisco eingeübt
wurden. Mit einem Funkeln in den Augen räusperte sich
Domenico. Ja, jetzt hatten sie ihr Stichwort.

»Herr Krankenpfleger, ich hatte Ihnen doch gesagt, ab-
solute Diskretion zu bewahren! Stellen Sie sich vor, dieser
Fall von Clonorchiasis spricht sich in der ganzen Stadt rum.
So was löst schnell eine Massenhysterie aus.«

Der unsichtbare Choreograph brachte seine Truppe zu
einem angstvollen Aufseufzen und einem weiteren Zurück-
weichen. Domenico, der sichtlich zur Hochform auflief,
zog mit einer bedeutungsgeladenen Geste drei OP-Masken
aus seiner Tasche, setzte eine davon auf und warf die anderen beiden Mina und Rudy zu. Das Augenpaar hinter
dem Türspalt verschwand, und die Tür wurde zugeknallt,
während die Reihen der Umstehenden sich bis auf wenige
Unbelehrbare schlagartig lichteten.

Die Matrone mit den in die Hüften gestemmten Fäusten war jedoch von der tougheren Sorte. Sie trat einen Schritt vor und sagte:

»Entschuldigung, aber wer hat Ihnen gesagt, dass hier jemand diese Krankheit hätte? Wurden Sie angerufen? Von uns jedenfalls nicht, uns geht es allen prächtig.«

Hinter ihr tauchte ein dürrer Mann mit einem gewaltigen Adamsapfel und hervorspringenden Augen auf, dessen eine Hand in der Hosentasche steckte. Der Wölbung nach zu urteilen, hielt er einen länglichen Gegenstand umklammert.

Doch der Arzt ließ sich nicht entmutigen. Offenbar hatte die Leiterin der Theater-AG mit ihrem Urteil über die schauspielerischen Fähigkeiten des jungen Gammardella nicht völlig danebengelegen.

»Die Mutter eines Kindes, das hier im Haus war oder noch ist, wurde heute Morgen mit eindeutigen Symptomen eingeliefert. Die Krankheit hat eine sehr kurze Inkubationszeit, sie macht sich erst im fortgeschrittenen Stadium bemerkbar. Hatten Sie bisher noch keine Verdauungsprobleme?«

Die Frau flatterte mit den Lidern. Ein genialer Schachzug von Domenico, dachte Mina bewundernd. Es gibt niemanden auf der Welt, dessen Darmtätigkeit nicht gelegentlich zu wünschen übrig lässt.

»In welcher Hinsicht, Dottore? Magen oder Darm?«

»Beides. Sie zum Beispiel, eine hübsche, propere Frau im besten Alter, könnten von jetzt auf gleich heftige Bauchkrämpfe bekommen. Oder Schweißausbrüche. Oder, um es etwas weniger plastisch auszudrücken, unter Diarrhö-Anfällen leiden. Und dann, ganz plötzlich, stürzen Sie von Krämpfen geschüttelt zu Boden, im schlimmsten Fall mitten in Ihre eigenen Exkremente.«

Hin- und hergerissen zwischen der Freude über das

Kompliment, das ihr dieser attraktive Mann soeben gemacht hatte, und der Angst vor dem bevorstehenden Tod trat der Frau eine dunkle Röte ins Gesicht.

»O mein Gott, Dottore, bitte, kommen Sie rein und tun Sie, was Sie tun müssen. Der Junge befindet sich hier, wir ... wir haben zugesagt, ihn für ein paar Tage zu uns zu nehmen, die Mutter ist eine Freundin von uns, sie hat ihn hergebracht, weil sie etwas Dringendes zu erledigen hat. Bitte, kommen Sie rein.«

Doch sie hatte nicht mit ihrem Mann gerechnet, der sich hinter ihr im Flur aufgebaut hatte und den Eingang versperrte. Sein in alle Richtungen wandernder Blick verriet seine Nervosität, aber zugleich auch sein Bestreben, sich nicht so leicht geschlagen zu geben.

»Äh, nein, entschuldigen Sie, aber bevor wir Sie reinlassen, müssen wir erst ... Wir müssen sichergehen, dass wir das tun können. Das heißt, ich muss erst mal telefonieren.«

Die Frau schaute ihn entgeistert an.

»Spinnst du? Wenn der Kleine krank ist, kann er sterben. Und vielleicht steckt er uns auch noch an. Jetzt lass den Doktor durch, Ciruzzo!«

Der Mann schüttelte den Kopf.

»Vergiss es, Maria. Wenn sie – du weißt schon, wer – uns nicht ausdrücklich erlauben, den Jungen untersuchen zu lassen, dann kommt hier nicht mal der Heilige Vater rein.«

Er machte eine so auffällige Bewegung mit der Hand in der Hosentasche, dass Rudy, Mina und Domenico gar nicht anders konnten, als wie gebannt dorthin zu schauen. Die Lage begann, wirklich ernst zu werden.

Domenico räusperte sich.

»Lassen Sie mich wenigstens schauen, wie es dem Jungen geht. Vielleicht zeigt er ja gar keine Symptome, und wir können ganz beruhigt zu seiner Mutter gehen. Allerdings besteht natürlich weiter das Risiko, dass er selbst zwar gesund ist, das Virus aber an Sie übertragen könnte. In so einem Fall kann Ihnen niemand helfen.«

Mit einem schrägen Blick zu ihrem Mann übernahm die Frau die Initiative.

»Natürlich, Dottore. Entschuldigen Sie, aber mein Mann fühlt sich der Verwandtschaft des Jungen gegenüber verantwortlich, er hat Angst, sie zu verärgern. Deshalb setzt er lieber seine eigene Familie dem Risiko aus. Kommen Sie rein, der Kleine schläft dahinten in dem Zimmer.«

Domenico folgte Maria ins Innere der Wohnung. Rudy blieb im Treppenhaus zurück, um die mittlerweile nur noch kleine Schar an Schaulustigen unter Kontrolle zu halten, während Mina allein mit Ciruzzo vor der Wohnungstür stand. Mit der Rechten noch immer in der Hosentasche, holte der Mann mit der anderen Hand sein Telefon hervor, um eine Nummer einzutippen. Die ganze Zeit ließ er Mina nicht aus den Augen. Vom anderen Ende des engen Flurs hörte sie Domenico zu der Frau sagen:

»Das gefällt mir nicht, das gefällt mir gar nicht. Sehen Sie die veränderte Hautfarbe von dem Kleinen, Signora? Sehen Sie, wie gelb sein Gesicht schon ist?«

»Ja, tatsächlich ... Ich sehe es genau, Dottore.«

»Wir müssen ihn sofort von hier wegbringen, Signora.«

Ciruzzo war offensichtlich nicht darin geübt, einhändig sein Telefon zu bedienen. Dennoch war es nur noch eine Frage von Sekunden, bis er die Nummer eingetippt haben würde. Mina bekam mit, wie Domenico Maria um eine Decke bat, um das Kind darin einzuwickeln. Wenn es dem Mann gelingen sollte, sich mit den Luongos in Verbindung zu setzen, wäre alles vorbei, dachte sie mit zunehmender

Panik. Ihr Täuschungsmanöver würde enthüllt werden, und statt Mutter und Kind zu retten, befänden sie sich selbst in den größten Schwierigkeiten. Sie musste dieses Telefonat unbedingt verhindern, zumindest solange, bis sie alle wieder sicher in der Ambulanz saßen.

Später sollte sie sich noch lange Zeit fragen, woher sie plötzlich diese Eingebung hatte, die ihnen allen das Leben rettete – von den sprichwörtlichen Waffen der Frau Gebrauch zu machen, war ihr niemals zuvor in den Sinn gekommen. Aber in dem Moment, unter diesen dramatischen Umständen – mit Rudy einen Meter hinter sich, der den Schaulustigen Einhalt gebot, und Domenico mit dem Jungen auf dem Arm im Kinderzimmer – schaute Mina fest in die Augen von Ciruzzo, der mit der einen Hand an seinem Telefon und der anderen an der Pistole in seiner Hosentasche fingerte, lächelte ihm verführerisch zu und zog ganz plötzlich den Pullover über ihren großen, prachtvollen Brüsten hoch, die nur mühsam von dem Spitzen-BH in Körbchengröße F in Schach gehalten wurden.

Der Mann riss die Augen auf, der Mund stand ihm offen. Das Handy fiel zu Boden und zersprang in seine Einzelteile, die in alle Himmelsrichtungen über den Kalkstein schlitterten. Ein unsicheres Lächeln zeichnete sich auf seinen Zügen ab und verharrte dort, wie ein Sonnenstrahl inmitten einer Wolkenfront.

Mina riss den Pullover genauso ruckartig, wie sie ihn hochgezogen hatte, wieder herunter, als Domenico mit dem Kind auf dem Arm und Maria hinter Ciruzzos Rücken im Flur auftauchten.

Die Frau sagte:

»Gehen Sie, Dottore, gehen Sie schnell, ich werde sofort die Bettwäsche in kochendem Wasser waschen. Machen Sie sich keine Sorgen, ich spreche mit meinem Mann. Ciruzzo, du musst ... Ciruzzo?«

Misstrauisch starrte die Frau erst auf das dümmliche Grinsen ihres Ehemannes und dann auf das in alle seine Einzelteile aufgelöste Handy auf dem Fußboden. Domenico nutzte die Gunst der Stunde.

»Da – sehen Sie, Signora? Das könnten die ersten Anzeichen sein ... Ich will Sie ja nicht unnötig beunruhigen, aber falls es noch schlimmer werden sollte, schnappen Sie sich ihren Mann und bringen Sie ihn sofort ins Krankenhaus. Sagen Sie den Kollegen dort, dass es sich höchstwahrscheinlich um einen akuten Anfall von Clonorchiasis handelt. Und danke für alles, wir machen uns jetzt schnell auf den Weg.«

Beim Anblick des schlafenden Kindes in Domenicos Armen, der es dicht gefolgt von Mina und Rudy die Treppen in den Innenhof hinuntertrug, verzog sich die Menge der Gaffer wie der Nebel am Morgen. Kaum hatten sie alle im Krankenwagen Platz genommen, raste Rudy auch schon mit quietschenden Reifen und heulendem Martinshorn los. Mina nahm den Jungen auf den Arm und vergewisserte sich, dass es ihm gut ging.

Domenico konnte seine Neugier nicht länger im Zaum halten.

»Und jetzt erklärst du mir bitte mal, wie du das hingekriegt hast. Als ich mit der Matrone ins Kinderzimmer bin, war diese Bohnenstange von ihrem Mann noch kurz davor, bei den Luongos anzurufen. Und kaum komme ich wieder raus, steht der Typ da mit einem schwachsinnigen Lächeln auf den Lippen, und sein Handy ist in tausend Stücke zersprungen. Was hast du bloß gemacht, hast du ihn hypnotisiert?«

Mina nickte.

»So was in der Art … Aber das ist jetzt egal, Hauptsache, dem Jungen geht es gut. Und wir können seine Mutter retten. Wie viel Uhr ist es jetzt?«

Domenico warf einen Blick auf seine Uhr.

»Zehn vor acht.«

Erschrocken schlug sich Mina die Hand vors Gesicht.

»Das schaffen wir nie! Der Jachthafen ist am anderen Ende der Stadt, und die Straßen sind vollgestopft mit Autos. Nanninella hat keine Chance mehr, fürchte ich.«

Rudy drehte sich zu ihr um. Eine Aftershave-Wolke, die fast mit dem bloßen Auge erkennbar war, schwappte zu Mina herüber.

»Dottoressa, Sie wollen mich wohl beleidigen! Haben Sie immer noch nicht begriffen, mit wem Sie es zu tun haben? Halten Sie sich und den Jungen gut fest. Und wenn Sie meinen Rat wollen: Machen Sie besser auch die Augen zu!«

Und er stellte den Regler des Martinshorns noch ein paar Dezibel lauter.


Die folgenden zehn Minuten waren der reinste Albtraum. Für den aus objektiver Sicht unwahrscheinlichen Fall, dass sie aus diesem Trip heil herauskam, beschloss Mina, fortan nie mehr einen Fuß in einen Krankenwagen zu setzen.

Rudy fuhr kilometerlang gegen den Strom, raste über Fußwege, rammte Bordsteinkanten und holperte sogar – zumindest hatten die anderen Insassen diesen Verdacht – mit der Ambulanz eine Treppe herunter. Gerührt und geschüttelt, als wären sie einem Cocktailshaker entsprungen, erreichten sie den Jachthafen um eine Minute vor acht.

Doch bedauerlicherweise musste Nanninella zu früh zu ihrer Verabredung gekommen sein. Denn just in dem

Moment, als der Krankenwagen mit einem abrupten Bremsmanöver wenige Zentimeter vor dem Abgrund auf der Mole stehen blieb, konnte man in der dunklen Nacht die Lichter einer riesigen Jacht erkennen, die gerade vom Ufer abgelegt hatte. Mina, die aus dem noch rollenden Krankenwagen gesprungen war, meinte sogar, zwei Gestalten an Deck zu sehen, die sich beeilten, ins Schiffsinnere zu gelangen.

Fluchend starrte sie auf das von den Außenbordern aufgewirbelte Brackwasser und die losen Tauenden und dachte an die kleine Nanninella, die hoch konzentriert, mit der Zungenspitze zwischen den Lippen ihre Hausaufgaben machte, und an die elegante junge Frau, die ihr mit starrem Blick und tränennassen Wangen ihre Geschichte erzählte. Das Gedankenkarussell in ihrem Kopf spielte verrückt. Niemals, meine süße kleine Nanninella, wirst du erfahren, dass dein Kind gerettet werden konnte und wohlauf ist. Niemals wirst du erfahren, dass das Leben, das du noch vor dir hattest, zu schön gewesen wäre, um es in einer Weihnachtsnacht kampflos aufzugeben. Niemals wirst du …

Ein Hüsteln neben ihr in der Dunkelheit ließ sie zusammenfahren. Erst jetzt bemerkte sie, dass nur wenige Meter vom Ende der Mole entfernt ein Streifenwagen mit rotierendem Blaulicht stand.

Ein junger Polizist in Uniform trat auf sie zu.

»Signora Gelsomina Settembre? Sind Sie das?«

Mina nickte. Ihr Hals war trocken. Aus den Augenwinkeln nahm sie wahr, wie Rudy sich instinktiv hinter das Lenkrad der Ambulanz duckte, um es so aussehen zu lassen, als wäre diese von ganz alleine aufs Hafengelände gelangt.

»Kommen Sie bitte mit«, sagte der Polizist und ging ihr voran in Richtung Streifenwagen.

Die Enttäuschung, zu spät gekommen zu sein, und die Angst, Nanninella für immer verloren zu haben, lasteten so schwer auf ihr wie ein ganzes Gebirge. Plötzlich war ihr alles andere egal. Was kümmerte es sie da noch, mit dem Gesetz in Konflikt gekommen zu sein, warum auch immer. Einmal SchT, immer SchT, dachte sie traurig. Die einzig entscheidende Frage, derentwegen sich ihr Herz wie in eine Schraubzwinge geklemmt anfühlte, war, was mit dem Jungen geschehen würde. Sie kannte die Einrichtungen und Institutionen, die sich um verwaiste Kinder kümmerten, gut genug, und ein solches Schicksal war sicherlich nicht das, welches sie sich für Nanninellas Sohn gewünscht hätte. Genauso wenig wie das ihrige seiner armen Mama.

Der Polizist hielt ihr die hintere Tür des Streifenwagens auf. Mit einem Ächzen ließ Mina sich im Fond des Autos nieder. Sie erschrak nicht schlecht, als sie auf der anderen Seite der Sitzbank die Silhouette von jemandem bemerkte, der offensichtlich auf sie gewartet hatte.

Die Person sprach zu ihr mit leiser Stimme, in einem Tonfall, der ihr wohlbekannt war.

»Du hast also auch das Bedürfnis verspürt, an Heiligabend ein wenig frische Meeresluft zu schnuppern ...«

Mina seufzte traurig.

»Ciao, Claudio. Warum überrascht es mich nicht, dich hier zu sehen?«

»Das sollte es aber. Oder vielmehr – du solltest dich darüber freuen angesichts der Menge an Straftaten, die du und deine reizende Theatertruppe an einem einzigen Nachmittag begangen habt. Ein echter Rekord, würde ich meinen.«

Der Sozialarbeiterin platzte der Kragen.

»Jetzt hör schon auf! Das sind alles nur Kinkerlitzchen gemessen an dem tragischen Ende einer Frau, die von euren tollen Gesetzen nicht geschützt wurde. Oder an der Tatsache, dass hier ein Kind aus den Klauen des Organisierten Verbrechens befreit wurde.«

Ihr Ex-Mann erwiderte betont gelassen:

»Na ja, ›Kinkerlitzchen‹ würde ich das nicht gerade nennen. Lass mich mal zusammenzählen: ›Kraftfahrzeugdiebstahl‹, ›Missbrauch von Berufsbezeichnungen‹, ›Entziehung Minderjähriger‹, noch dazu aus der von der Mutter verordneten Obhut, welche dir sogar noch die Adresse anvertraut hatte, etwa hundert Übertretungen der Straßenverkehrsordnung et cetera, et cetera.«

»Mit anderen Worten: Du hast mich beschatten lassen. Wie erbärmlich, Claudio! Du hast dich wirklich zu einem kleinkarierten Wicht entwickelt.«

»Wäre dir lieber gewesen, ich hätte dich einfach machen lassen? Und vielleicht sogar dabei zugesehen, wie auf dich geschossen wird? Apropos: Wie hast du es eigentlich hingekriegt, dir das Kind zu schnappen, ohne zur Zielscheibe von Ciruzzo Ammaturo, auch der ›Revolverhengst‹ genannt, zu werden?«

Mina öffnete und schloss den Mund wieder. Sie wedelte abwehrend mit der Hand.

»Lassen wir das. Sprechen wir lieber darüber, dass du deinen Männern befohlen hast, mir nachzuspionieren. Ich fasse es nicht!«

Der Staatsanwalt schüttelte seufzend den Kopf.

»Weißt du, Mina, ich habe immer geglaubt, wir würden uns perfekt ergänzen: Ich bin von Natur aus eher ein Beschützertyp. Und du bist jemand, der sich ständig in die Nesseln setzt und also einen Beschützertyp an seiner Seite gut gebrauchen kann. Wir sind geradezu gemacht füreinander.«

Mina lachte spöttisch auf.

»Ich kann so gut für meinen eigenen Schutz sorgen, dass ich sogar versuche, andere zu beschützen, wie du siehst. Und du hingegen?«

Claudio schwieg. Schließlich sagte er:

»Als du mir heute Morgen Annas Geschichte erzählt hast, habe ich Erkundigungen eingezogen, ganz diskret natürlich. Wir versuchen seit Jahren, den alten Luongo einzubuchten, aber er hockt da wie die Spinne im Netz und passt schön auf, sich nie selbst die Finger schmutzig zu machen. Aber sogar große, dicke, haarige Spinnen haben ihren Schwachpunkt.«

Er zeigte auf die Jacht, deren Scheinwerferlicht im Dunkel der Nacht immer schwächer wurde.

»Weißt du, wer sich an Bord dieses Schiffes befindet? Nein, kein kolumbianischer Drogenhändler oder russischer Oligarch. Nein, es handelt sich um einen italienischen Industriellen. Einen jungen Fabrikanten aus Ligurien, der keinerlei Geschäftsbeziehungen zur Familie Luongo hat.«

Mina war überrascht.

»Ach, wirklich? Aber warum ist Nanninella dann …?«

»Warte. ›Keinerlei Geschäftsbeziehungen‹, habe ich gesagt. Ich habe nicht gesagt, dass sie in gar keiner Beziehung zueinanderstehen. Dieser Industrielle ist der Ex-Mann der jüngsten Tochter von Raffaele Luongo, dem alten Boss der Familie.«

Das Tuten eines Kreuzschiffs zur Feier von Heiligabend ließ Mina zusammenzucken.

»Das verstehe ich nicht. Nicht mal ansatzweise.«

Mit belegter Stimme begann Claudio zu erzählen:

»Der junge Mann hat die Luongo-Tochter in London kennengelernt, an der Universität, und sie hat ihn gegen den Willen ihres Vaters geheiratet. Dem Bräutigam wiederum hat sie nichts von den Aktivitäten ihrer Familie erzählt. Irgendwann hat er angefangen, sie nach Strich und Faden zu betrügen, und sie hat ihn schweren Herzens verlassen, sie ist deswegen sogar regelrecht depressiv geworden. Die beiden haben ein gemeinsames Kind, und über die Weihnachtstage ist er jetzt zu Besuch gekommen. Weil er nun mal ein großer Frauenfreund ist und keine Gelegenheit auslässt, sich ein Escort-Girl zu buchen, um ein paar vergnügliche Stunden zu verbringen, hat Luongo dafür gesorgt, dass sein üblicher Zuhälter ihm deine Nanninella schickt, um sich auf seine Weise zu rächen. Eine Scheidung auf Neapolitanisch, wenn du so willst.«

»Und woher weißt du das alles?«

»Ganz einfach: Ich bin der zuständige Staatsanwalt für die Luongos. Bisher haben wir jedoch nichts gefunden, was wir dem Alten hätten anhängen können. Er achtet peinlich genau darauf, nie selbst in Erscheinung zu treten. Niemals.«

Mina war es gewohnt, jedes Wort auf die Waagschale zu legen, insbesondere bei Claudio.

»Bis jetzt, meinst du?«

»Bis jetzt, genau. Denn der Ehrenkodex sieht vor, dass ein Regelverstoß zu Lasten der Tochter eines Bosses von diesem selbst gerächt werden muss und nicht von einem Mittelsmann. Deswegen ist der Anruf bei Nanninella mit dem Eingeständnis der Kindsentführung und der Anstiftung zum Mord am Ex-Schwiegersohn durch ihn und durch niemand anderen ergangen. Wir haben das Gespräch abgehört und aufgezeichnet.«

Mina hätte am liebsten geweint.

»Dafür haben wir sie verloren, für immer. Wir und ihr Sohn. Arme Nanninella.«

Zu ihrem Erstaunen sah sie in der Dunkelheit ein Lächeln auf den Lippen ihres Ex-Mannes auftauchen.

»Du hättest sie verlieren können, in der Tat. Denn du bist nicht nur großherzig, meine liebe Ex-Frau, sondern auch noch leichtgläubig. Ich hingegen bin ein ausgekochtes Schlitzohr und habe sofort begriffen, dass die Uhrzeit, die die junge Frau dir genannt hat, sich auf das Ablegemanöver bezog und sie selbst sehr viel eher zum Hafen kommen würde. Sie hat dich getäuscht, weil sie verhindern wollte, dass du eine Riesenszene vor Ort machst und ihren Sohn dadurch in Gefahr bringst. Wir hingegen haben uns seit fünf Uhr auf dem Kai versteckt gehalten und bei Nanninellas Eintreffen unseren Unterschlupf verlassen, um sie unter dem Vorwand eines Kontrollgangs an Bord zu begleiten. Unsere Hoffnung war natürlich, dass der Ex-Schwiegersohn bei unserem Anblick seiner Crew befehlen würde, sofort die Leinen loszumachen, um nicht in einen Prostitutionsskandal verwickelt zu werden. Und genauso ist es gekommen.«

Mina war die Kinnlade heruntergefallen.

»Aber dann ...«

Ohne auf sie einzugehen, klopfte Claudio an die Fensterscheibe und winkte dem neben dem Streifenwagen wartenden Polizisten zu sich.

»Esposito, sagen Sie bitte der Signorina in dem anderen Wagen Bescheid.«

Genau im richtigen Moment, um Nanninella, die von einer Polizistin begleitet aus der Dunkelheit hervortrat, in die Arme zu schließen, sprang Mina aus dem Auto. Als sie gemeinsam zu der Ambulanz kamen und den kleinen Jungen mit Domenicos Stethoskop spielen sahen, brach die junge Frau in Tränen aus.

Selbst den Tränen nahe, kehrte die Sozialarbeiterin zu dem Streifenwagen zurück, in dem immer noch der Staatsanwalt saß und wartete.

»Danke, Claudio, tausend Dank! Jetzt muss Nanninella sich nur noch vor der Rache der Luongos in Acht nehmen.«

Er nickte.

»Sicher, sie werden es versuchen. Aber ich habe Mutter und Kind vorsorglich in ein Zeugenschutzprogramm aufgenommen, auch wenn deine Nanninella eigentlich kein Anrecht darauf hätte, weil das Telefonat aufgezeichnet wurde und sie noch nicht mal eine Aussage machen muss. Neue Stadt, neuer Name, 24-Stunden-Überwachung – mit anderen Worten: ein neues Leben. Mein Weihnachtsgeschenk für die beiden. Ich kann nur hoffen, dass sie das Beste daraus machen. So eine zweite Chance bekommt weiß Gott nicht jeder. Du zum Beispiel hast sie mir nicht gegeben.«

Mina seufzte lächelnd.

»Komm schon, Claudio, wir haben oft genug darüber geredet. Und abgesehen davon, sollte man niemals ›nie‹ sagen …«

Der Staatsanwalt zeigte mit dem Kopf in Richtung Ambulanz, wo Domenico gerade versuchte, das Stethoskop aus der Umarmung von Nanninella und ihrem Sohn zu winden.

»Weiß das Doktorchen, dieser Kollege von dir, dass du eigentlich Gelsomina heißt? Jedenfalls ein gut aussehender Typ, keine Frage. Sag ihm, er soll so schnell wie möglich den Krankenwagen zurückgeben und auch sonst keinen Unsinn mehr machen, weil ich ihn im Auge behalten werde.«

Mina spürte, wie die Röte in ihre Wangen kroch. Sie konnte nur hoffen, dass es in der Dunkelheit nicht auffiel.

»Was redest du denn da, Claudio? Der ist doch viel jünger als ich. Außerdem bin ich fertig mit den Männern, und sei es nur, um meiner Mutter eins auszuwischen.«

»Wie geht es denn der alten Hexe?«

»Überall Schmerzen, dazu ein hartnäckiger Schnupfen, das übliche Magengeschwür, die Laune im Keller ... Mit anderen Worten: Es geht ihr bestens.«

Claudio schüttelte lachend den Kopf.

»Irgendwann werde ich sie besuchen können. Ich habe richtig Sehnsucht nach ihrer Miesepetrigkeit. Wer weiß, vielleicht trinken wir beide dann ja auch einen Kaffee zusammen ...«

Mina lächelte erneut. Was für ein unerwartetes Ende so ein SchT doch manchmal nehmen konnte, dachte sie.

»Jaja, wer weiß. Heute hast du mir jedenfalls ein wunderschönes Weihnachtsgeschenk gemacht, Claudio. Das schönste von allen. Sag mal, hast du nicht Lust, mit uns zu Abend zu essen? Immerhin ist heute Heiligabend.«

Claudio lächelte zurück.

»Nein, ich habe Dienst. Weißt du nicht mehr? Ich bin ein grauer Paragraphenhengst, der immer nur an seine Arbeit denkt. Aber kein Problem, dein Lächeln entschädigt mich für alles. Ein Sonnenstrahl mitten im Winter. Frohe Weihnachten, Mina!« Er wandte sich an den Polizisten. »Esposito, sag der Signorina, sie und ihr Sohn sollen einsteigen, damit wir losfahren können. Wir haben noch viel zu tun heute Abend.«

Im Schein des rotierenden Blaulichts fuhren sie davon und ließen Mina allein auf der Mole zurück.

Eigentlich ist Grau doch keine so hässliche Farbe, dachte sie und hob winkend die Hand.

# Laura Lippman

## *Saisonarbeit*

Die Fotografin sagte, wir sollten uns alle neben den Van stellen. Ich versuchte, mich zu drücken. Ich bin inzwischen vierzehn, sehe aber jünger aus, und ich wollte nicht in die Zeitung. Ich trug ein eng anliegendes T-Shirt. Mein Pony war schief, weil ich ihn mir kürzlich aus Langeweile selbst geschnitten hatte. Und zwischen den Augenbrauen hatte ich einen Pickel, der aussah wie ein drittes Auge.

Gary sah mich streng an. Er legt großen Wert auf gutes Benehmen und Miteinander; so hat er diese Familie immer zusammengehalten. In der Hoffnung, dass sie mich vielleicht rausschneiden würden, wenn ich die Augen schloss oder zur Seite schaute, stellte ich mich ganz an den Rand. Sie brauchen mich nicht. Ich passe nicht dazu. Die Kleinen reichen völlig aus. Sie sind noch süß und voll bei der Sache. Sie kennen kein anderes Leben. Ich bin alt genug, um mich daran zu erinnern, wie es war, an einem festen Ort zu leben – in einem Haus mit einem Garten und der Aussicht auf einen Hund. Realität wurde der Hund nie, aber die Aussicht auf einen wurde einem ständig vor die Nase gehalten – wenn man etwas älter war und Verantwortungsbewusstsein gezeigt hatte. Ich war sechs, als diese Versprechen gemacht wurden. Und wenn Sie mich fragen, habe ich eine Menge Verantwortungsbewusstsein gezeigt. Trotzdem werden wir nie einen Hund haben.

Dazu müssen Sie wissen, dass mein richtiger Dad starb, als ich sechs war. Und dann heiratete meine Mom Gary, und sie bekamen Lenny, Wade und Barrett. *Zack, zack, zack.* Barrett ist übrigens ein Mädchen. Eigentlich sollte sie ein Junge werden, und Mama hatte sich schon für den Namen »Rhett« entschieden. Wahrscheinlich ist Barrett als Mädchenname ganz okay, vor allem wenn man so hübsch ist wie sie. Sonst ist es aber nicht witzig, einen Namen zu haben, der wie ein Jungenname klingt, das können Sie mir glauben. Sie ist erst fünf, aber die Leute können sich gar nicht sattsehen an ihr. »Mein kleiner Engel«, sagt Gary immer, und am liebsten würde ich ihm sagen, er soll diesen Scheiß lassen. Aber er hat recht. Sie sieht aus, als wäre sie einer Weihnachtskarte entsprungen, nur dass wir keine Weihnachtskarten kriegen. Wie auch, wenn wir jeden Dezember umziehen müssen.

Als uns die Fotografin sagte, wie wir uns aufstellen sollten, kam Barrett natürlich in die Mitte und die Jungs links und rechts von ihr. Die Fotografin musste Barrett drei Mal daran erinnern, nicht zu lächeln. Aber Barrett kann gar nicht anders. Sie strahlt einfach. Für jede Kamera, für jedes bisschen Aufmerksamkeit.

Der Reporter fragte Gary: »Können Sie uns noch mal sagen, was alles im Van war?«

Mit einem Blick auf die Kleinen sagte Gary: »Na ja, das sollte eigentlich eine Überraschung werden.«

»Ach so, aber ...« Der Reporter wirkte sehr jung, sogar auf mich. Er war dünn und irgendwie genervt – als ob er gar nicht hier sein wollte. Vielleicht war er einer von denen, die glauben, Unglück sei ansteckend. Wenn das stimmt, muss ich sagen, dass sich jeder möglichst fernhalten sollte von meiner Familie.

»Daddy«, fragte Barrett. »Kommt Santa doch noch?«
Niemand wusste, was er darauf sagen sollte. Gary warf mir
einen kurzen Blick zu, und ich sagte: »Ist es okay, Dad,
wenn wir reingehen und ein bisschen fernsehen?«

»Das wär super, Kathy.« Gary lächelte mich dankbar
an. Das ermöglichte ihm, die ganze Geschichte zu erzählen, ohne dass die Kleinen alle Einzelheiten mitbekamen,
denn dazu gehörte auch eine Aufzählung all der Dinge, die
sie nie bekommen würden. Er bekam einen Behinderten-
scheck, und obwohl er arbeitslos war, beschloss er, ihn für
ein richtig tolles Weihnachtsfest auf den Kopf zu hauen.
Er würde dem Reporter erzählen, wie er zuerst bei Best
Buy zugeschlagen hatte und dann in der Mall nicht weit
von dem Motel, in dem wir zurzeit wohnen, die mit dem
Apple Store und einem Claire's und einem Build-A-Bear.
Er zahlte sogar extra dafür, alles eingepackt zu bekommen,
denn wie hätte er das unbemerkt machen sollen, wo wir
doch alle fünf in einem einzigen Zimmer wohnen? Na ja,
vielleicht nicht, wenn man die Kochnische mitzählt, aber in
die kann man von überall reinschauen.

Jedenfalls war Gary schlau genug, die Geschenke nicht
offen rumliegen zu lassen, als er zum Target fuhr. Selbst
hier in den Vororten lässt man es lieber nicht darauf ankommen. Aber er fährt einen Van – was soll man mit vier
Kindern sonst fahren? –, und da kann man im Laderaum
schlecht was verstecken. Wir hätten natürlich eine Decke
darüberlegen können, aber dann hätte vielleicht ein Stück
Geschenkpapier darunter hervorgeguckt, und überhaupt,
wenn man eine Decke über die Sachen im Laderaum breitet,
wissen die Leute gleich, dass was darunter sein könnte, was
sich zu stehlen lohnt. Reicht dafür vielleicht auch schon
ein Nummernschild aus Texas? Die Leute hier im Norden

scheinen Texas echt zu hassen. Jedenfalls, Gary erzählt es wahrscheinlich gerade dem Reporter, hatte jemand das Türschloss geknackt, und das war's dann mit Weihnachten, einfach so.

Irgendwann wurden die Kleinen beim Fernsehen hungrig – ist ja auch kein Wunder bei dieser blöden Werbung; wie sollten sie da nicht hungrig werden und ständig irgendwas haben wollen? Manche Leute nennen den Fernseher »Verblödungskasten«, hat Gary mal gesagt, aber er nennt ihn »Haben-wollen-Kasten«. Er war richtig stolz auf diese Bezeichnung, obwohl ich sie nicht richtig verstanden habe. Wenn Gary so was gefällt, hält er stur daran fest. Jedenfalls ging ich nach draußen, um zu sehen, ob Gary ein bisschen Geld für die Automaten hatte, aber mir war klar, dass er nicht gern unterbrochen wurde.

Ich wartete so geduldig, wie ich konnte, als er mit dem Reporter an den Tischen redete, an denen die Raucher immer zusammenkamen. Gary hatte früher auch geraucht, aber als er merkte, wie viel Geld das kostete, gab er es auf. »Das hab ich für euch gemacht«, sagte er zu mir und den Kleinen, aber hauptsächlich zu mir. Ich reagiere ziemlich empfindlich auf Gerüche, und sein Atem roch grauenhaft.

Ich stand etwas abseits, trat von einem Bein aufs andere und atmete, als machte auch ich eine Zigarettenpause. Es war gar nicht so kalt, für Dezember. Ich habe schon kälteres und wärmeres Wetter erlebt. Letztes Jahr waren wir oben in Cooperstown, aber das war Gary zu klein. Ein Jahr davor waren wir in Phoenix, aber das war ihm zu groß. Er ist wie Goldlöckchen. Er findet, Baltimore ist genau richtig. Er findet, Baltimore wird unser bester Wohnort überhaupt.

Das sagt er jedes Jahr, egal, wo wir sind.

Gary sagte gerade: »Ich nehme jeden Job an, den ich kriegen kann. Ich habe als Fernfahrer gearbeitet, aber das geht jetzt natürlich nicht mehr. Es ist wirklich schwer – ich bin ein Mann, ich habe meinen Stolz -, aber ich muss irgendwo leben, wo ich Stütze kriege. Wir waren Anfang des Schuljahrs in Texas, aber dort haben wir keine Unterstützung bekommen. Jemand hat mir gesagt, Maryland wäre ganz okay, deshalb haben wir es dort versucht. Es sollte ein Neuanfang im neuen Jahr werden. Na ja, es ist immer noch ein Neuanfang. Wir fangen ganz unten an, aber das heißt nicht, dass wir es nicht nach oben schaffen.«

Der Reporter schrieb alles auf. Er hatte den Blick auf seinen Block gerichtet. Um Gary auf mich aufmerksam zu machen, hustete ich.

»Sorry, Dad«, sagte ich. »Aber die Kleinen haben Hunger, und ich dachte, ich könnte vielleicht was aus dem Automaten holen, bis es Zeit fürs Abendessen ...«

»Haben Sie hier keine Küche?«, fragte der Reporter. »Wie ernähren Sie überhaupt Ihre Kinder?«

»Wir haben eine kleine Küche«, sagte Gary. »Aber ich schäme mich nicht zuzugeben, dass wir zu Suppenküchen und Essensausgaben gehen, überall, wo wir ein bisschen Unterstützung bekommen.«

Er begann, in seinen Taschen zu kramen, aber ich wusste bereits, dass er nichts finden würde. Der Reporter kritzelte weiter auf seinem Notizblock, und mein Gesicht brannte vor Scham bei dem Gedanken an das, was er sich dort notierte. Gary durchwühlte seine Taschen, fand aber nicht mal genügend Kleingeld für eine Tüte Chips.

Die Fotografin steckte mir fünf Eindollarscheine zu.

»Das solltest du nicht tun«, sagte der Reporter. »Damit wirst du Teil der Story. Das ist unethisch.«

Sie schenkte ihm keine Beachtung. »Was würdest du am liebsten unter dem Weihnachtsbaum finden?«

»Bücher«, sagte ich. »Ich lese sehr gern. Und vielleicht einen Anhänger.«

Ihre Freundlichkeit machte es mir schwer. Freundlichkeit war immer das Schlimmste. Ich schluckte und nahm ihr Geld.

»Was ist denn das für ein Benehmen, Kathy?« Wie bereits gesagt, in Sachen Manieren nahm Gary es immer sehr genau.

»Entschuldigung, Dad«, murmelte ich, und an die Frau gewandt: »Danke.« Ich fürchtete, in Tränen auszubrechen, wenn ich mehr sagte.

Wir gingen in den Food-Court der Mall, hatten Chick-fil-A zum Abendessen und beobachteten die ganzen glücklichen Menschen mit ihren Tüten voller Geschenke. Fünfzehn Minuten lang ließ uns Gary einen Schaufensterbummel machen. Die Jungs entschieden sich für das Spielwarengeschäft, Barrett wollte so tun, als würde sie Diamanten kaufen, und ich ging in die Buchhandlung, allerdings in die Kinderabteilung. Damals in Texas hatte ich die ganze Oz-Reihe und sämtliche Betsy-Tacy-Bücher und alle Harry-Potters und ein paar alte Bücher meiner Mom über irgendwelche Kinder, die ständig Dinge mit Zauberkräften fanden – eine Münze, einen See, ein Buch, einen Brunnen. Aber das war einmal, wie es so schön heißt. Vor langer, langer Zeit, an einem unendlich fernen Ort.

»Morgen wird alles besser«, sagte Gary. Was sollte er auch sonst sagen? Er musste es glauben, musste es sagen. Wir legten uns schlafen. Wenn wir in einem Motel waren, schliefen wir vier Kinder alle in einem Bett. An sich machte mir das nichts aus. Sie kuschelten sich an mich wie kleine

Hundewelpen, und wenn wir so dalagen, war ich endlich mal glücklich. Ich schlief ein mit Barretts heißem, feuchtem Atem an meiner Schulter und strich ihr mit den Fingern durch die Locken. Ich betete nicht, nicht wirklich. Aber ich schaute an die Decke und versprach Gott, dass ich mich immer um sie kümmern würde, so gut ich konnte.

Am nächsten Morgen wurde es nicht besser, zuerst jedenfalls nicht. Wir holten uns eine Zeitung. Wir waren auf Seite drei. Ich war auch auf dem Foto, und sie schrieben, was ich gesagt hatte: dass ich mir Bücher und einen Anhänger wünschte. Ich sah schrecklich aus, aber nicht schrecklich genug, um mich rauszuschneiden. Aber die Kleinen waren richtig süß, sogar mit ihren traurigen Gesichtern. Irgendwie denke ich ständig, dass eines Tages jemand Barrett sieht und sagt: »Sie muss unbedingt Model werden.« Oder Schauspielerin oder so was. Sie ist süßer als jedes Kind, das ich je in einer Werbung gesehen habe.

Aber in Baltimore passiert so was sicher nie. Dafür müssten wir wahrscheinlich nach Kalifornien oder New York gehen, aber das werden wir nie probieren. Zu groß, zu teuer.

Wo wir genau wohnten, stand nicht in der Zeitung, nur, dass es in einem Motel in Towson war, was vermutlich ein Teil von Baltimore ist. Wir waren den ganzen Vormittag ziemlich gedrückter Stimmung. Es war Heiligabend, aber an uns ging das vollkommen vorbei. Alle anderen wirkten aufgeregt und glücklich, voller Vorfreude. Über Nacht war es kälter geworden, und der Wetterbericht kündigte Schnee an. Wir hatten noch nie weiße Weihnachten erlebt, nicht mal in Cooperstown. Aber wozu braucht man schon Schnee, wenn man keinen Schlitten hat? Wir hatten ja nicht mal Fäustlinge. Die hatte Gary in Cooperstown gelassen. Er sagte, diesen Fehler würde er nicht noch mal machen, an einem so kalten Ort zu bleiben. »Kalte Stadt, kalte Herzen«, sagte er.

Dann, gegen elf Uhr, ging es plötzlich los. Wie sich herausstellte, begann der Reporter erst um zehn zu arbeiten, und als er das tat, waren auf seiner Voicemail lauter Nachrichten von Leuten, die uns helfen wollten. Ein Fernsehsender kam und sprach für die Mittagsnachrichten live mit Gary. Danach fingen die Leute an, im Motel anzurufen, und dann wurden wie von Zauberhand alle möglichen Sachen angeliefert. Essen und Geschenke und Geschenkgutscheine, Unmengen von Geschenkgutscheinen. Auch ein paar Schecks, aber davon waren wir nicht so begeistert, und sogar Bargeld, was Gary klasse fand. Wir wurden mit Geschenken überhäuft. Unter anderem vier Tablets, für jedes Kind eins. Keine iPads, aber trotzdem super Geräte. Eine X-Box, allerdings bekamen wir nicht raus, wie wir sie an den Motelfernseher anschließen sollten, und außerdem kamen wir gar nicht dazu, sie auszupacken. Es waren einfach so viele Sachen. Eine riesige Schachtel mit Büchern aus einer Buchhandlung, die WOMEN & CHILDREN FIRST hieß – ein witziger Name, fand ich. Wir gingen noch mal in die Mall und kauften uns ein paar neue Klamotten; die Fotografin kam wieder und fotografierte uns, wie wir uns in den neuen Sachen zu dem Weihnachtsessen setzten, das Dad in der Kochnische gezaubert hatte. Das Hühnchen und die Beilagen waren von Boston Chicken, aber er servierte alles auf Tellern und ließ uns vorher ein Tischgebet sprechen. An Heiligabend sprachen wir immer ein Tischgebet.

»Na, was sagt ihr jetzt, Kinder? Unser schlimmstes Weihnachten ist unser bestes geworden. Wie Anne Frank gesagt hat: ›Im Herzen sind die Menschen gut.‹«

Ich war nicht sicher, ob es unser bestes Weihnachten war.

Ich fand, Baton Rouge war besser. Und ich hatte Erinnerungen an Weihnachten nur mit Mama und mir und meinem richtigen Dad. Aber es hatte keinen Sinn, mit Gary über so was zu streiten. Barrett hob ihre Gabel mit einem Stück Hühnerfleisch an den Zinken und sah genau aus wie Cindy-Lou Who. Das ist ein anderes Buch, das ich in Texas hatte, das über den Grinch.

Sobald die Fotografin gegangen war, sagte Gary, jetzt könnten wir unsere Geschenke anschauen. Wir kannten den Ablauf. Jeder von uns durfte eine Sache behalten, aber keine Elektronikgeräte, die waren zu wertvoll. Es fiel uns schwer, auf die Tablets und die X-Box zu verzichten, aber er hatte natürlich recht, man bekam zu viel Geld dafür. Jedenfalls suchte sich Barrett eine Puppe aus, die fast so hübsch war wie sie, Wade und Lenny entschieden sich für zwei Spielzeuglaster. Die Entscheidung zwischen den Büchern und dem Anhänger fiel mir schwer, aber der Anhänger war für immer, während sich die Bücher nach einer Weile auflösten. Ich fürchtete, Gary könnte sagen, der Anhänger sei zu wertvoll, um ihn zu behalten, aber er sah ihn sich genauer an, nickte und sagte: »Filigran.« Ich wusste nicht, was das bedeutete, aber ich wusste, dass es etwas nicht besonders Gutes war. Ich konnte mir gut vorstellen, dass er eines Tages mich ansehen und sagen würde: »Filigran.« Ich war filigran, und Barrett war pures Gold. Aber das machte mir nichts. Sie war schließlich seine richtige Tochter. Ich wollte, dass er sie gut behandelte und für etwas viel Wertvolleres hielt als mich.

Obwohl die Schulen über Weihnachten geschlossen waren, rief jemand vom Schulamt an und sagte Gary, er solle uns unbedingt anmelden, wenn die Schule am zweiten Januar wieder anfing. Es wunderte mich, dass er so lange telefonierte und über jedes noch so kleine Detail sprach. Die Frau am anderen Ende der Leitung musste etwas an sich gehabt haben, dass er gern mit ihr redete. Er sagte die Sachen, die er immer sagte, über den steilen Weg nach oben und dass jeder, der uns bestahl, es mehr brauchte als wir. Er redete über Anne Frank, sagte, dass ihm klar sei, dass wir besser dran wären als sie, aber dass er wegen unseres Lebens in Motels besser nachvollziehen könne, wie es sei, auf engstem Raum mit seiner ganzen Familie zusammengepfercht zu sein. Er erzählte ihr, dass er zwar mein Vormund sei, aber nicht die Papiere habe, um es zu beweisen. Was sollte er deshalb tun? Er hörte aufmerksam zu, machte sich sogar Notizen. Er erzählte in aller Ausführlichkeit, dass meine Mutter uns vor fünf Jahren verlassen hatte, »plötzlich war sie einfach weg«. Er sagte, es sei kurz vor Weihnachten passiert, und dass er deshalb den Dezember nicht mochte, aber die guten Menschen von Baltimore hätten ihn in dem Glauben bestärkt, dass sich unser Glück gewendet habe.

Ich schätze, dass alles, was er sagte, mehr oder weniger stimmte. Meine Mutter war vor fünf Jahren von einem Auto überfahren worden und gestorben. Auch eine Art Abgang.

Damals lebten wir in Waco, obwohl mir auffiel, dass Gary nie das Wort »Waco« in den Mund nahm, wenn er die Geschichte erzählte. Er sprach immer von »Central Texas« oder »Lacy Lakeview«, einer Stadt in der Nähe. Seit diese Sendung über das Renovieren von Häusern in Waco so erfolgreich geworden ist, denken die Leute, Waco wäre irgendwie schick, ein Ort mit einer besonders netten, kuscheligen Atmosphäre, wo alles Friede, Freude, Eierkuchen ist. In diesem Waco haben wir nicht gelebt. Die ersten paar Wochen nach Moms Tod waren die Leute extranett zu uns und brachten uns Kasserollen und Sachen, und einige Frauen warfen eindeutig ein Auge auf Gary, aber das ließ ihn kalt. Weihnachten stand vor der Tür. Er fing an, den Leuten zu erzählen, dass Mom bereits einen großen Sack mit Geschenken für uns hatte, als sie starb, und vielleicht war das auch wirklich so, keine Ahnung. Das Auto, das sie überfuhr, schleuderte sie jedenfalls in hohem Bogen durch die Luft, so viel weiß ich. Und wenn sie Geschenke dabeigehabt hatte, wurden sie wahrscheinlich über den ganzen Waco Drive verteilt. Es dämmerte, sie trug dunkle Kleidung, und sie ging bei Rot über die Kreuzung, um sich einen Burrito zu holen. Meine Mom stand auf Burritos.

Die Sache war die: Mom war die mit dem Job. Brotverdienerin, hat Gary sie immer genannt, obwohl das ein komischer Ausdruck dafür ist, dass sie das Geld anschaffte. Burritoverdienerin hätte wahrscheinlich besser gepasst. (Mom musste immer lachen, wenn sie das hörte. Sie hat sich gern selbst auf die Schippe genommen.) Bevor sie meinen Dad heiratete, hatte sie im Baptist Hospital gearbeitet, und das gefiel ihr; sie war gut in dem, was sie tat. Sie sagte, sie war der Hirtenhund, und die Ärzte in der Klinik, so klug sie auch sein mochten, waren ihre Schafe. Gary blieb gern zu Hause und kümmerte sich um die Kleinen. Falls er tatsächlich mal Fernfahrer war, muss das gewesen sein, bevor ich ihn kannte. Mom lernte ihn kennen, als er sie im H-E-B nach einer Brownie-Mischung fragte. Er war sogar ein bisschen jünger als Mom und sah richtig gut aus. Und es war keineswegs so, dass sich die Männer um Mom rissen. Sie war mollig, kleidete sich schlicht und hatte ein Kind. »Ich bin nicht gerade eine Schönheit«, sagte sie immer. Aber Gary meinte, er fände es klasse, dass wir eine Fertigfamilie waren. Sie heirateten und bekamen die drei Kleinen. *Zack, zack, zack.* Alles war normal. Dann starb Mom, und nichts war mehr normal.

Um Moms ersten Todestag rum wurde Gary unruhig. Er rief bei der Zeitung an und fragte, ob sie eine Meldung über uns bringen wollten, wie es uns ging. Geldprobleme hatten wir keine. Weil meine Mom fünfzehn Jahre gearbeitet hatte, bekamen wir Kinder alle Geld von der Sozialversicherung. Als ihr Witwer bekam sogar Gary ein bisschen was, glaube ich. Es würde sich nach ziemlich viel anhören, wenn ich es Ihnen sagen würde, aber vier Kinder schlucken mehr Geld, als man denkt.

Und niemand interessierte sich für uns. Gary fand, dass Waco eine hartherzige Stadt war. Er meinte, unsere Nachbarn wären Heuchler, die zwar ständig von Gottes Liebe und Wohltätigkeit redeten, aber sie nicht praktizierten. Er verkaufte das meiste von unseren Sachen und zog mit uns nach Baton Rouge. Drei Tage vor Weihnachten ging er einkaufen, und als er dann wieder nach Hause kam, wirkte er total aufgelöst und durcheinander. Jemand hat unser Auto aufgebrochen und alle Geschenke geklaut, sagte er. Er ging nicht zur Polizei, aber er erzählte es unserem Pastor, und der Pastor rief bei der Zeitung an, und auf einmal hatten wir mehr Sachen, als wir brauchten. Damals sagte Gary, glaube ich, die Wahrheit. Vielleicht. Sicher bin ich nicht.

Aber die nächsten beiden Male, in Phoenix und Cooperstown – da hat er gelogen, eindeutig.

Er stellt es folgendermaßen an: Jeden Januar ziehen wir um und melden uns an irgendeiner Schule in Texas an. So können wir ohne große Umstände die Zulassung des Vans behalten. Texas ist groß, größer als manche richtige Länder. Und dann, kurz nach Thanksgiving, sucht sich Gary eine Stadt in einem anderen Bundesstaat aus. »Ihr werdet nur drei Wochen Unterricht verpassen.« Wir mieten uns in irgendeinem versifften Loch ein, wie das Motel, in dem wir gerade sind. Wir gehen zu Suppenküchen und Lebensmittelausgaben, Gary quatscht mit allen möglichen Leuten, freundet sich mit ihnen an. Wir suchen uns eine Kirche, in der wir an den Gottesdiensten teilnehmen. Am zweiundzwanzigsten oder dreiundzwanzigsten Dezember geht er dann »einkaufen«. Er verständigt nie die Polizei, denn dann wäre es eine Straftat. Wenn ihn jemand drängt, Anzeige zu erstatten, sagt er immer nur: »Ich glaube einfach, dass die verzweifelte Seele, die das getan hat, diese Dinge mehr braucht als wir.« Er gibt nie zweimal denselben Namen für sich an und ändert auch unsere immer ein bisschen ab. Dieses Jahr waren wir Kathy, Leonard, Wayne und Barbara. Unsere Familiennamen waren bisher Carr, Carter und Carson, alles Abwandlungen unseres richtigen Namens, Carpenter. Als Gary Mom geheiratet hat, hat er mich adoptiert. Und als sie gestorben ist, hat er mich beiseitegenommen und gesagt, er könne mich so lange behalten, wie ich spurte. Also spurte ich, tat, was er mir sagte, und hielt den Mund. Lügen gehen mir nämlich nicht leicht über die Lippen.

Das Schlimmste war, als sie zurückkamen, der Reporter und die Fotografin. Sie erwarteten nämlich, dass wir wahnsinnig froh und dankbar sind. Die Kleinen freuten sich auch wirklich, und Gary war total begeistert. Ich glaube, ihm ist die Aufmerksamkeit wichtiger als das Geld. Er geht in die Bibliothek und liest die Zeitungsmeldungen auf einem der Computer dort im Internet. Dann beginnt er, unseren nächsten Coup zu planen.

Als diese Woche in Baltimore der erste Januar näher rückte, setzten wir uns alle zusammen und berieten, wo wir uns als Nächstes niederlassen sollten. Dabei legte Gary von vornherein fest, dass es ein Ort sein musste, der mindestens dreihundert Meilen von Amarillo entfernt war, unserem letzten Wohnsitz. Wir einigten uns auf eine Stadt am Highway zwischen San Antonio und Houston. Alles genau so, wie es immer war – und immer sein würde.

Dann kam uns die Frau vom Schulamt besuchen.

Sie klopfte am Freitag um acht Uhr morgens an unsere Tür. Die Jungs waren noch in Unterwäsche, Gary hatte kein Hemd an. Weil ich als Einzige vorzeigbar war, ging ich öffnen. Ich dachte, es wäre das Zimmermädchen, vielleicht auch der Besitzer. Seit wir im Fernsehen gewesen sind, war er nämlich wesentlich freundlicher und sehr daran interessiert, dass wir uns wohlfühlten.

Doch die Frau, die vor der Tür stand, sah wie eine ganz normale Frau aus. Sie trug schwarze Leggings, die in ihre Stiefeletten gesteckt waren, richtig schöne aus Wildleder. Ihr weiter grüner Mantel sah ein bisschen komisch aus, aber die alte Brosche am Aufschlag war richtig cool. Und sie trug Ohrenwärmer, weshalb ich sie sofort mochte. Man sieht nicht mehr viele erwachsene Frauen, die rote Ohrenwärmer tragen.

Irgendwie erinnerte sie mich an meine Mom.

»Sie gehören meiner Tochter«, sagte sie lächelnd. »Sie wird bestimmt richtig böse, wenn sie herausfindet, dass ich sie mir ausgeliehen habe. Aber ich finde Ohrenwärmer besser als Mützen. Die Wirkung ist dieselbe, und sie laden sich nicht so stark auf.«

Sie rauschte in unser Zimmer, ohne um Erlaubnis zu bitten. Das hätte mich eigentlich hellhörig machen müssen. Normalerweise tut das niemand. Gary verschwand ins

Bad, Wade und Lenny versteckten sich kreischend unter der Decke. Barrett, die ein neues Nachthemd von unserer Weihnachtsbescherung trug, stand lächelnd mitten im Zimmer. Barrett wusste, wie hübsch sie mit ihren blonden Locken und den blauen Augen war. Im Hintergrund plärrte der Fernseher, und ich stellte ihn ab. Der Blick der Frau wanderte durch das Zimmer, als hätte sie eine Röntgenbrille. Ich begann zu fürchten, sie könnte vom Sozialamt sein. Gary sagte immer, Sozialarbeiter seien gefährlicher als die Polizei und wir sollten ihnen unbedingt aus dem Weg gehen. In unserem Zimmer herrschte das reinste Chaos. Cornflakeschüsseln, leere Limoflaschen, Pizzakartons. Der einzige Ort, wo Ordnung herrschte, war der kleine Schreibtisch, den Dad für sich beanspruchte. Dort waren ein Stapel Schecks und ein Umschlag, von dem ich wusste, dass er voller Bargeld und Geschenkgutscheine war.

»Ich bin Ms. Smith vom Schulamt des Baltimore County«, sagte sie. »Ich habe kürzlich mit deinem Vater telefoniert.«

Gary kam aus dem Bad und stopfte sich das Hemd in die Hose. In der Zwischenzeit hatte er sich rasiert und die Zähne geputzt.

»Ist das eine Überraschungsinspektion, oder was?«

»Nein, nein«, sagte die Frau. »Ich wollte nur sehen, ob sie auch alle nötigen Unterlagen haben, um die Kinder für die Schule anzumelden. Soll das ihr fester Wohnsitz werden, oder suchen Sie sich was woanders im County?«

Sie war keine Frau, die man als hübsch bezeichnet hätte, nicht richtig jedenfalls, aber sie hatte was an sich, dass man sie gern ansah und gern mit ihr redete. Jetzt wusste ich, warum Gary so lange mit ihr telefoniert hatte. Wenn man ein Problem hatte, konnte diese Frau es lösen – so viel war klar.

»Was brauche ich dafür noch mal?«, fragte Gary.

»Die Geburtsurkunden natürlich. Aber auch einen Nachweis, dass Sie einen festen Wohnsitz haben. Deshalb ist wichtig, unter welcher Adresse Sie zu erreichen sind. Haben Sie schon eine neue Bleibe?«

»Noch nicht.« Gary war sehr geschickt, das muss man ihm lassen. Ich konnte alles Mögliche im Zimmer sehen, was unsere – seine - Lügen auffliegen lassen konnte. Halb volle Koffer, nur wenige Spielsachen, obwohl wir erst vor ein paar Tagen Berge davon bekommen hatten. Die ganzen Schecks, die er vernichten würde, weil er keinen Scheck einlösen konnte, der auf jemanden ausgestellt war, der gar nicht existierte. Aber Gary hatte die Gabe, alles glauben zu können, was er glauben musste, wenn er es glauben musste. Deshalb log er, rein technisch gesehen, nie.

»Das wird bestimmt nicht einfach«, sagte die Frau. »Sie brauchen ja mindestens drei Schlafzimmer.«

»Uns genügen auch zwei«, sagte Gary.

»Wie stellen Sie sich das vor? Oder bekommen die Kinder das Elternschlafzimmer mit zwei französischen Betten? In dieser Gegend gibt es einige schöne Wohnungen, aber keine davon ist groß genug für vier Kinder. Nicht weit von hier gibt es das Versailles. Keine Angst, es ist nicht so mondän, wie es sich anhört. Dort könnten Sie schon für etwa zweitausend im Monat eine Vierzimmerwohnung kriegen.«

»Das kann ich mir nicht leisten, Ma'am. Jedenfalls nicht lange.«

»Selbst mit einer Sektion-8-Bescheinigung kommen Sie wahrscheinlich nicht unter fünfzehnhundert weg. Was für eine Art Job suchen Sie denn? Sie würden sich wundern, was ich alles für Beziehungen habe. Ich lebe schon mein ganzes Leben in Baltimore und kenne hier Gott und die

Welt. Bei Staatsregierung und Stadtverwaltung, in allen möglichen Geschäften – meine Tante hat eine Buchhandlung, mein Vater ein Restaurant. Ich kenne sogar ein paar Polizisten und Anwälte.«

Sie lachte, als ob es lächerlich wäre, Polizisten und Anwälte zu kennen.

»Meine Tante könnte im Moment übrigens tatsächlich Hilfe gebrauchen. Können Sie eine Registrierkasse bedienen? Regale auffüllen?«

»Ich war Fernfahrer, aber als mich meine Frau verlassen hat, musste ich das aufgeben. Ich übernehme irgendwelche Gelegenheitsjobs. Aber wenn die Kinder nicht in der Schule sind, kann ich nicht arbeiten.«

»Sie hat wirklich Verständnis für solche Probleme. Sie könnte sich ganz auf Ihre Bedürfnisse einstellen. Vielleicht fangen Sie ja erst mal nur mit zehn Stunden die Woche an. Das wäre doch schon mal was, oder nicht?«

»Ich mache mir nur wegen meinem Rücken Sorgen – ich habe ihn mir vor ein paar Wochen bei einem Job übel verrissen.«

»Dann sollte ich Sie vielleicht an eine Anwaltskanzlei verweisen, die auf Arbeitsunfähigkeitsfälle spezialisiert ist. Wenn Sie entsprechende Arbeitsverhältnisse vorweisen können, haben Sie Anspruch auf eine Berufsunfähigkeitsversicherung. Und überhaupt, da fällt mir ein: Sie könnten von der Mutter ihrer Kinder Unterhaltszahlungen einklagen. Ich kenne eine Privatdetektivin, die auf solche Fälle spezialisiert ist. Wenn Sie möchten, kann ich Sie gern mit ihr bekannt machen«, lockte die Frau. »Nur für ein paar allgemeine Angaben. Würde nicht lange dauern.«

»Was für allgemeine Angaben?«

»Der Name Ihrer Ex, ihre Sozialversicherungsnummer.«

»Das ist wirklich sehr nett von Ihnen, Ma'am, aber ich habe den Kindern schon versprochen, heute mit ihnen ins Kino zu gehen.« Das war uns neu. »Sie haben in letzter Zeit einiges durchgemacht. Deshalb möchte ich sie nicht enttäuschen.«

»Wir könnten sie vor dem Kino absetzen und danach wieder abholen. Die Älteste – wie heißt du, mein Schatz?«

»Kathy.« Ein bisschen stotterte ich, aber ich bekam es raus.

»Kathy könnte im Kino auf die Kleinen aufpassen, während wir uns ein paar Wohnungen ansehen.«

»Sehe ich etwa so aus, als würde ich ein so junges Mädchen wie Kathy ganz allein auf die drei aufpassen lassen? Ich bekäme doch Ärger mit der Polizei, wenn ich das tun würde.«

Für jemanden, der das die ganze Zeit tat, hörte sich das ganz schön heuchlerisch an, aber wie gesagt, er glaubt jedes seiner Worte.

Das Lächeln der Frau verflog keine Sekunde. Sie schrieb ihre Telefonnummer auf einen Zettel und redete Gary gut zu, sie anzurufen, wenn er sich auf Wohnungssuche machen wollte. Dann zeigte sie ihm noch auf einem Stadtplan, wo Grund- und Mittelschule waren, und verabschiedete sich. An der Tür drehte sie sich noch einmal um, als ob sie etwas vergessen hätte, und sah Barrett an. Aber ihr Blick blieb nicht, wie das bei den meisten Leuten war, auf Barrett ruhen, sondern wanderte zu den Jungs weiter und zuletzt auch zu mir. Es war, als könnte sie in meine Seele blicken.

Das gefiel mir gar nicht.

Gary beschloss, seine Lüge wahr zu machen und mit uns ins Kino zu gehen, aber ich sagte, ich wolle keinen Film für kleine Kinder sehen, nicht noch einen mit diesen dämlichen gelben Leuten. Er sagte, ich könnte im Motel bleiben und schon mit dem Packen anfangen. Er musste mir nicht sagen, dass wir am nächsten Tag aufbrechen würden. Diese Frau hatte ihm einen gehörigen Schreck eingejagt.

Etwa zwanzig Minuten nachdem sie gegangen waren, klopfte wieder jemand. Ich dachte, es wäre das Zimmermädchen, das normalerweise immer kam, wenn unser Auto nicht mehr auf dem Parkplatz stand. Aber es war wieder diese Frau, Ms. Smith.

»Ga… Dad ist schon weg«, sagte ich.

»Ich weiß«, sagte sie. »Ich hab euer Zimmer beobachtet. Er ist mit den Kleinen ins Kino gegangen.«

»Sie sind ihm gefolgt?«

»Das ist, was ich tue«, sagte sie.

Sie reichte mir eine Visitenkarte. Tess Monaghan, Privatdetektivin. Scheiße. Gary verdiente, erwischt zu werden. Trotzdem ärgerte ich mich. Ich hatte die Frau, Ms. Smith, sympathisch gefunden. Sie hatte uns helfen wollen. Ich wollte, dass sie echt war. Aber von dieser Tess Monaghan wollte ich nichts wissen.

»Lass uns ein bisschen rumfahren«, sagte sie. Ich hatte Angst, zu ihr ins Auto zu steigen, aber noch größere Angst hatte ich davor, Nein zu sagen. Wenn sie mich zur Polizei brachte, würde mir schon was einfallen, was ich ihnen erzählen konnte. Wenn ich nicht mit ihr kam, fuhr sie wahrscheinlich sowieso direkt dorthin. Und wenn ich mit ihr kam, gewann ich immerhin etwas Zeit.

»In der Zeitung stand, dass du gern liest. Deshalb dachte ich, du willst vielleicht in die Buchhandlung mitkommen, die euch die Schachtel mit Kinderbüchern geschickt hat.«

Die große Schachtel, die Dad gegen eine Gutschrift zurückzugeben versucht hatte. Aber er konnte die Leute bei Barnes & Noble nicht breitschlagen, ihm eine Star-bucks-Karte dafür zu geben. Wahrscheinlich hat er sie dann in einem Half-Price-Laden verscherbelt.

Die Buchhandlung war downtown, nicht weit von da, wo die Stadt ans Wasser grenzt. Sie hatte große Fenster, und es gab eine alte Soda Fountain, an der man Kaffee und Milchshakes bekam. Jedenfalls war es dort ein bisschen so, wie ich mir den Himmel vorstelle.

»Warum heißt dieser Laden Women & Children first?«, fragte ich die Frau, die nicht Ms. Smith war. »Hat das was mit der Titanic zu tun?«

»Nein. Zuerst hatten sie dort nur Bücher für Frauen oder Kinder. Vor ein paar Jahren beschloss meine Tante allerdings, ein breiteres Publikum zu bedienen, und fügte zwei neue Abteilungen hinzu: *Tote weiße Männer* und *Lebendige heiße Typen.* Ich sage ihr ständig, sie soll die Krimi-Abteilung *Hübsche tote Mädchen und die Männer, die sie lieben* nennen.«

Sie schien das witzig zu finden, aber ich checkte es nicht. Sie brachte mir einen Muffin, aber ich wollte nichts essen. Sie brachte mir ein Buch, das *Judy's Journey* hieß.

»Dafür bin ich schon zu groß«, sagte ich.

»Ich weiß«, gab sie mir recht. »Aber es erinnert mich an deine Familie. Es handelt von Wanderarbeitern, die von einem Ort zum andern ziehen. Wie oft hat dein Dad diese krumme Tour schon abgezogen, Kathy?« Sie sagte meinen Namen, als wäre er eine Geschichte, die sie nicht glaubte. Es war nicht mein richtiger Name. Eigentlich heiße ich Kyle. Aber woher sollte sie das wissen?

»Das ist keine krumme Tour«, sagte ich. »Wir wurden tatsächlich ausgeraubt.«

»Ja, ich habe die Zeitungsmeldung gelesen. Was hat er

gesagt? Es war eine ganz bestimmte Wendung: Wir fangen ganz unten an, aber das heißt nicht, dass wir es nicht nach oben schaffen. Weißt du, was daran interessant ist? Ein gewisser Barry Carr hat das vor zwei Jahren zu einer Zeitung in Phoenix gesagt. Und letztes Weihnachten in Cooperstown, New York. Nur hieß er da Harry Carson. Beide haben auch Anne Frank erwähnt und gesagt, die Person, die die Geschenke gestohlen hat, bräuchte sie wahrscheinlich dringender als er.«

Sie zog ein paar Computerausdrucke aus ihrer Tasche. Ich erinnerte mich an die Zeitungsmeldungen. Ich wunderte mich nur, dass sie Baton Rouge nicht gefunden hatte, aber vielleicht hat er diese schlauen Sprüche damals noch nicht von sich gegeben, oder der Reporter hat sie nicht verwendet.

»Er benutzt nie dieselben Namen. Weder für sich noch für euch Kinder. Echt clever. Wenn man die Namen googelt, bekommt man keine Treffer. Und wenn man das Vorstrafenregister von einem dieser Harrys oder Barrys abfragt, kommt auch nichts heraus. Selbst wenn jemand auf die Idee käme, die Kfz-Kennzeichen abzufragen, fände man lediglich eine Zulassung für eine Adresse in Amarillo, Texas. Aber jedes Mal gab es zwei Gemeinsamkeiten: das Fabrikat des Van und diese Zitate. In drei Jahren dreimal das Auto aufgebrochen zu bekommen. Das ist schon verdammt viel Pech für eine einzige Familie.«

Ich wollte schon sagen: *Sie haben ja keine Ahnung, Lady.* Aber ich schaute nur das Buch an, das sie mir gegeben hatte. Sie war keine Polizistin. Sie konnte nichts beweisen. Sie konnte nichts machen.

»Eine falsche Anzeige zu erstatten ist nicht gerade ohne. Wie heißt du wirklich?« Sie wartete, aber ich war nicht so blöd, in ihr Schweigen zu platzen. »Dein Dad riskiert, ins Gefängnis zu kommen. Und damit riskiert er auch seine Familie.«

»Er hat nie Anzeige erstattet«, sagte ich. »Er erzählt es irgendjemandem – irgendeinem Wichtigtuer. Der ruft die Polizei. Und wenn die Polizei kommt, sagt Gary ... Dad, dass er keine Anzeige erstatten will. Weg ist weg, und er wird die Sachen sowieso nicht zurückbekommen.« Ich erwähnte nicht, dass Gary derjenige ist, der bei der Zeitung anruft und behauptet, ein Verkäufer in einem Geschäft oder ein Pastor zu sein oder vielleicht sogar der Polizist, der ihn zu überreden versucht hat, Anzeige zu erstatten. »Die Leute geben uns freiwillig Sachen. Wir zwingen sie nicht dazu. Und außerdem tun sie es nicht für uns.«

»Wie bitte? Natürlich tun sie es für euch.«

»Sie tun es für sich selbst. Es ist eine billige Möglichkeit, sich gut zu fühlen. Sie geben den armen Kindern ein paar Spielsachen und meinen dann, das Ihrige getan zu haben. Sie sind die Erste, die der Sache nachgegangen ist, Sie haben als Erste versucht, mehr für uns zu tun. Aber Sie haben gelogen, deshalb zählt es nicht. Warum interessiert Sie das Ganze überhaupt? Worum geht es Ihnen dabei? Sind Sie sauer, weil uns Ihre Tante eine Schachtel Bücher geschickt hat, die wir gar nicht haben wollten?« Dabei wollte ich sie haben, sogar sehr. Wenn ich Bücher lese, fühle ich mich geborgen.

Die Frau – Tess Monaghan - hatte auch einen falschen Namen angegeben. Wieso maßte sie sich also ein Urteil über uns an? Trotzdem wirkte sie verärgert. Meinetwegen. »Ich habe Freunde bei der Zeitung. Ein Redakteur. Er fand eure Geschichte ein wenig suspekt, aber er wollte nicht, dass der Reporter deswegen Ärger bekommt. Er ist noch

ein junger Kerl und hat einfach einen dummen Anfänger-
fehler gemacht. Wie sich herausgestellt hat, ist er außerdem
nicht der Einzige, der deinem Vater auf den Leim gegangen
ist.«

»Dann machen Sie sich also wegen der Zeitung Sorgen.«

»Ich mache mir um dich und deine Geschwister Sorgen.
Ihr könnt nicht ewig so weitermachen.«

»Wie sollen wir denn aus dieser Sache rauskommen?« Ich
betete, ja, ich betete wirklich darum, dass sie eine Lösung
fand und uns aus all dem rausholen konnte.

»Ich könnte mit deinem Vater reden …«

Und da wusste ich, dass auch sie keine Lösung hatte.
Niemand hatte eine. Das ist das Problem. Schon vier Jahre
lang zerbreche ich mir jetzt den Kopf darüber und habe
noch immer keine Lösung gefunden. Wie soll da ein wild-
fremder Mensch an einem Tag auf eine kommen?

»Nein«, sagte ich. »Das können Sie vergessen. Er wird
so tun, als ginge es ihm schlecht. Er wird mit irgendeiner
Ausrede kommen. Vielleicht fängt er sogar an zu heulen.
Vielleicht gibt er sogar zu, dass meine Mom tot ist und nicht
bloß ›abgehauen‹. Er wird in Tränen ausbrechen und Sie
um Hilfe bitten, und wenn Sie dann am nächsten Tag wie-
derkommen, sind wir bereits über alle Berge. Morgen sind
wir weg. Sie können uns nicht aufhalten.«

»Ich kann meinen Freunden bei der Zeitung erzählen,
was ich rausgefunden hab. Sie schreiben noch mal eine
Meldung.«

»Na super. Dann kommen sie und verhaften uns alle, und
wir kommen ins Heim. Oder glauben Sie, jemand will uns
alle vier? Vielleicht, aber nur vielleicht lassen sie die drei
Kleinen zusammen, weil sie dieselbe Mom und denselben
Dad haben. Aber mich, mich will bestimmt niemand.«

»Das hört sich fast so an, als hätte dir das jemand eingeredet, damit du spurst.«

Inzwischen musste ich mich gewaltig zusammenreißen, um nicht in Tränen auszubrechen. Es stimmte, was sie sagte. Genau das hat er mir immer wieder erzählt. Die ganze Zeit. Nur in etwas anderen Worten. *Niemand wird dich jemals lieben. Niemand wird dich jemals haben wollen. Außer mir, Kyle. Ich bin der Einzige. Ich bin alles, was du jetzt noch hast.*

»Deswegen muss es nicht falsch sein.« Zum ersten Mal riskierte ich, sie direkt anzusehen. Zu meinem Erstaunen war sie diejenige, die weinte. Eine verrückte Minute lang dachte ich, ich müsste sie trösten. Und dann wurde ich wütend. Was bildete sich diese Kuh eigentlich ein, sich in meine Familie zu drängen und unsere ganzen Geheimnisse aufzudecken und dann so zu heulen? Wenn du Mitleid mit mir haben willst, dann gib mir lieber was. So läuft das. Gib mir Geld, gib mir ein Geschenk, und dann geh nach Hause und heul dich aus. Kein Geschenk, keine Tränen.

»Ich bin verpflichtet, zum Sozialamt zu gehen. Etwas zu unternehmen.«

»Dann tun Sie halt, was Sie tun müssen.« Die Erlaubnis dazu würde ich ihr jedenfalls nicht geben.

»Was hältst du davon? Ich lasse dich heute Nacht in Ruhe darüber nachdenken. Dann kannst du selber entscheiden, ob ich mit deinem Dad reden oder beim Sozialamt anrufen soll. Ruf mich einfach morgen an, ja? Solange ich nichts von dir höre, werde ich nichts unternehmen.«

Ich schaute auf die Nummer auf ihrer Visitenkarte. »Es wird nicht einfach sein, Sie anzurufen, ohne dass es jemand mitbekommt.«

»Es gibt ganz in der Nähe des Motels eine Telefonzelle, gleich um die Ecke auf der Joppa. Könnte durchaus die letzte Telefonzelle in ganz North Baltimore sein. Du kannst ein R-Gespräch anmelden. Glaubst du, du kannst dich kurz für fünf Minuten abseilen? Ich verspreche dir, ich werde nichts unternehmen, bis ich nicht von dir gehört habe.«

Damals in Waco hatten wir ein Monopoly-Spiel. Es war ein altes, das meiner Mom gehört hat, als sie klein war. Es hatte diese Karten, orange und gelbe, teils gut, teils schlecht. Manche davon – welche, weiß ich nicht mehr - hießen Gemeinschaftskarten; die waren so wie die Wohltätigkeitsorganisationen, von denen meine Familie Essen und Kleidung bekam. Die Visitenkarte dieser Frau in der Hand zu halten, war wie der Moment bei Monopoly, bevor man die Karte umdreht und sich gespannt fragt, ob es eine gute oder eine schlechte ist. Du kommst aus dem Gefängnis frei! Rücke vor bis auf Los.

Vielleicht war es aber auch nur eine von den blöden. Zum Beispiel 200 DM für den zweiten Preis in einer Schönheitskonkurrenz.

»Ich rufe Sie an«, versprach ich ihr.

Sie kaufte mir ein Buch, das *Tagebuch der Anne Frank*. »Dein Dad hat sie nicht ganz richtig zitiert«, sagte sie mit einem schiefen Lächeln, als sie mich vor dem Motel absetzte. »Siehst du die Telefonzelle dort drüben? Das auf der Karte ist meine Handynummer. Du kannst mich also jederzeit anrufen. Es ist nie zu spät oder zu früh.«

»Ich rufe an«, sagte ich.


Um Mitternacht waren wir bereits unterwegs. Gary war ziemlich nervös, aber er fand, ich hätte gut reagiert. Ich erzählte ihm von den Zeitungsmeldungen und wo er Fehler gemacht hatte. Und dass er den Anne-Frank-Spruch und den mit »Von ganz unten nach oben« weglassen musste. Ich merkte, dass ihn das ärgerte. Er war stolz auf diese Sprüche, die beide von ihm waren. Was den Van anging, glaubte er, riskieren zu können, ihn für die Rückreise zu behalten, aber in Texas müssten wir uns einen neuen zulegen. Wenn er die ganzen Geschenkgutscheine verkauft hat, haben wir eine Menge Bargeld.

Wir sind ein Team. Das hat diese Frau nicht kapiert. Wir sind eine Familie. Wir stecken da alle gemeinsam drin. Ich darf nicht riskieren, dass die Kleinen von mir getrennt werden.

Außerdem werde ich in vier Jahren achtzehn sein, alt genug, um für die Kleinen zu sorgen, die dann auch nicht mehr so klein sein werden. Ich werde alt genug sein, um Barrett zu beschützen, die von Tag zu Tag hübscher wird, nicht dass das dabei eine Rolle spielt. Ich bin nicht so hübsch.

Dann werde ich vielleicht Gary mitten in der Nacht die Kehle durchschneiden, und wir sind alle frei. Ich werde sagen, dass jemand bei uns eingebrochen hat oder so was. Keine Ahnung. Jedenfalls werde ich bis dahin mehr Übung darin haben, Leute zu belügen. Aber ich kann es auch jetzt schon ziemlich gut. »Jemand hat bei uns eingebrochen und unseren Dad umgebracht.« Wir werden den Leuten leidtun.

Ich wette, sie geben uns sogar Geld.

# Arthur Conan Doyle

## *Der blaue Karfunkel*

Am zweiten Weihnachtstag besuchte ich morgens meinen Freund Sherlock Holmes, um ihm fröhliche Weihnachten zu wünschen. Er lag in einem purpurfarbenen Schlafrock auf der Couch; zu seiner Rechten stand leicht erreichbar ein Pfeifenständer, daneben lag ein Stoß zerfledderter Morgenzeitungen, die offenbar gerade gelesen worden waren. Neben der Couch stand ein Holzstuhl, an dessen Lehne ein sehr schäbiger, unansehnlicher, steifer Filzhut hing, der aufgrund seines hohen Alters an einigen Stellen gebrochen war. Vergrößerungsglas und Pinzette auf dem Stuhlsitz ließen vermuten, dass der Hut zu Untersuchungszwecken dorthin gehängt wurde.

»Sie sind beschäftigt«, sagte ich, »hoffentlich störe ich Sie nicht.«

»Überhaupt nicht. Ich bin froh, einen Freund zu haben, mit dem ich meine Resultate durchsprechen kann. Die Angelegenheit ist ganz alltäglich«, und er deutete mit dem Daumen in Richtung des alten Hutes, »aber in dem Zusammenhang gibt es ein paar Punkte, die nicht uninteressant sind.«

Ich setzte mich in einen Lehnstuhl und wärmte meine Hände über dem prasselnden Feuer. Ein heftiger Frost hatte eingesetzt, und die Fensterscheiben waren mit Eisblumen übersät. »Ich nehme an«, bemerkte ich, »so gewöhnlich der Hut auch aussieht, so ist er wohl doch mit einer todbringenden Geschichte verbunden – er ist der Faden, der Sie zur Lösung eines Rätsels und zur Bestrafung eines Verbrechens führen wird.«

»Nein, nein! Kein Verbrechen«, lachte Sherlock Holmes. »Nur eine dieser absonderlichen Nebensächlichkeiten, die zuweilen vorkommen, wenn vier Millionen Menschen auf einem auf einige Quadratmeilen beschränkten Raum zusammenleben müssen. Bei der Interaktion einer so dichten Menschenmasse kann man jede nur denkbare Kombination von Ereignissen erwarten; viele kleine Probleme tauchen auf, die zwar verblüffend und bizarr, aber nicht kriminell sind. Wir haben diesbezüglich schon einige Erfahrungen gemacht.«

»Ja, sogar so viele«, erwiderte ich, »dass von den letzten sechs Fällen, die ich in meine Notizensammlung aufgenommen habe, drei in keiner Weise ein Verbrechen darstellen.«

»Genau. Sie spielen auf meinen Versuch an, die Fotografie der Irene Adler zu bekommen, auf den einzigartigen Fall der Miss Mary Sutherland oder auf das Abenteuer mit dem Mann mit der Narbe. Nun, ich hege keinerlei Zweifel, dass diese kleine Angelegenheit in dieselbe harmlose Kategorie fallen wird. Sie kennen Peterson, den Hotelportier?«

»Ja.«

»Ihm gehört diese Trophäe.«

»Es ist also sein Hut.«

»Nein, nein, er hat ihn nur gefunden. Der Besitzer des Hutes ist nicht bekannt. Ich bitte Sie, einen Blick auf ihn zu werfen, ihn aber nicht als einen abgetragenen Filzhut, sondern als intellektuelles Problem zu sehen. Doch lassen Sie sich zuerst berichten, wie der Hut überhaupt hierherkam. Er tauchte zusammen mit einer prachtvollen, fetten Gans am Weihnachtsmorgen hier auf; die Gans brutzelt in diesem Augenblick ohne Zweifel bei Peterson daheim in der Röhre. Die Fakten lauten folgendermaßen: Am Weihnachtsmorgen gegen vier Uhr in der Frühe kehrte Peterson, der, wie Sie wissen, ein sehr ehrenwerter Mann ist, von einer kleinen Feier über die Tottenham Court Road nach Hause zurück. Im Lichtschein der Gaslaternen sah er einen ziemlich großen Mann, der etwas schwankte und eine weiße, tote Gans über seiner Schulter hängen hatte, vor sich hergehen. Als der Mann um die Ecke zur Goodge Street bog, brach ein Tumult zwischen diesem Fremden und einem kleinen Haufen Raufbolde aus. Einer dieser Raufbolde schlug dem Mann den Hut vom Kopf, worauf der zu seiner Verteidigung mit seinem Stock ausholte. Dabei zertrümmerte er eine hinter ihm gelegene Schaufensterscheibe. Peterson stürmte auf den Fremden zu, um ihn vor seinen Angreifern zu schützen, aber als der Mann, schon entsetzt über die zerbrochene Fensterscheibe, eine offiziell aussehende Person in Uniform auf sich zurennen sah, ließ er seine Gans fallen, ergriff die Flucht und verschwand im Labyrinth der kleinen Straßen, die von der Tottenham Court Road abgehen. Die Raufbolde machten sich beim Anblick Petersons auch davon, sodass er allein auf dem Schlachtfeld zurückblieb und die Kriegsbeute in Form eines zerbeulten Hutes und einer prachtvollen Weihnachtsgans an ihn fiel.«

»Er hat sie doch dem Eigentümer wieder zurückgegeben?«

»Mein Lieber, darin liegt das Problem. Es stimmt, dass eine kleine Karte mit *Für Mrs Henry Baker* in Druckbuchstaben ans linke Gänsebein gebunden war, und es stimmt auch, dass die Initialen *H. B.* deutlich im Hutfutter zu erkennen sind; aber da es in unserer Stadt einige Tausende Bakers und einige Hundert Henry Bakers gibt, wird es nicht einfach sein, das verlorene Eigentum dem Besitzer zurückzuerstatten.«

»Was tat Peterson also?«

»Er brachte beides, Hut und Gans, noch am selben Weihnachtsmorgen zu mir, weil er weiß, dass mich selbst die kleinsten Probleme interessieren. Die Gans haben wir bis heute Morgen aufbewahrt, aber dann waren trotz des Frostes die ersten Anzeichen dafür zu erkennen, dass man gut daran täte, sie ohne weitere Verzögerung zu essen. Ihr Finder hat sie somit nach Hause genommen, damit das Tier seine eigentliche Aufgabe als Weihnachtsgans erfüllen kann. Ich aber bleibe weiterhin im Besitz des Hutes dieses unbekannten Gentlemans, der so um sein Weihnachtsessen gekommen ist.«

»Hat er keine Anzeige aufgegeben?«

»Nein.«

»Haben Sie irgendwelche Hinweise auf seine Person?«

»Nur die, die wir logisch herleiten können.«

»Etwa aus seinem Hut?«

»Genau.«

»Sie machen Witze. Was können Sie diesem alten, abgetragenen Hut entnehmen?«

»Hier haben Sie mein Vergrößerungsglas. Sie kennen meine Methoden. Welche Schlüsse können Sie in Bezug auf die Persönlichkeit des Mannes ziehen, der dieses Kleidungsstück getragen hat?«

Ich nahm den abgetragenen Gegenstand in die Hand und drehte ihn etwas hilflos zwischen den Fingern herum. Es war ein ganz gewöhnlicher runder, schwarzer Hut, eine sogenannte Melone, allerdings recht mitgenommen. Der Hut war mit roter Seide gefüttert, die aber mittlerweile ziemlich verblichen war. Der Hutmachername fehlte, aber wie

Holmes schon bemerkt hatte, waren die Initialen *H. B.* auf der Innenseite eingezeichnet. Die Krempe war für ein zur Sicherung des Hutes dienendes Gummiband durchstochen worden, aber das Gummiband fehlte. Außerdem war der Hut voller Risse, Staub und Flecken, auch wenn der Besitzer den Versuch unternommen zu haben schien, die verblichenen Stellen mit Tinte zu überdecken.

»Ich kann nichts sehen«, sagte ich und gab den Hut meinem Freund zurück.

»Im Gegenteil, Watson, Sie können alles sehen, aber Sie können das Gesehene nicht auswerten. Sie sind zu ängstlich bei Ihren Schlussfolgerungen.«

»Bitte, dann sagen Sie, was Sie aus diesem Hut schließen können.«

Er nahm den Hut und betrachtete ihn in der seltsam konzentrierten Art, die so typisch für ihn war. »Vielleicht ist der Hut weniger informativ, als er sein könnte«, bemerkte er, »und doch gibt es einige Hinweise, die teils eindeutige, teils zumindest sehr wahrscheinliche Schlüsse zulassen. Es fällt natürlich sofort ins Auge, dass der Mann intelligent ist. Es muss ihm in den letzten drei Jahren materiell gut gegangen sein, doch jetzt ist er in eine Notlage geraten. Er war wohl früher vorsorglich, aber diese Vorsorglichkeit hat nachgelassen. Das deutet auf moralische Zerrüttung hin, die, zusammen mit der Verschlechterung seiner finanziellen Situation betrachtet, darauf schließen lässt, dass er einem Laster verfallen ist: vermutlich trinkt er. Das dürfte auch der Grund dafür sein, dass ihn seine Frau nicht mehr liebt.«

»Aber, mein lieber Holmes!«

»Er hat sich aber eine gewisse Selbstachtung erhalten«, fuhr Holmes fort, ohne meinen Einwand zu beachten. »Er ist ein Mann, der ein beschauliches Leben führt, selten ausgeht, körperlich nicht durchtrainiert und mittleren Alters ist, ergraute Haare hat, die er innerhalb der letzten Tage hat schneiden lassen und mit Brillantine eincremt. Das sind die mehr offensichtlichen Tatsachen, die man von dem Hut herleiten kann. Außerdem, nebenbei gesagt, ist es höchst unwahrscheinlich, dass er Gasbeleuchtung in seinem Haus hat.«

»Jetzt scherzen Sie sicherlich, Holmes.«

»Nicht im Mindesten. Ist es möglich, dass Sie sogar jetzt, nachdem ich Ihnen meine Ergebnisse mitgeteilt habe, noch nicht fähig sind zu erkennen, wie ich sie gewann?«

»Ich bezweifle nicht, dass ich sehr dumm bin, aber ich muss gestehen, dass ich Ihnen nicht folgen kann. Zum Beispiel: Wie kamen Sie zu der Schlussfolgerung, dass der Mann intelligent ist?«

Statt einer Antwort setzte sich Holmes den Hut auf. Der Hut rutschte ihm über die Stirn und lag auf dem Nasenbein auf. »Es ist eine Frage des Volumens«, erklärte er, »ein Mann mit so einem großen Kopf muss darin auch etwas Verstand haben.«

»Und die finanziellen Schwierigkeiten?«

»Dieser Hut ist drei Jahre alt. Diese flachen, am Rand nach oben gebogenen Hutkrempen waren damals in Mode. Es ist ein Hut von bester Qualität. Schauen Sie sich das Ripsband und das exzellente seidene Innenfutter an. Wenn dieser Mann es sich vor drei Jahren leisten konnte, einen derart teuren Hut zu kaufen, es aber seitdem nicht mehr schaffte, diesen zu ersetzen, dann ist sein Glücksstern bestimmt gesunken.«

»Nun, das ist verständlich genug. Aber wie steht es mit der Vorsorglichkeit und der moralischen Zerrüttung?«

Sherlock Holmes lachte. »Hieran ist die Vorsorglichkeit zu erkennen«, erwiderte er und legte seinen Zeigefinger auf eine Öse, eine Haltevorrichtung für ein durchzuziehendes Gummiband zur Sicherung des Huts. »Hüte werden niemals mit einer solchen Vorrichtung verkauft. Wenn dieser Mann dafür Sorge trug, dass sich eine derartige Sicherheitsvorrichtung gegen Windstöße an seinem Hut befand, dann deutet das auf ein gewisses Maß an Vorsorglichkeit hin. Aber, wie wir sehen, seitdem das Gummiband gerissen ist, hat er sich nicht mehr die Mühe genommen, es zu ersetzen; offensichtlich ist er weniger vorsorglich als früher, das heißt, er hat an Charakter verloren. Auf der anderen Seite hat er sich bemüht, diese Flecken auf dem Hut zu verdecken, indem er sie mit Tinte überschmierte. Das ist wiederum ein Zeichen dafür, dass er seine Selbstachtung nicht völlig verloren hat.«

»Ihre Beweisführung klingt plausibel.«

»Die anderen Punkte, dass er mittleren Alters ist, ergraute Haare hat, die vor Kurzem geschnitten worden sind, und Brillantine benutzt, ergeben sich alle aus einer gründlichen Untersuchung des Hutfutters. Das Vergrößerungsglas offenbarte eine stattliche Anzahl durch die Schere eines Friseurs sauber abgeschnittener Haarspitzen. Sie blieben alle aneinander hängen, und es haftete ihnen ein deutlicher Geruch von Brillantine an. Wie Sie sehen, ist dieser Staub hier nicht grau und grobkörnig wie Straßenstaub, sondern braun und flaumig wie Hausstaub; also hängt dieser Hut die meiste Zeit im Haus. Die Feuchtigkeitsflecken auf dem Innenfutter beweisen, dass der Träger stark transpiriert und darum kaum in bester körperlicher Verfassung sein kann.«

»Aber seine Frau – Sie behaupten, dass sie aufgehört hat, ihn zu lieben.«

»Dieser Hut ist seit Wochen nicht mehr gebürstet worden. Wenn ich Sie so sehen würde, mein lieber Watson, mit einer einwöchigen Staubladung auf Ihrem Hut, und wenn Ihre Frau es Ihnen erlauben würde, so auszugehen, müsste ich befürchten, Sie hätten das Unglück gehabt, die Zuneigung Ihrer Frau zu verlieren.«

»Aber er könnte ja Junggeselle sein?«

»Nein, er brachte die Gans seiner Frau als Friedensangebot mit nach Hause. Erinnern Sie sich an die Karte am linken Gänsebein.«

»Sie haben auf alles eine Antwort. Aber woraus, um Himmels willen, schließen Sie, dass sich in seinem Haus keine Gasbeleuchtung befindet?«

»Ein oder zwei Talgflecken könnten zufällig auf dem Hut sein, aber ich habe nicht weniger als fünf entdeckt. Ich denke, es besteht kein Zweifel, dass der Mann häufig mit brennendem Talg in Kontakt kommt – höchstwahrscheinlich steigt er abends mit dem Hut in der einen Hand und einer tropfenden Kerze in der anderen die Treppe hinauf. Wie dem auch sei, er kann niemals Talgflecken von einer Gasflamme bekommen. Sind Sie nun zufriedengestellt?«

»Es hört sich sehr ausgeklügelt an«, sagte ich und lachte. »Aber da kein Verbrechen verübt worden ist, wie Sie gerade selbst sagten, und außer dem Verlust einer Gans kein Unrecht geschehen ist, scheint mir, dass Ihre Überlegungen reine Energieverschwendung sind.«

Sherlock Holmes öffnete den Mund, um mir zu antworten. In diesem Moment flog die Tür auf, und Peterson, der Hotelportier, stürzte mit geröteten Wangen und einem fassungslosen Gesichtsausdruck ins Zimmer.

»Die Gans, Mr Holmes! Die Gans, Sir!«, keuchte er.

»Hm? Was ist mit ihr? Ist sie von den Toten auferstanden und aus dem Küchenfenster davongeflogen?« Holmes drehte sich ein wenig auf der Couch um, um den aufgeregten Mann besser sehen zu können.

»Sehen Sie, Sir! Schauen Sie, was meine Frau im Kropf der Gans gefunden hat!« Er streckte seine Hand aus: In der Mitte seines Handtellers lag ein irisierender, blauer Stein, etwas kleiner als eine Bohne, aber von solcher Reinheit und solchem Glanz, dass er wie ein elektrischer Funke in der dunklen Höhlung der Hand aufblitzte.

Sherlock Holmes setzte sich mit einem Pfiff auf.

»Du lieber Gott, Peterson!«, rief er. »Da haben Sie wirklich einen Schatz gehoben! Ich nehme an, Sie wissen, um was es sich handelt.«

»Um einen Diamanten, Sir? Einen Edelstein. Er durchschneidet Glas, wie wenn es Kitt wäre.«

»Ist das nicht der blaue Karfunkel der Gräfin Morcar?«, stieß ich hervor.

»Genau! Ich sollte über seine Größe und seine Form informiert sein, denn ich habe die Verlustanzeige in den letzten Tagen in jeder Ausgabe der *Times* gelesen. Der Stein ist absolut einmalig, sein Wert kann nur geschätzt werden. Die ausgesetzte Belohnung von tausend Pfund entspricht sicherlich nicht einmal dem Zwanzigstel seines Marktpreises.«

»Tausend Pfund! Grundgütiger Gott!« Der Portier ließ sich in den Stuhl fallen und starrte uns einen um den anderen an.

»Das ist der Finderlohn. Ich weiß, dass die Gräfin aus sehr persönlichen Gründen bereit wäre, ihr halbes Vermögen zu opfern, um wieder in den Besitz dieses Steins zu gelangen.«

»Wenn ich mich recht erinnere, ist er im Hotel Cosmopolitan abhandengekommen«, bemerkte ich.

»So ist es, am zweiundzwanzigsten Dezember, also vor fünf Tagen. John Horner, ein Klempner, wurde beschuldigt, ihn aus dem Schmuckkasten der Dame entwendet zu haben. Das Beweismaterial gegen ihn war so belastend, dass er bereits unter Anklage gestellt wurde. Ich glaube, hier habe ich einen Zeitungsartikel über diesen Vorfall.« Er wühlte in seinen Zeitungen, überflog flüchtig die Ausgabedaten, bis er zu guter Letzt die gewünschte fand. Er strich die Zeitung glatt, faltete sie auseinander und las folgenden Absatz vor:

»›Juwelenraub im Hotel Cosmopolitan. John Horner, sechsundzwanzig Jahre alt, Klempner, wird beschuldigt, am Zweiundzwanzigsten dieses Monats einen wertvollen Edelstein, bekannt unter dem Namen ›Der blaue Karfunkel‹, aus dem Schmuckkasten der Gräfin Morcar gestohlen zu haben. James Ryder, Hotelangestellter, gab zu Protokoll, dass er Horner am Tag des Raubes in das Ankleidezimmer der Gräfin Morcar geführt habe, wo er eine locker gewordene Eisenstange des Kamingitters reparieren sollte. Er blieb eine Zeit lang mit Horner dort, wurde aber dann weggerufen. Als er zurückkehrte, sah er, dass Horner verschwunden und der Schreibtisch gewaltsam geöffnet worden war. Ein kleines marokkanisches Schmuckkästchen, in dem, wie später verlautbart wurde, die Gräfin gewöhnlich ihren Stein aufbewahrte, lag leer auf dem Frisiertisch. Ryder alarmierte sofort die Polizei, und noch am selben Abend wurde Horner verhaftet. Aber der Stein konnte weder bei ihm noch in seiner Wohnung gefunden werden. Catherine Cusack, die Zofe der Gräfin, sagte aus, sie habe den entsetzten Schrei Ryders gehört, als dieser den Raub entdeckte, und sei sofort ins Zimmer geeilt, wo sie alles so vorfand, wie es der Zeuge Ryder beschrieben habe. Inspektor Bradstreet gab zu Protokoll, dass Horner sich bei seiner Verhaftung heftig zur Wehr gesetzt und seine Unschuld aufs energischste beteuert habe. Da der Verhaftete bereits wegen Raubes vorbestraft war, weigerte sich der Polizeirichter, sich näher mit dem Delikt zu beschäftigen, und leitete den Fall sofort ans Geschworenengericht weiter. Horner war während der Gerichtsverhandlung sehr erregt und wurde bei der Urteilsverkündung ohnmächtig, sodass man ihn aus dem Gerichtssaal tragen musste.‹

Hm! So weit der Polizeibericht«, meinte Holmes gedankenverloren und warf die Zeitung zur Seite. »Es stellt sich jetzt für uns das Problem, den Ablauf der Ereignisse zu rekonstruieren, die von einem ausgeraubten Schmuckkästchen am einen Ende zum Kropf einer Gans in der Tottenham Court Road am anderen Ende führen. Sie sehen, Watson, unsere kleinen Schlussfolgerungen haben plötzlich einen viel gewichtigeren und weniger harmlosen Aspekt bekommen. Hier ist der Stein: Der Stein tauchte aus der Gans auf, die Gans kam von Mr Henry Baker, dem Herrn mit dem zerbeulten Hut und all den anderen Besonderheiten, mit denen ich Sie gelangweilt habe. Wir müssen uns jetzt ernsthaft darum bemühen, diesen Gentleman ausfindig zu machen und in Erfahrung zu bringen, was für eine Rolle er in diesem kleinen Rätsel spielt. Um das zu ermitteln, sollten wir zuerst den einfachsten Weg einschlagen: eine Anzeige in allen Abendzeitungen. Sollte das zu nichts führen, werde ich auf andere Methoden zurückgreifen müssen.«

»Wie lautet der Text der Anzeige?«

»Bitte geben Sie mir einen Bleistift und ein Blatt Papier. Also: *Ecke Goodge Street eine Gans und einen schwarzen Filzhut gefunden. Der Besitzer, Mr Henry Baker, wird gebeten, heute Abend um 18.30 Uhr in die Baker Street, Nr. 221 B, zu kommen.* Das ist klar und deutlich.«

»Ja, aber wird er die Anzeige lesen?«

»Nun, er wird einen Blick auf die Zeitungen werfen, denn für einen armen Mann ist das ein schwerer Verlust. Durch sein Pech mit der zerbrochenen Schaufensterscheibe und das Auftauchen Petersons war er so verstört, dass er nur noch an Flucht dachte. Aber seitdem hat er es sicherlich bitter bereut, seinen Vogel fallen gelassen zu haben. Die Erwähnung seines Namens macht es außerdem noch wahrscheinlicher, dass er die Anzeige sieht, denn jeder, der ihn kennt, wird ihn darauf aufmerksam machen. Peterson, hier ist der Text der Anzeige, bitte gehen Sie damit zur Anzeigenagentur und sorgen Sie dafür, dass die Anzeige in den Abendzeitungen erscheint.«

»In welchen, Sir?«

»Oh, im *Globe, Star, Pall Mall, St James's Gazette, Evening News, Standard, Echo* und allen anderen, die Ihnen noch einfallen.«

»Gern, Sir. Und was passiert mit dem Stein?«

»Ach ja, den werde ich verwahren. Vielen Dank! Und Peterson, ich meine, Sie sollten auf Ihrem Rückweg eine Gans kaufen und sie bei mir deponieren. Wir müssen doch dem Herrn die Gans ersetzen, die Sie jetzt mit Ihrer Familie verzehren.«

Als der Hotelportier gegangen war, nahm Holmes den Stein in die Hand und hielt ihn gegen das Licht. »Ein schönes Stück«, sagte er. »Schauen Sie nur, wie der Stein glitzert und funkelt. Natürlich ist er ein Quell des Verbrechens, das ist jeder schöne Edelstein. Juwelen sind die Lieblingsköder des Teufels. Bei größeren, älteren Steinen könnte jede Facette für eine Bluttat stehen. Dieser hier ist nicht älter als zwanzig Jahre. Er wurde am Ufer des Amoy-Flusses in Südchina gefunden und ist insofern bemerkenswert, als er jede der typischen Eigenschaften eines Karfunkels aufweist außer der Farbe: blau statt rubinrot. Obwohl er noch nicht sehr alt ist, besitzt er schon eine bewegte Lebensgeschichte. Zweieinhalb Gramm kristallisierter Kohlenstoff gaben Anlass zu zwei Morden, einer Vitriolverätzung, einem Selbstmord und verschiedenen Raubüberfällen. Wer kann sich vorstellen, dass ein so schönes Spielzeug ein Lieferant für Galgen und Gefängnisse ist? Ich schließe ihn jetzt in meinem Geldschrank ein und benachrichtige die Gräfin, dass wir den Stein haben.«

»Glauben Sie, dass dieser Horner unschuldig ist?«

»Ich weiß es nicht.«

»Oder meinen Sie eher, dass dieser andere Mann, Henry Baker, etwas mit der Sache zu tun hat?«

»Höchstwahrscheinlich ist Henry Baker ein absolut unschuldiger Mann, der nicht die leiseste Ahnung gehabt hat, dass die Gans, die er mit sich trug, beträchtlich wertvoller war, als wenn sie aus purem Gold bestanden hätte. Das werde ich allerdings mithilfe eines ganz einfachen Tests feststellen können, sobald wir eine Antwort auf unsere Anzeige haben.«

»Und bis dahin können Sie nichts unternehmen?«

»Nichts.«

»In diesem Fall werde ich jetzt meinen beruflichen Verpflichtungen nachgehen und meine Krankenbesuche machen. Aber ich werde abends zu der von Ihnen angegebenen Zeit zurückkehren, denn ich möchte doch die Lösung dieser ausgesprochen verwickelten Angelegenheit erfahren.«

»Ich freue mich, wenn Sie kommen. Ich esse um sieben zu Abend. Es stehen Waldschnepfen auf dem Speiseplan. In Anbetracht der letzten Ereignisse sollte ich Mrs Hudson vielleicht bitten, vorher den Kropf zu überprüfen.«

Durch einen Krankheitsfall verspätete ich mich etwas und gelangte erst nach halb sieben in die Baker Street. Als ich mich dem Haus näherte, sah ich im hellen Schein der Lünette einen großen Mann davorstehen, der eine Schottenmütze und einen bis zum Kinn zugeknöpften Mantel trug. Just in dem Moment, da ich dort eintraf, öffnete sich die Tür, und wir wurden beide in Holmes' Zimmer geführt.

»Ich nehme an, Sie sind Mr Henry Baker.« Holmes erhob sich aus einem Lehnsessel und begrüßte seinen Besucher mit jener lockeren, jovialen Art, die er so leicht annehmen konnte. »Bitte nehmen Sie doch am Feuer Platz, Mr Baker. Es ist ein kalter Abend, und ich stelle fest, dass Ihr Kreislauf eher dem Sommer als dem Winter angepasst ist. Ah, Watson, Sie kommen gerade zur rechten Zeit. Mr Baker, ist das Ihr Hut?«

»Ja, Sir, das ist zweifellos mein Hut.«

Er war ein großer Mann mit runden Schultern, einem voluminösen Kopf und einem breiten intelligenten Gesicht, das von einem graubraunen Spitzbart abgeschlossen wurde. Die leicht geröteten Nase und Wangen, das leichte Zittern der ausgestreckten Hand riefen in mir Holmes' Vermutungen in Bezug auf seine Gewohnheiten ins Gedächtnis zurück. Sein verschossener, schwarzer Gehrock war bis oben hin zugeknöpft, der Kragen hochgeschlagen, und seine mageren Handgelenke ragten ohne Anzeichen für Manschetten oder Hemd aus den Ärmeln hervor. Er sprach mit einer leisen, stakkato-artigen Stimme, wählte seine Worte sorgfältig und machte insgesamt den Eindruck eines gebildeten und belesenen Mannes, dem das Schicksal übel mitgespielt hat.

»Wir haben diese Dinge ein paar Tage für Sie aufbewahrt«, sagte Holmes, »weil wir erwarteten, eine Annonce mit Adressenangabe von Ihnen in der Zeitung zu finden. Ich verstehe eigentlich nicht, warum Sie keine Verlustanzeige aufgegeben haben.«

Unser Besucher lachte etwas beschämt. »Geld ist bei mir nicht mehr in dem Maße vorhanden wie früher einmal«, erwiderte er. »Ich bezweifelte nicht, dass die Bande Raufbolde, die mich angriffen, beides, Gans und Hut, mitgenommen hatten. Ich wollte nicht noch gutes Geld in einen hoffnungslosen Versuch stecken, Hut und Vogel wiederzuerhalten.«

»Sehr verständlich. Übrigens, was die Gans betrifft: Wir waren gezwungen, sie zu verspeisen.«

»Zu verspeisen!« Aufgeregt sprang unser Besucher von seinem Stuhl auf.

»Ja, es wäre niemandem damit gedient gewesen, wenn wir sie hätten verderben lassen. Aber ich vermute, dass diese Gans dort auf der Anrichte etwa dem Gewicht der anderen entspricht; sie ist ganz frisch und wird hoffentlich ebenso nützlich für Sie sein.«

»Oh, gewiss, gewiss«, antwortete Mr Baker mit einem Seufzer der Erleichterung.

»Wir haben natürlich noch die Federn, Beine und den Kropf Ihres Vogels, wenn Sie wünschen …«

Der Mann brach in aufrichtiges Gelächter aus. »Sie könnten mir höchstens als Erinnerungsstücke dienen«, sagte er, »aber abgesehen davon fällt mir wirklich kein sinnvoller Verwendungszweck für die *disjecta membra* meiner verstorbenen Bekannten ein. Nein, Sir, ich werde mit Ihrer Erlaubnis mein Interesse auf den prachtvollen Vogel beschränken, den ich auf der Anrichte erspähe.«

Sherlock Holmes warf mir einen bedeutsamen Blick zu und zuckte leicht mit den Schultern.

»Hier haben Sie Ihren Hut und Ihre Gans«, sagte er. »Übrigens, würde es Ihnen etwas ausmachen, mir zu verraten, wo Sie die andere Gans gekauft haben? Ich interessiere mich für Geflügelzucht, und ich meine, selten eine so gut gemästete Gans gesehen zu haben.«

»Selbstverständlich, Sir«, antwortete Baker. Er war aufgestanden und klemmte sich sein neu erworbenes Eigentum unter den Arm. »Einige von uns sind regelmäßig im Alpha Inn zu Gast, einem Pub in der Nähe des Museums – wir arbeiten im Museum, wissen Sie. Nun hat dieses Jahr unser Wirt, ein Mann namens Windigate, einen Gänseklub gegründet: Durch Einzahlung von ein paar Pence pro Woche in die Klubkasse sollten wir zu Weihnachten eine Gans erhalten. Ich habe meinen Anteil brav bezahlt; der Rest ist Ihnen bekannt. Sir, ich bin Ihnen sehr zu Dank verpflichtet, denn diese Schottenmütze entspricht weder meinem Alter noch meinem Status.« Er verbeugte sich mit komischer Würde vor uns und ging seines Wegs.

»Soweit Mr Henry Baker«, meinte Holmes, als der Besucher die Tür hinter sich geschlossen hatte. »Es ist ziemlich sicher, dass er nichts von dieser Sache weiß. Sind Sie hungrig, Watson?«

»Nicht sehr.«

»Dann schlage ich vor, dass wir zu späterer Stunde essen und diese heiße Spur jetzt weiterverfolgen.«

»Auf alle Fälle!«

Es herrschte klirrende Kälte, sodass wir unsere Ulster überzogen und uns unsere Schals um den Hals schlangen.

Draußen funkelten die Sterne kalt vom wolkenlosen Himmel herab, und der Atem der Passanten stieg auf wie Rauchwölkchen aus Pistolenmündungen. Unsere Schritte hallten laut und deutlich auf dem Pflaster wider; über meine Wohngegend, über die Wimpole Street, Harley Street und die Wigmore Street gelangten wir schließlich in die Oxford Street. Eine Viertelstunde später waren wir in Bloomsbury im Alpha Inn, einem kleinen Pub an der Ecke einer der Straßen, die nach Holborn führen. Holmes stieß die Eingangstür auf. Wir setzten uns an einen Tisch, und mein Freund bestellte zwei Gläser Bier beim rotgesichtigen Wirt, der eine weiße Schürze trug.

»Ihr Bier muss hervorragend sein, wenn es so gut ist wie Ihre Gänse«, bemerkte Holmes.

»Meine Gänse!« Der Mann schien überrascht.

»Ja. Ich habe etwa vor einer halben Stunde mit Henry Baker gesprochen, der ein Mitglied Ihres Gänseklubs ist.«

»Ach so, ich verstehe. Aber wissen Sie, Sir, das sind nicht *unsere* Gänse.«

»Tatsächlich? Woher kommen sie denn?«

»Nun, ich erhielt zwei Dutzend Gänse von einem Händler in Covent Garden.«

»Wirklich! Ich kenne einige von ihnen. Welcher war es?«

»Er heißt Breckinridge.«

»Oh, der ist mir kein Begriff. So, auf Ihre Gesundheit, Herr Wirt, und viel Glück für Ihr Geschäft. Gute Nacht!«

»Auf zu Mr Breckinridge«, sagte Holmes und knöpfte seinen Mantel zu, als wir wieder in die frostige Nacht hinaustraten. »Vergessen Sie nicht, Watson, dass zwar so ein harmloses Ding wie eine Gans am einen Ende der Kette hängt, aber am anderen Ende ein Mann, der sicherlich zu sieben Jahren Zuchthaus verurteilt wird, wenn wir seine Unschuld nicht beweisen können. Es ist natürlich auch möglich, dass unsere Ermittlungen seine Schuld bestätigen. Aber auf jeden Fall befinden wir uns auf einer Fährte, die der Polizei unbekannt ist und uns nur durch einen einzigartigen Zufall in die Hände gespielt wurde. Lassen Sie sie uns bis zum bitteren Ende verfolgen. Also, Richtung Süden und vorwärts marsch!«

Wir gingen durch Holborn, die Endell Street entlang und dann durch ein Gewirr von schmutzigen Hintergassen zum Markt von Covent Garden. Auf einem der größten Verkaufsstände stand der Name *Breckinridge*. Der Inhaber, dem Aussehen nach ein Pferdenarr, mit scharfen Gesichtszügen und einem gepflegten Backenbart, war gerade dabei, einem Jungen beim Schließen der Rollläden zu helfen.

»Guten Abend. Kalt heute«, begann Holmes.

Der Händler nickte und sah meinen Freund fragend an.

»Ich stelle fest, dass die Gänse ausverkauft sind«, fuhr Holmes fort und zeigte auf die leere Marmorplatte. »Morgen früh können Sie fünfhundert Stück haben.«

»Das hilft mir nicht weiter.«

»Nun, es gibt noch welche dort an dem Stand mit der Gasbeleuchtung.«

»Oh, Sie sind mir aber empfohlen worden.«

»Wer hat mich empfohlen?«

»Der Wirt des Alpha Inn.«

»O ja, ich schickte ihm zwei Dutzend zu.«

»Wirklich prächtige Vögel. Von wem beziehen Sie sie denn?«

Zu meinem Erstaunen löste diese Frage einen Wutausbruch des Händlers aus.

»So, Mister«, schnaubte er, legte den Kopf schräg und stemmte die Arme in die Seiten, »worauf wollen Sie hinaus? Kommen Sie zur Sache, sofort.«

»Ganz einfach: Ich möchte gerne wissen, wer Ihnen die Gänse verkauft hat, die Sie ans Alpha Inn geliefert haben.«

»So, aber das verrate ich Ihnen nicht. Punktum.«

»Nun gut, es ist nichts von Bedeutung. Aber ich verstehe nicht, warum Sie sich über eine so belanglose Frage so aufregen können.«

»Aufregen! Sie würden sich auch aufregen, wenn Sie so belästigt würden wie ich. Wenn ich für gute Ware gutes Geld bezahle, sollte damit das Geschäft beendet sein. Aber nein, andauernd die Fragen ›Wo sind die Gänse?‹ und ›An wen haben Sie die Gänse verkauft?‹ und ›Was wollen Sie für die Gänse?‹. Man könnte glauben, es gäbe nur diese Gänse auf der Welt, wenn man sieht, was für ein Aufheben um diese Gänse gemacht wird.«

»Ich stehe in keinerlei Verbindung zu den anderen Leuten, die Ihnen diese Fragen gestellt haben«, erwiderte Holmes unbekümmert. »Wenn Sie es uns nicht verraten wollen, gilt die Wette eben nicht, das ist alles. Aber ich verstehe etwas von Geflügel, und deshalb habe ich einen Fünfer gewettet, dass die Gans, die ich gegessen habe, auf dem Land gezüchtet worden ist.«

»Nun, dann haben Sie Ihren Fünfer verloren, die Gans stammt aus einer Zucht in der Stadt«, schnauzte der Händler.

»Das kann nicht sein.«

»Wenn ich es aber sage.«

»Ich glaube Ihnen nicht.«

»Bilden Sie sich etwa ein, mehr von Geflügel zu verstehen als ich, der seit seiner frühesten Jugend damit handelt? Ich sage Ihnen, alle Gänse, die ans Alpha Inn geliefert wurden, kamen aus einer Zucht in der Stadt.«

»Sie werden mich nicht überzeugen. Ich glaube es nicht.«

»Wollen wir wetten?«

»Damit würde ich Ihnen nur das Geld aus der Tasche ziehen, denn ich weiß, dass ich recht habe. Aber ich werde einen Sovereign setzen, um Ihnen zu zeigen, dass man nicht so halsstarrig sein soll.«

Der Händler lachte grimmig. »Bill, bring mir die Bücher!«, rief er.

Der Bursche brachte ein kleines, dünnes Heft und ein großes Buch voller Fettflecke und legte beides unter die Lampe.

»So, Sie Besserwisser«, begann der Händler, »ich dachte, ich hätte alle Gänse verkauft, aber es scheint noch eine im Laden zu sein. Sehen Sie dieses kleine Heft?«

»Ja?«

»Das ist das Verzeichnis meiner Lieferanten. Sehen Sie? Hier auf dieser Seite stehen die Züchter auf dem Land, und die Zahlen hinter ihren Namen geben an, wo sich ihre Konten in dem Kassabuch finden lassen. Gut. Sehen Sie diese andere Seite mit der roten Tinte? Das ist die Liste der Züchter in der Stadt. Jetzt achten Sie auf den dritten Namen von oben. Lesen Sie ihn mir vor.«

»Mrs Oakshott, 117 Brixton Road – 249«, las Holmes vor.

»Richtig! Jetzt schlagen Sie das im Kassabuch auf.«

Holmes schlug die angegebene Seite auf. »Hier, Mrs Oakshott, 117 Brixton Road, Eier- und Geflügellieferantin.«

»Wann war die letzte Eintragung?«

»Am zweiundzwanzigsten Dezember. Vierundzwanzig Gänse zu sieben Shilling und sechs Pence das Stück.«

»Richtig. Und was steht darunter?«

»Verkauft an Mr Windigate, Wirt vom Alpha Inn, zu je zwölf Shilling.«

»Und was sagen Sie jetzt?«

Sherlock Holmes schaute äußerst zerknirscht drein. Er

zog einen Sovereign aus seiner Tasche, warf ihn auf die Marmorplatte und wandte sich mit dem Gesicht eines Mannes ab, dessen tiefer Widerwillen sich nicht in Worte fassen lässt. Nach ein paar Schritten blieb er lautlos in sich hineinlachend unter einer Laterne stehen.

»Wenn Sie einen Mann mit einem so geschnittenen Backenbart sehen, dem ein Rennprogramm aus der Tasche ragt, können Sie ihn immer mit seiner Wettlust erwischen«, sagte er. »Wenn ich hundert Pfund vor diesen Mann hingelegt hätte, hätte ich keine so umfassende Information von ihm erhalten wie dadurch, dass ich ihn glauben ließ, er könne gegen mich eine Wette gewinnen. Nun, Watson, ich glaube, wir nähern uns dem Ende unserer Ermittlungen; im Moment müssen wir uns nur entscheiden, ob wir noch heute Abend zu Mrs Oakshott gehen oder ob wir es uns bis morgen aufsparen sollen. Nach dem, was dieser mürrische Herr sagte, sind offenbar noch andere außer uns an der Sache interessiert, und ich möchte …«

Seine Überlegungen wurden plötzlich von lautem Geschrei unterbrochen, das aus dem Verkaufsstand ertönte, den wir gerade verlassen hatten. Wir drehten uns um und sahen im Lichtkegel der schaukelnden Lampe einen kleinen Mann mit einem Rattengesicht; vor ihm stand Breckinridge, der Händler, und schüttelte wütend seine Fäuste gegen die sich duckende Gestalt.

»Jetzt habe ich aber genug von Ihnen und Ihren Gänsen«, brüllte er. »Ich wünsche euch alle zusammen zum Teufel! Wenn Sie mich noch einmal mit Ihrem dummen Gerede belästigen, hetze ich den Hund auf Sie. Bringen Sie mir Mrs Oakshott hierher, und ich werde ihr Rede und Antwort stehen. Aber was haben Sie damit zu tun? Habe ich die Gänse etwa von Ihnen gekauft?«

»Nein, aber eine von ihnen gehörte mir«, jammerte der kleine Mann.

»Dann fragen Sie Mrs Oakshott nach der Gans.«

»Sie sagte mir, ich solle Sie fragen.«

»Sie können meinetwegen den Kaiser von China fragen. Ich habe genug von Ihnen. Scheren Sie sich zum Teufel!« Er machte wütend einen Schritt nach vorn, und der Mann floh in die Dunkelheit.

»Ha, das könnte uns den Besuch in der Brixton Road ersparen«, flüsterte Holmes. »Kommen Sie mit, wir wollen einmal nachsehen, was es mit diesem Burschen auf sich hat.« Mit großen Schritten bahnte er sich einen Weg durch die verschiedenen Menschengrüppchen, die noch vor den beleuchteten Verkaufsständen herumlungerten, holte den kleinen Mann rasch ein und klopfte ihm auf die Schulter. Der drehte sich erschrocken um, und im Gaslicht sah ich, dass er kreidebleich wurde.

»Wer sind Sie? Was wollen Sie?«, fragte er mit zitternder Stimme.

»Entschuldigen Sie bitte«, antwortete Holmes freundlich, »ich konnte nicht umhin, Ihre Fragen an den Händler mit anzuhören. Ich glaube, ich könnte Ihnen behilflich sein.«

»Sie? Wer sind Sie? Was können Sie von der Angelegenheit wissen?«

»Mein Name ist Sherlock Holmes. Es ist mein Beruf zu wissen, was andere Leute nicht wissen.«

»Aber von dieser Angelegenheit wissen Sie doch nichts?«

»Entschuldigen Sie, aber ich weiß alles darüber. Sie bemühen sich, einige Gänse aufzuspüren, die von Mrs Oakshott in der Brixton Road an einen Händler namens Breckinridge verkauft worden sind, der sie wiederum an Mr Windigate, dem Wirt vom Alpha Inn, lieferte. Mr Windigate schließlich händigte sie seinem Gänseklub aus, dessen Mitglied Henry Baker ist.«

»O Sir, Sie sind genau der Mann, nach dem ich gesucht habe«, rief der kleine Mann mit ausgestreckten Händen und zitternden Fingern. »Ich kann Ihnen gar nicht sagen, wie interessiert ich an der Sache bin.«

Sherlock Holmes winkte eine an uns vorüberfahrende Droschke heran. »In diesem Fall sollten wir uns besser in einem gemütlichen Raum als auf einem windigen Markt- platz unterhalten. Aber bitte, bevor wir gehen, wem habe ich das Vergnügen helfen zu können?«

Der Mann zögerte einen Augenblick. »Mein Name ist John Robinson«, antwortete er mit einem Seitenblick.

»Nein, nein, bitte Ihren richtigen Namen«, sagte Hol- mes betont freundlich. »Es ist immer so unangenehm, mit einem Alias Geschäfte zu tätigen.«

Die aschfahlen Wangen des Fremden röteten sich leicht. »Mein richtiger Name ist James Ryder.«

»Richtig, der Angestellte aus dem Hotel Cosmopolitan. Steigen Sie doch bitte in die Droschke ein. Ich werde Ihnen bald alles erzählen können, was Sie wissen möchten.«

Der kleine Mann blickte vom einen zum anderen mit einem halb erschrockenen, halb hoffnungsvollen Blick, wie jemand, der nicht weiß, ob er sich am Rand eines unerwar- teten Glücksfalls oder am Rand einer Katastrophe befin- det. Er stieg in den Wagen, und eine halbe Stunde später saßen wir im Wohnzimmer in der Baker Street. Während der Fahrt wurde nicht gesprochen, aber die schnelle, fla- che Atmung unseres neuen Gefährten und die unruhigen Hände sprachen für seine Nervosität.

»So, da wären wir!«, erklärte Holmes fröhlich, als wir den Raum betraten. »Ein Kaminfeuer ist in dieser Jahreszeit wirklich sehr angebracht. Mr Ryder, Sie sehen so verfroren aus. Nehmen Sie doch bitte im Korbstuhl Platz. Ich ziehe mir nur noch meine Hausschuhe an, bevor wir zu Ihrem kleinen Anliegen kommen. So! Sie möchten gerne wissen, was aus den Gänsen geworden ist?«

»Ja, Sir.«

»Oder vielleicht aus der einen Gans. Ich glaube, es ist nur ein Vogel, an dem Sie besonders interessiert sind – weiß, mit einem schwarzen Streifen auf dem Schwanz.«

Ryder zitterte vor Erregung. »O Sir«, rief er, »wissen Sie etwa, wohin sie gelangte?«

»Ja, hierher.«

»Hierher?«

»Ja, und es zeigte sich, dass sie eine äußerst beachtliche Gans war. Es wundert mich nicht, dass Sie an ihr interessiert sind. Sie legte noch ein Ei, als sie schon tot war – das schönste, leuchtendste kleine blaue Ei, das ich je gesehen habe. Ich habe es hier in meine Sammlung aufgenommen.«

Unser Besucher erhob sich schwankend und ergriff mit seiner rechten Hand den Kaminsims. Holmes schloss seinen Safe auf und hielt den blauen Karfunkel in die Höhe, der sein kaltes, funkelndes Licht wie ein Stern rundum erstrahlen ließ. Ryder stierte ihn mit einem verzerrten Gesichtsausdruck an, unsicher, ob er seinen Anspruch darauf geltend machen sollte oder nicht.

»Das Spiel ist aus, Ryder«, sagte Holmes ruhig. »Halten Sie sich fest, oder Sie werden ins Feuer fallen. Watson, helfen Sie ihm in seinen Stuhl zurück. Er ist nicht kaltblütig genug, um ein schweres Kapitalverbrechen straffrei verüben zu können. Geben Sie ihm einen Schluck Brandy! So, nun sieht er schon etwas menschlicher aus. Was für ein Schwächling, wirklich!«

Einen Moment lang taumelte Ryder und wäre beinahe hingefallen, aber der Brandy brachte wieder etwas Farbe in seine Wangen, und er saß mit starrem und erschrockenem Blick seinem Ankläger gegenüber.

»Ich habe fast den lückenlosen Ablauf der Ereignisse beisammen und alle Beweise, die ich benötige. Es gibt also nur wenig, was Sie mir noch erzählen müssen. Aber dieses wenige könnten wir auch noch klären, um den Fall abzurunden. Sie hatten vom blauen Stein der Gräfin Morcar gehört, Ryder?«

»Catherine Cusack hatte mir davon erzählt«, antwortete er mit gebrochener Stimme.

»Aha, die Zofe der Gräfin? Nun, der Versuchung, so leicht in einen plötzlichen Wohlstand zu gelangen, konnten Sie nicht widerstehen; schon bessere Männer als Sie sind dieser Versuchung erlegen. Aber Sie waren nicht skrupellos genug. Trotzdem scheint es mir, Ryder, dass in Ihnen ein großer Schuft steckt. Sie wussten, dass dieser Mann, Horner, der Klempner, schon einmal in eine ähnliche Angelegenheit verwickelt war und dass der Verdacht sofort auf ihn fallen würde. Was taten Sie? Sie verursachten einen kleinen Schaden im Ankleidezimmer der Gräfin – Sie und Ihre Komplizin Cusack – und arrangierten es so, dass ausgerechnet Horner zum Reparieren geholt wurde. Dann, nachdem Horner gegangen war, plünderten Sie den Schmuckkasten, schlugen Alarm, und dieser unglückselige Mann wurde festgenommen. Sie haben dann ...«

Ryder warf sich plötzlich auf den Teppich nieder und umfasste die Beine meines Freundes. »Um Himmels willen, lassen Sie Gnade walten!«, stieß er schrill hervor. »Denken Sie an meinen Vater! An meine Mutter! Es würde ihnen das Herz brechen. Ich habe bisher noch nie in meinem Leben etwas Unrechtes getan! Ich will es nicht wieder tun. Ich schwöre es. Ich schwöre es bei Gott. Oh, bringen Sie den Fall nicht vor Gericht! Um Gottes willen, bitte nicht!«

»Setzen Sie sich wieder auf Ihren Stuhl!«, befahl Holmes streng. »Es ist sehr einfach, jetzt zu flehen und auf dem Boden zu kriechen, aber Sie haben kaum einen Gedanken an diesen armen Horner verschwendet, der für ein Verbrechen auf der Anklagebank sitzt, von dem er nichts weiß.«

»Ich werde fliehen, Mr. Holmes. Ich werde das Land verlassen, Sir. Damit würde der Verdacht von ihm genommen.«

»Hm! Wir werden noch darauf zurückkommen. Und jetzt lassen Sie uns den wahren Sachverhalt im nächsten Akt des Dramas wissen. Wie gelangte der Stein in den Schlund der Gans? Und wie kam es dazu, dass die Gans zum Verkauf feilgeboten wurde? Sagen Sie uns die Wahrheit, darin liegt Ihre einzige Chance.«

Ryder befeuchtete seine trockenen Lippen. »Ich werde Ihnen genau berichten, wie es geschehen ist, Sir«, sagte er. »Als Horner verhaftet wurde, dachte ich, dass es das Beste wäre, den Stein verschwinden zu lassen. Denn ich wusste ja nicht, in welchem Moment es der Polizei nicht doch einfallen könnte, mich und mein Zimmer zu durchsuchen. Im Hotel existierte kein sicheres Versteck. So verließ ich das Hotel, als ob ich etwas Berufliches zu erledigen hätte, und begab mich direkt zu meiner Schwester. Sie hat einen Mann namens Oakshott geheiratet und lebt in der Brixton Road, wo sie Geflügel für den Verkauf mästet. Auf dem Weg dorthin meinte ich, dass jeder, dem ich begegnete, ein Polizist oder ein Detektiv wäre. Obwohl es ein kalter Abend war, brach mir der Schweiß aus, bevor ich noch in die Brixton Road kam. Meine Schwester fragte mich, warum ich so blass wäre. Ich erzählte ihr, dass ich so aufgeregt wäre wegen eines Juwelenraubs im Hotel. Dann betrat ich den Hinterhof, rauchte eine Pfeife und überlegte, was am besten zu tun wäre.

Ich hatte einmal einen Freund namens Maudsley, der auf die schiefe Bahn geraten war und seine Zeit im Gefängnis von Pentonville gerade abgesessen hatte. Eines Tages war ich ihm zufällig begegnet, und wir kamen auf die Methoden von Dieben zu sprechen, wie sie ihr Diebesgut loswerden können. Ich wusste, dass ich mich auf ihn verlassen konnte, weil ich ein, zwei Geheimnisse von ihm kannte. So entschloss ich mich, sofort zu ihm nach Kilburn zu fahren und ihn ins Vertrauen zu ziehen. Er würde mir den Weg zeigen, wie man diesen Stein zu Geld macht. Aber wie konnte ich den Stein sicher zu ihm nach Kilburn bringen? Ich erinnerte mich an die Ängste, die ich durchgestanden hatte, als ich vom Hotel zu meiner Schwester lief. Jeden Moment könnte ich gefasst und durchsucht werden, und dann wäre der Stein in meiner Westentasche! Ich lehnte mich gegen die Mauer und schaute auf die vor mir herumwatschelnden Gänse. Plötzlich schoss mir eine Idee durch den Kopf, mit der ich den besten Detektiv der Welt überlisten konnte.

Meine Schwester hatte mir vor einigen Wochen angeboten, dass ich mir als Weihnachtsgeschenk eine ihrer Gänse auswählen dürfte. Ich wusste, dass sie Wort halten würde. Ich beschloss, die Gans jetzt zu nehmen und den Stein in ihr nach Kilburn zu transportieren. Auf dem Hof stand ein kleiner Schuppen. Hinter diesen trieb ich eine der Gänse, ein prachtvolles, großes, weißes Tier mit einem schwarzen Streifen auf dem Schwanz. Ich schnappte sie mir, zwängte ihren Schnabel auf und steckte ihr den Stein so weit in den Hals hinunter, wie ich nur mit den Fingern reichen konnte. Der Vogel schluckte den Stein, und ich fühlte ihn die Speiseröhre bis zum Kropf hinabrutschen. Aber das Tier wehrte sich und schlug mit den Flügeln, sodass meine Schwester herauskam, um sich nach dem Anlass der Unruhe zu erkundigen. Als ich mich umdrehte, um mit ihr zu reden, befreite sich das Vieh und flatterte eiligst zu den anderen zurück.

›Was hast du mit dem Vogel gemacht, Jem?‹, fragte sie.

›Nun‹, antwortete ich, ›du hast mir eine Gans zu Weihnachten versprochen, und ich fühlte jetzt, welches die fetteste sei.‹

›Oh‹, erwiderte sie, ›wir haben dir schon eine reserviert. Wir nennen sie immer Jems Vogel. Es ist die große, weiße Gans dort drüben. Wir haben sechsundzwanzig Stück; eine für dich, eine für uns und zwei Dutzend für den Markt.‹

›Vielen Dank, Maggi‹, sagte ich, ›aber wenn es dir recht ist, würde ich gern die haben, die ich grade in der Hand hatte.‹

›Die andere ist aber um gut drei Pfund schwerer‹, meinte sie, ›und wir haben sie extra für dich gemästet.‹

›Macht nichts! Ich möchte die andere haben und sie jetzt mitnehmen.‹

›Wie du meinst‹, sagte sie etwas beleidigt. ›Welche willst du denn?‹

›Die weiße mit dem schwarzen Streifen auf dem Schwanz, da rechts mitten in der Schar.‹

›In Ordnung! Schlachte sie und nimm sie mit.‹

Nun, ich tat, wie mir geheißen wurde, Mr. Holmes, und trug den Vogel nach Kilburn. Ich erzählte meinem Freund, was ich getan hatte, denn ihm gegenüber brauchte ich mich nicht zu genieren. Er lachte sich halb tot. Wir griffen nach einem Messer und nahmen die Gans aus. Mein Herz blieb stehen, als wir keinen Stein fanden und mir klar wurde, dass mir ein schrecklicher Fehler unterlaufen war. Ich ließ die Gans Gans sein, rannte eiligst zu meiner Schwester zurück und stürzte auf den Hinterhof. Dort war keine Gans mehr zu sehen.

›Wo sind denn die Gänse, Maggi?‹, schrie ich. ›Beim Händler.‹

›Bei welchem Händler?‹

›Breckinridge, in Covent Garden.‹

›Gab es noch eine andere Gans mit einem schwarzen Streifen auf dem Schwanz?‹, fragte ich. ›Das heißt, eine ähnliche wie die, die ich ausgewählt habe?‹

›Ja, Jem, es gab zwei Gänse mit gestreiften Schwänzen, und ich konnte sie auch nie auseinanderhalten.‹

Natürlich erklärte diese Auskunft alles, und ich rannte, so schnell ich konnte, zu diesem Händler Breckinridge. Aber er hatte die ganze Lieferung auf einmal verkauft, und mit keinem einzigen Wort wollte er mir verraten, wo sie hingewandert waren. Sie haben ihn heute Abend selbst gehört. In dieser Art hat er mir jedes Mal geantwortet. Meine Schwester glaubt, dass ich langsam verrückt werde. Manchmal glaube ich das selbst. Und jetzt – jetzt bin ich als Dieb gezeichnet, ohne je etwas von dem Reichtum gehabt zu haben, für den ich meinen Charakter verkauft habe. Gott, hilf mir! Gott, hilf mir!« Er brach in heftiges Schluchzen aus und schlug die Hände vors Gesicht.

Es folgte eine lange Pause, in der nur sein schwerer Atem und das Trommeln von Sherlock Holmes' Fingerspitzen auf der Tischplatte zu hören waren. Dann erhob sich mein Freund und riss die Tür auf.

»Hinaus!«, sagte er.

»Was, Sir! Der Himmel segne Sie!«

»Kein Wort mehr! Raus!«

Es waren keine Worte mehr nötig. Er eilte hinaus, polterte die Treppe hinunter, schlug die Tür hinter sich zu und rannte schnellen Fußes auf der Straße davon.

»Schließlich, Watson«, meinte Holmes, während er nach seiner Tonpfeife griff, »bin ich nicht verpflichtet, die Fehler der Polizei auszubügeln. Wenn Horner Gefahr gedroht hätte, wäre es eine andere Sache, aber dieser Bursche wird nicht gegen ihn aussagen, und so muss der Fall ad acta gelegt werden. Ich vermute, dass ich gesetzwidrig handle, aber es ist möglich, dass ich damit eine Seele rette. Dieser Mann wird nie mehr vom rechten Pfad abkommen. Er ist zu erschrocken. Schicken Sie ihn jetzt ins Gefängnis, und er bleibt für immer ein Krimineller. Außerdem haben wir gerade die Zeit der Vergebung. Der Zufall hat uns ein einzigartiges, wunderliches Rätsel aufgegeben, und die Lösung ist unsere schönste Belohnung. Seien Sie so freundlich und klingeln Sie, Doktor, wir werden mit einer anderen Ermittlung beginnen, in der ebenfalls ein Vogel die Hauptrolle spielen wird.«

# Gilbert Keith Chesterton

## *Die flüchtigen Sterne*

D as schönste Verbrechen, das ich je begangen habe«,
pflegte Flambeau in seinen hochmoralischen alten
Tagen zu sagen, »war zugleich durch einen sonderbaren
Zufall auch mein letztes. Ich habe es zu Weihnachten begangen. Als Künstler habe ich immer versucht, Verbrechen
passend zu der Jahreszeit oder Landschaft hervorzubrin-
gen, in der ich mich gerade befand, indem ich für jedes tra-
gische Ereignis diese oder jene Terrasse, diesen oder jenen
Garten aussuchte, wie für eine Statue. Landedelleute sollte
man also in großen eichenholzgetäfelten Räumen herein-
legen; jüdische Bankiers sollten sich hingegen plötzlich im
lichtüberfluteten Café Riche bar ihres Geldes wiederfinden.
Wenn ich daran dächte, in England einen Dechanten von
seinen Reichtümern zu befreien (was nicht so einfach ist,
wie man annehmen könnte), würde ich daran denken, wenn
Sie verstehen, was ich meine, ihn mit den grünen Rasen-
flächen und den grauen Türmen irgendeiner Bischofsstadt
zu umrahmen. Ähnlich befriedigte es mich, wenn ich in
Frankreich Geld aus einem reichen und bösartigen Bauern
herausgeholt hatte (was nahezu unmöglich ist), sein wüten-
des Haupt sich vor einer grauen Reihe beschnittener Pap-
peln abheben zu sehen und vor jenen feierlichen Ebenen
Galliens, über denen der mächtige Geist Millets brütet.

Mein letztes Verbrechen also war ein Weihnachtsverbre-
chen, ein fröhliches, gemütliches, englisches Mittelstands-

verbrechen; ein Verbrechen à la Charles Dickens. Ich beging es in einem guten alten Mittelklassehaus in der Nähe von Putney, einem Haus mit einer halbmondförmigen Kutschenauffahrt, einem Haus mit einer Stallung an der Seite, einem Haus mit dem Namen an den beiden Außentoren, einem Haus mit einem Affenbaum. Genug, Sie kennen das ja. Ich glaube, dass meine Nachahmung des Stils von Dickens genau und literarisch war. Und fast tut es mir leid, dass ich noch am gleichen Abend bereute.«

Und dann pflegte Flambeau die Geschichte von innen her zu erzählen; und selbst von innen her war sie sonderbar. Von außen gesehen war sie vollkommen unverständlich, aber von außen her muss der Fremde sie studieren. Von diesem Blickpunkt aus kann man sagen, dass das Drama begann, als die Vordertür des Hauses mit der Stallung sich auf den Garten mit dem Affenbaum hin öffnete und ein junges Mädchen mit Brotkrumen herauskam, um am Nachmittag des zweiten Weihnachtstages die Vögel zu füttern. Sie hatte ein hübsches Gesicht mit unerschrockenen braunen Augen; ihre Gestalt aber war jenseits aller Mutmaßungen, denn sie war so in braune Pelze eingehüllt, dass es schwer zu sagen war, was nun Haar und was Pelz war. Ohne das anziehende Gesicht hätte man sie für einen kleinen Teddybären halten können.

Der Winternachmittag ging in die Abendröte über, und schon lag ein rubinenes Licht auf den blumenlosen Beeten und schien sie mit dem Geist der toten Rosen zu füllen. Auf der einen Seite des Hauses stand die Stallung, auf der anderen führte eine Allee oder ein Kreuzgang aus Lorbeer zu einem größeren Garten im Hintergrund. Die junge Dame schlenderte, nachdem sie den Vögeln Brot hingestreut hatte (zum vierten oder fünften Mal an diesem Tag, da der Hund es fraß), zurückhaltend den Lorbeerpfad entlang und dahinter in eine schimmernde Pflanzung Immergrün hinein. Hier stieß sie einen Ruf der Überraschung, wirklicher oder ritueller, aus und sah über sich an der hohen Gartenmauer hinauf, auf der in einigermaßen phantastischem Reitsitz eine einigermaßen phantastische Gestalt saß.

»Springen Sie nicht, Mr Crook«, rief sie ziemlich besorgt; »das ist viel zu hoch.«

Das Individuum, das die Grenzmauer wie ein Luftross ritt, war ein großer kantiger junger Mann, dessen dunkles Haar wie eine Bürste hochstand, mit gescheiten und sogar vornehmen Gesichtszügen, doch von blassem und fast fremdartigem Teint. Der zeigte sich umso deutlicher, weil er eine herausfordernd rote Krawatte trug, der einzige Teil seiner Bekleidung, dem er irgendeine Aufmerksamkeit gewidmet zu haben schien. Vielleicht war sie ein Symbol. Er nahm von der beunruhigten Beschwörung des Mädchens keine Notiz, sondern sprang wie ein Heuschreck neben ihr auf den Boden, wobei er sich sehr leicht die Beine hätte brechen können.

»Mir scheint, ich war eigentlich zum Einbrecher bestimmt«, sagte er ruhig, »und ich zweifle nicht daran, dass ich einer geworden wäre, wenn ich nicht zufällig in dem netten Haus nebenan zur Welt gekommen wäre. Im Übrigen kann ich daran nichts Böses finden.«

»Wie können Sie nur so etwas sagen?«, wies sie ihn zurecht.

»Na ja«, sagte der junge Mann, »wenn man auf der falschen Seite der Mauer geboren ist, kann ich nichts Falsches darin sehen, wenn man über sie klettert.«

»Ich weiß nie, was Sie als Nächstes sagen oder tun werden«, sagte sie.

»Das weiß ich oft selbst nicht«, erwiderte Mr Crook; »auf jeden Fall aber bin ich jetzt auf der richtigen Seite der Mauer.«

»Und was ist die richtige Seite der Mauer?«, fragte die junge Dame lächelnd.

»Immer die, auf der Sie sich befinden«, sagte der junge Mann namens Crook.

Als sie zusammen durch den Lorbeer zum Vordergarten gingen, ertönte dreimal eine Autohupe, jedes Mal näher, und ein Wagen von beachtlicher Geschwindigkeit, großer Eleganz und blassgrüner Farbe fegte wie ein Vogel vor die Vordertür und blieb dort zitternd stehen.

»Sieh an, sieh an!«, sagte der junge Mann mit der roten Krawatte. »Das ist einer, der auf jeden Fall auf der richtigen Seite geboren wurde. Ich wusste nicht, Miss Adams, dass Ihr Weihnachtsmann so modern ist.«

»Ach, das ist nur mein Patenonkel, Sir Leopold Fischer. Er kommt immer am zweiten Weihnachtstag.«

Dann fügte Ruby Adams nach einer unschuldigen Pause, die unbewusst einen gewissen Mangel an Begeisterung verriet, hinzu: »Er ist sehr nett.«

John Crook, Journalist, hatte schon von dem bedeutenden Magnaten aus der City gehört; und es war nicht sein Fehler, wenn der Magnat aus der City nichts von ihm gehört hatte; denn in bestimmten Artikeln in *The Clarion* oder *The New Age* war Sir Leopold sehr harsch behandelt worden. Aber er sagte nichts, sondern beobachtete grimmig die Entladung des Wagens, die eine ziemlich langwierige Veranstaltung war. Ein großer reinlicher Chauffeur in Grün stieg vorne aus, und ein kleiner reinlicher Diener in Grau stieg hinten aus, und gemeinsam setzten sie Sir Leopold an der Türschwelle ab und begannen, ihn wie ein sehr sorgsam verschnürtes Paket auszupacken. Genug Decken für einen Basar, Pelze von allem Getier des Waldes und Schals in allen Farben des Regenbogens wurden eins nach dem anderen abgewickelt, bis sie etwas den menschlichen Formen Ähnliches freigaben; die Form eines freundlich, aber ausländisch aussehenden alten Herrn, mit einem grauen Ziegenbart und einem strahlenden Lächeln, der seine dicken Pelzhandschuhe aneinanderrieb.

Lange bevor diese Enthüllung abgeschlossen war, öffneten sich die beiden mächtigen Flügel der Eingangstür in der Mitte, und Oberst Adams (der Vater der bepelzten jungen Dame) trat höchstselbst hervor, um seinen bedeutenden Gast hineinzubitten. Er war ein großer sonnenverbrannter und sehr schweigsamer Mann, der eine rote Hauskappe trug wie einen Fez, die ihn wie einen jener englischen Sirdars oder Paschas in Ägypten aussehen ließ. Ihn begleitete sein Schwager namens John Blount, kürzlich erst aus Kanada eingetroffen, ein großer und ziemlich lärmiger junger Grundbesitzer mit gelbem Bart. Ihn begleitete ferner die sehr viel bedeutungslosere Gestalt des Priesters der benachbarten katholischen Kirche; denn die verstorbene Frau des Obersts war katholisch gewesen, und die Kinder waren, wie es in solchen Fällen üblich ist, in ihrem Glauben erzogen worden. Alles an diesem Priester erschien unauffällig, bis hin zu seinem Namen, der Brown war; aber der Oberst hatte ihn immer einen irgendwie angenehmen Gesellschafter gefunden und lud ihn oft zu solchen familiären Zusammenkünften ein.

In der großen Eingangshalle des Hauses war genügend Platz selbst für Sir Leopold und die Entfernung seiner Umhüllungen. Portal und Eingangshalle waren für die Größe des Hauses wirklich ungewöhnlich geräumig, und sie formten zusammen einen großen Raum, mit der Eingangstür am einen Ende und dem Treppenaufgang am anderen. Der Vorgang wurde vor dem mächtigen Kaminfeuer in der Halle, über dem des Obersts Säbel hing, abgeschlossen, und die Gesellschaft, einschließlich des düsteren Crook, wurde Sir Leopold Fischer vorgestellt. Dieser verehrungswürdige Finanzmann schien indes immer noch mit Teilen seiner gut geschnittenen Bekleidung zu kämpfen und brachte schließlich aus der innersten Tasche seiner Frackschöße ein schwarzes ovales Etui hervor, zu dem er strahlend erklärte, das sei sein Weihnachtsgeschenk für sein Patenkind. Mit unbefangenem Stolz, der etwas Entwaffnendes hatte, hielt er ihnen allen das Etui hin; auf einen leichten Druck hin sprang es auf und blendete sie fast. Es war, als sei vor ihren Augen ein Kristallspringbrunnen emporgeschossen. In einem Nest aus orangefarbenem Samt lagen wie drei Eier drei weiße funkelnde Diamanten, die die Luft um sie herum in Brand zu setzen schienen. Fischer stand da, strahlte wohlwollend und berauschte sich an der Freude und dem Entzücken des Mädchens, der grimmigen Bewunderung und dem bärbeißigen Dank des Obersts, dem Staunen der ganzen Gruppe.

»Ich werde sie wieder wegstecken, mein Liebling«, sagte Fischer und gab das Etui seinen Frackschößen zurück. »Ich musste auf sie aufpassen, während ich herfuhr. Das sind die drei großen afrikanischen Diamanten, die man ›Die flüchtigen Sterne‹ nennt, weil sie so oft gestohlen wurden. Alle bedeutenden Verbrecher sind ihnen auf der Spur; aber selbst die kleinen Gauner in den Straßen und Hotels könnten kaum ihre Finger davon lassen. Sie hätten mir auf dem Weg hierher durchaus abhandenkommen können. War gut möglich.«

»Was nur natürlich wäre«, knurrte der Mann mit der roten Krawatte. »Ich könnt's ihnen nicht übel nehmen, wenn die sich die geschnappt hätten. Wenn sie um Brot betteln und man ihnen nicht mal Steine gibt, dürfen sie sich die Steine ruhig selber nehmen.«

»Ich will nicht, dass Sie so reden«, rief das Mädchen in eigenartiger Erregung. »Sie reden nur noch so, seit Sie ein schrecklicher Ich-weiß-nicht-was geworden sind. Sie wissen, was ich meine. Wie nennt man noch einen Mann, der sogar Schornsteinfeger umarmen möchte?«

»Einen Heiligen«, sagte Father Brown.

»Ich glaube«, sagte Sir Leopold mit einem hochmütigen Lächeln, »dass Ruby einen Sozialisten meint.«

»Ein Radikaler sein bedeutet nicht, von Radieschen zu leben«, bemerkte Crook mit einiger Ungeduld, »und ein Konservativer sein bedeutet nicht, Marmelade einzukochen. Ebenso wenig bedeutet Sozialist sein, das versichere ich Ihnen, ein Mann zu sein, der sich nach einem gesellschaftlichen Abend mit einem Schornsteinfeger sehnt. Ein Sozialist ist ein Mann, der wünscht, dass alle Schornsteine gefegt und alle Schornsteinfeger dafür bezahlt werden.«

»Aber der nicht erlaubt«, warf der Priester mit leiser Stimme ein, »dass man den eigenen Ruß besitzt.«

Crook sah ihn interessiert und fast respektvoll an. »Wer will denn Ruß besitzen?«, fragte er.

»Der eine oder andere«, sagte Brown mit nachdenklichem Gesicht. »Ich habe gehört, dass Gärtner ihn verwenden. Und ich habe einmal sechs Kinder zu Weihnachten glücklich gemacht, als der Zauberer nicht kam, nur mit Ruß – äußerlich angewendet.«

»O herrlich« rief Ruby. »Ach, ich wünsche mir so sehr, dass Sie das mit uns tun würden.«

Der lärmige Kanadier, Mr Blount, ließ seine laute Stimme zustimmend erschallen, und der verblüffte Finanzmann die seine (in bemerkenswerter Ablehnung), als ein Klopfen an der doppelten Eingangstür ertönte. Der Priester öffnete sie, und wieder sah man durch sie den Vorgarten mit Immergrün und Affenbaum und allem, das jetzt vor einem prachtvollen violetten Sonnenuntergang Dunkelheit ansammelte. Die so umrahmte Szene war dermaßen farbenprächtig und seltsam wie der Hintergrund einer Bühne, dass sie für einen Augenblick die unbedeutende Gestalt vergaßen, die in der Tür stand. Er sah verstaubt aus und steckte in einem abgetragenen Mantel, offenbar ein einfacher Bote. »Einer von Ihnen, Mr Blount?«, fragte er und hielt unschlüssig einen Brief vor sich hin. Mr Blount fuhr auf und hielt inne mit seinen Beifallsrufen. Er riss den Umschlag offensichtlich überrascht auf und las; sein Gesicht verdüsterte sich und hellte dann wieder auf, und er wandte sich an seinen Schwager und Gastgeber.

»Tut mir leid, dass ich so eine Plage bin, Oberst«, sagte er in der fröhlich-konventionellen Art der Menschen aus den Kolonien, »aber würde es Sie stören, wenn mich heute Abend ein alter Bekannter in Geschäften hier aufsuchte? Wissen Sie, es ist Florian, der berühmte französische Akrobat und Komiker; ich habe ihn vor Jahren draußen im Westen kennengelernt (er ist von Geburt Frankokanadier), und er scheint irgendein Geschäft für mich zu haben, obwohl ich keine Ahnung habe, was.«

»Natürlich, natürlich«, antwortete der Oberst sorglos. »Mein Lieber, jeder Ihrer Freunde ist willkommen. Er wird sich sicherlich als eine Bereicherung herausstellen.«

»Der wird sich sein Gesicht schwarz anmalen, wenn Sie das meinen«, rief Blount lachend. »Der wird euch allen was vormachen. Mir nur recht; ich bin nicht anspruchsvoll. Ich liebe die fröhliche alte Pantomime, in der sich ein Mann auf seinen Zylinder setzt.«

»Aber bitte nicht auf meinen«, sagte Sir Leopold Fischer würdevoll.

»Schon recht«, sagte Crook leichthin, »keinen Streit deswegen. Schließlich gibt es billigere Späße, als sich auf einen Zylinder zu setzen.«

Abneigung gegen den rot beschlipsten Jüngling, sowohl wegen seiner raubsüchtigen Ansichten als auch wegen seiner offenkundigen Vertrautheit mit dem hübschen Patenkind, veranlasste Fischer dazu, in seiner sarkastischsten und belehrendsten Art zu sagen: »Zweifellos haben Sie etwas entdeckt, was noch billiger ist, als auf einem Zylinder zu sitzen. Was ist das bitte?«

»Zum Beispiel, einen Zylinder auf sich sitzen zu lassen«, sagte der Sozialist.

»Halt, halt, halt«, rief der Kanadier in seiner barbarischen Gutmütigkeit, »wir wollen einen fröhlichen Abend doch nicht verderben. Ich meine, wir sollten heute Abend etwas für die Geselligkeit tun. Nicht Gesichter anschwärzen oder auf Hüten sitzen, wenn ihr das nicht mögt – aber irgendwas in der Art. Warum führen wir nicht eine gute altenglische Pantomime auf, so mit Clown und Kolumbine und so. Ich habe eine gesehen, als ich England als Zwölfjähriger verließ, und seither funkelt sie wie ein Feuerwerk in meiner Erinnerung. Und als ich im vergangenen Jahr nach England zurückkomme, muss ich feststellen, dass es das nicht mehr gibt. Nur noch tränenreiche Märchenspiele. Ich wünsch mir einen rot glühenden Schürhaken und einen Polizisten, aus dem man Brennholz macht, und stattdessen bekomm ich Prinzessinnen, die im Mondschein moralisieren, Blaustrumpf sozusagen. Blaubart ist mehr nach meinem Geschmack, und den mag ich am liebsten, wenn er sich in einen Hanswurst verwandelt.«

»Ich bin sehr für die Verwandlung von Polizisten in Brennholz«, sagte John Crook. »Das ist eine weit bessere Definition von Sozialismus als die vorhin abgegebenen. Aber die Vorbereitungen wären viel zu aufwändig.«

»Nicht die Spur«, rief Blount, den es nun völlig hinriss. »Eine Hanswurstiade ist das Einfachste, was wir überhaupt tun können, und zwar aus zwei Gründen: Erstens kann man auf Teufel komm raus improvisieren; und zweitens sind alle nötigen Requisiten Haushaltsgegenstände – Tische und Handtuchhalter und Wäschekörbe und solches Zeugs.«

»Stimmt schon«, gab Crook zu und nickte eifrig und ging auf und ab. »Tut mir nur leid, dass ich keine Polizeiuniform auftreiben kann! Aber ich hab in der letzten Zeit keinen Polizisten umgebracht.«

Blount runzelte für eine Weile nachdenklich die Stirn, dann schlug er sich auf die Schenkel. »Können wir doch!«, rief er. »Ich habe hier Florians Adresse, und der kennt jeden Kostümverleih in London. Ich ruf ihn an, dass er 'ne Polizeiuniform mitbringt, wenn er kommt.« Und er eilte von dannen, dem Telefon zu.

»Ach, ist das herrlich, Onkel«, rief Ruby und tanzte beinahe los. »Ich bin Kolumbine, und du wirst Hanswurst.«

Der Millionär hielt sich steif in einer fast heidnischen Würde. »Ich fürchte, meine Liebe«, sagte er, »du wirst jemand anderen zum Hanswurst machen müssen.«

»Wenn du willst, werde ich der Hanswurst sein«, sagte Oberst Adams, der die Zigarre aus dem Mund nahm und zum ersten und letzten Mal sprach.

»Man sollte Ihnen ein Denkmal setzen«, rief der Kanadier, als er strahlend vom Telefon zurückkam. »Damit haben wir alles zusammen. Mr Crook wird der Clown sein; er ist Journalist und kennt die ältesten Witze. Ich kann den Harlekin machen; der braucht nur lange Beine und herumzuspringen. Freund Florian hat gesagt, dass er 'ne Polizistenuniform mitbringt; er will sich unterwegs schon umziehen. Wir können hier in der Halle spielen, das Publikum sitzt drüben auf den breiten Treppenstufen, eine Reihe über der anderen. Die Eingangstür ist der Hintergrund, entweder offen oder geschlossen. Geschlossen ist das ein englisches Interieur. Offen ein Garten im Mondschein. Geht alles wie durch Zauberei.« Und er holte ein zufälliges Stück Billardkreide aus der Hosentasche und zog mit ihm halbenwegs zwischen Eingangstür und Treppenaufgang einen Strich, um die Reihe der Rampenlichter zu markieren.

Wie es gelang, auch nur ein solches Theater des Unfugs beizeiten in Szene zu setzen, bleibt ewig ein Rätsel. Aber sie machten sich mit jenem unbekümmerten Eifer ans Werk, der lebt, wenn Jugend im Haus ist; und Jugend war in jener Nacht in jenem Haus, auch wenn nicht alle die beiden Gesichter und Herzen erkannt haben mögen, aus denen sie flammte. Wie üblich gerieten die Einfälle gerade wegen der Zahmheit der bourgeoisen Konventionen, aus denen sie erschaffen werden mussten, immer toller und toller. Die Kolumbine sah in ihrem Reifrock bezaubernd aus, der sonderbar dem großen Lampenschirm aus dem Salon glich. Clown und Hanswurst machten sich weiß mit Mehl von der Köchin und rot mit Rouge von einem anderen dienstbaren Geist, der (wie alle wahren christlichen Wohltäter) namenlos blieb. Der Harlekin, bereits bekleidet mit Silberpapier aus Zigarrenkisten, wurde mit Mühe daran gehindert, den alten viktorianischen Kronleuchter zu zerschlagen, um sich mit funkelnden Kristallen zu bedecken. Er hätte das wohl tatsächlich getan, wenn Ruby nicht Theaterjuwelen ausgegraben hätte, die sie einst auf einem Kostümfest als Diamantenkönigin getragen hatte. Ihr Onkel, James Blount, geriet tatsächlich in seiner Aufregung fast außer Rand und Band; er benahm sich wie ein Schuljunge. Er stülpte Father Brown plötzlich einen Eselskopf aus Papier über, welcher ihn geduldig trug und selbst einen geheimnisvollen Weg fand, mit den Ohren zu wackeln. Er versuchte sogar, den papierenen Eselsschwanz Sir Leopold Fischer an die Frackschöße zu heften. Das aber wurde stirnrunzelnd zurückgewiesen. »Onkel ist wirklich zu verrückt«, rief Ruby Crook zu, dem sie in tiefer Ernsthaftigkeit einen Kranz aus Würsten um die Schultern geschlungen hatte. »Warum ist er nur so wild?«

»Er ist der Harlekin zu Ihrer Kolumbine«, sagte Crook. »Und ich bin nur der Clown, der die alten Witze reißt.«

»Ich wollte, Sie wären der Harlekin«, sagte sie und ließ den Kranz aus Würsten schwingen.

Father Brown wanderte, obwohl er jedes Detail kannte, das hinter den Kulissen entstand, und selbst Beifall errungen hatte durch seine Umgestaltung eines Kissens in ein Pantomimenbaby, wieder nach vorne und setzte sich unter die Zuschauer mit all der feierlichen Erwartung eines Kindes vor seinem ersten Theaterbesuch. Der Zuschauer waren wenige, Verwandte, ein paar Freunde aus dem Ort und die Dienstboten; Sir Leopold saß vornan so, dass seine breite und immer noch pelzbekragte Gestalt den Blick des kleinen Klerikers hinter ihm weitgehend verdunkelte; doch hat kein Kunstausschuss je entschieden, ob dem Kleriker dadurch viel entging. Die Pantomime war äußerst chaotisch, doch keineswegs zu verachten; es durchströmte sie eine wilde Improvisationslust, die vor allem von Crook, dem Clown, ausging. Er war auch gewöhnlich ein gescheiter Mann, doch an diesem Abend befeuerte ihn eine wilde Allwissenheit, eine Narrheit weiser als die Welt, wie sie einen jungen Mann überkommt, der für einen Augenblick einen bestimmten Ausdruck auf einem bestimmten Gesicht gesehen hat. Er sollte der Clown sein und war in Wirklichkeit fast alles andere auch, der Autor (soweit es da einen Autor gab), der Souffleur, der Bühnenbildner, der Kulissenschieber, vor allem aber auch das Orchester. Jäh wirbelte er sich von Zeit zu Zeit inmitten der zügellosen Vorstellung in vollem Kostüm ans Piano und hämmerte irgendeinen ebenso absurden wie passenden Gassenhauer herunter.

Der Höhepunkt davon, wie von allem Übrigen, war der Augenblick, in dem die beiden Flügel der Vordertür im Hintergrund der Bühne aufflogen und den lieblich vom Monde beschienenen Garten sichtbar machten, noch sichtbarer aber den berühmten professionellen Gast – den großen Florian, verkleidet als Polizisten. Der Clown am Klavier spielte den Chor der Schutzleute aus den *Pirates of Penzance*, doch ging der in betäubendem Applaus unter, denn jede Geste des großen Komikers war eine bewunderungswürdige, wenngleich zurückhaltende Darbietung des Auftretens und Benehmens eines wirklichen Polizisten. Der Harlekin sprang ihn an und hieb ihm über den Helm; der Pianist pianierte »Wo hast du denn den Hut gekauft?«; er sah sich um in wunderbar gespieltem Erstaunen, und dann hieb ihn der springende Harlekin erneut (während der Pianist ein paar Takte von »Und dann taten wir's noch mal« anspielte). Dann warf sich der Harlekin dem Polizisten direkt in die Arme und stürzte unter donnerndem Applaus auf ihn drauf. Und dann gab der fremde Schauspieler jene berühmte Darstellung des Toten Mannes, davon der Ruhm noch heute durch Putney wabert. Es schien fast unmöglich, dass ein lebender Mensch sich so schlaff machen könne.

Der athletische Harlekin schwang ihn herum wie einen Sack und schlingerte und schleuderte ihn wie eine Gymnastikkeule; ständig zu den tollsten und spaßigsten Tönen des Pianos. Als der Harlekin den komischen Konstabler schwer vom Boden stemmte, spielte der Clown »Reich mir die Hand, mein Leben«. Als er ihn sich über den Rücken zog »Mit dem Rucksack auf dem Ast«, und als der Harlekin schließlich den Polizisten mit einem höchst überzeugenden Dröhnen zu Boden donnern ließ, schlug der Verrückte am Klavier wirbelnde Akkorde zu Worten, von denen man immer noch glaubt, sie hätten geklungen wie »Ich schrieb der Liebsten einen Brief, und unterwegs ließ ich ihn fallen«.

Etwa an diesen äußersten Grenzen geistiger Anarchie wurde Father Browns Sicht völlig verdunkelt, denn der Magnat vor ihm erhob sich zu seiner vollen Höhe und grub mit beiden Händen wild in allen Taschen herum. Dann setzte er sich nervös wieder hin, immer noch kramend, und dann stand er wieder auf. Einen Augenblick lang sah es wirklich so aus, als ob er über die Rampenlampen hinwegsteigen wolle; dann warf er einen durchbohrenden Blick auf den klavierspielenden Clown; und dann stürzte er ohne ein Wort aus dem Raum.

Der Priester hatte nur einige Minuten länger dem absurden, aber nicht uneleganten Tanz des Amateurharlekins über seinem glänzend bewusstlosen Gegner zugesehen. Mit wirklicher, wenngleich primitiver Kunst tanzte der Harlekin langsam rückwärts durch die Tür in den Garten hinaus, der voller Mondlicht war und Stille. Das aus Silberpapier und Kleister zusammengestückte Kostüm, das im Schein der Lichter zu grell gewesen war, wurde um so zaubrischer und silbriger, je weiter es unter dem schimmernden Mond davontanzte. Das Publikum rundete mit donnerndem Applaus ab, als Brown sich jählings am Arm berührt fühlte und ihn ein Flüstern aufforderte, ins Arbeitszimmer des Obersts zu kommen.

Er folgte seinem Rufer mit zunehmender Besorgnis, die auch nicht durch die feierliche Komik der Szene im Arbeitszimmer zerstreut wurde. Da saß Oberst Adams, immer noch unverändert als Hanswurst verkleidet, dem das knaufige Fischbein über die Stirn wippte, doch mit so armen alten traurigen Augen, dass sie ein Bacchanal hätten ernüchtern können. Sir Leopold Fischer lehnte am Kaminsims und keuchte vor lauter gewichtiger Panik.

»Das ist eine sehr peinliche Angelegenheit, Father Brown«, sagte Adams. »Es scheint so zu sein, dass die Diamanten, die wir alle heute Nachmittag sahen, aus dem Rockschoß meines Freundes verschwunden sind. Und da Sie ...«

»Da ich«, ergänzte Father Brown mit einem breiten Grinsen, »unmittelbar hinter ihm saß ...«

»Nichts dergleichen soll angedeutet werden«, sagte Oberst Adams mit einem festen Blick zu Fischer hin, der erkennen ließ, dass tatsächlich etwas dergleichen angedeutet worden war. »Ich wollte Sie nur um den Beistand bitten, den mir jeder Ehrenmann gewähren würde.«

»Das ist, seine Taschen leeren«, sagte Father Brown und fing sofort damit an, wobei einige Münzen, eine Rückfahrkarte, ein kleines Silberkruzifix, ein kleines Brevier und ein Stück Schokolade zum Vorschein kamen.

Der Oberst sah ihn lange an und sagte dann: »Wissen Sie,

ich möchte viel lieber in das Innere Ihres Kopfes als in das Innere Ihrer Taschen blicken. Meine Tochter gehört ja zu Ihren Leuten; nun hat sie vor Kurzem ...«, und er hielt inne.

»Sie hat vor Kurzem«, rief der alte Fischer, »das Haus ihres Vaters einem Halsabschneider von Sozialisten geöffnet, der öffentlich erklärt, er würde von einem Reicheren alles stehlen. Das ist die ganze Geschichte. Hier haben wir den Reicheren – und doch nicht reicheren.«

»Wenn Sie das Innere meines Kopfes haben wollen, können Sie es haben«, sagte Father Brown etwas erschöpft. »Was es wert ist, können Sie dann hinterher sagen. Was ich aber als Erstes in dieser ausgedienten Tasche finde, ist, dass Männer, die Diamanten stehlen wollen, nicht für den Sozialismus eintreten. Sie neigen eher dazu«, fügte er ernst bei, »ihn anzuklagen.«

Die beiden anderen bewegten sich jäh, und der Priester fuhr fort:

»Wissen Sie, wir kennen solche Leute ja mehr oder weniger. Der Sozialist da würde einen Diamanten ebenso wenig stehlen wie eine Pyramide. Wir müssen uns vielmehr sofort nach dem Mann umsehen, den wir nicht kennen. Dem Burschen, der den Polizisten spielte – Florian. Ich möchte wohl wissen, wo er sich in diesem Augenblick genau befindet?«

Der Hanswurst sprang auf und strebte langen Schrittes aus dem Zimmer. Ein Zwischenspiel fand statt, währenddem der Millionär den Priester anstarrte und der Priester sein Brevier; dann kam der Hanswurst zurück und sagte in feierlichem Stakkato: »Der Polizist liegt immer noch auf der Bühne. Der Vorhang ist sechsmal auf- und zugegangen; und er liegt immer noch da.«

Father Brown ließ sein Buch fallen und stand und starrte

mit dem Ausdruck der vollständigen geistigen Niederlage. Dann kroch ganz langsam Licht zurück in seine grauen Augen, und er gab eine kaum vorhersehbare Antwort:

»Um Vergebung, Oberst, aber wann ist Ihre Frau gestorben?«

»Meine Frau!«, erwiderte der Oberst verblüfft, »sie starb dieses Jahr, vor zwei Monaten. Ihr Bruder James kam genau eine Woche zu spät, um sie noch zu sehen.«

Der kleine Priester sprang auf wie ein angeschossenes Kaninchen. »Vorwärts!«, rief er in höchst ungewöhnlicher Erregung. »Vorwärts! Wir müssen uns diesen Polizisten ansehen!«

Sie stürmten durch den Vorhang auf die Bühne, drängten sich grob zwischen Kolumbine und Clown hindurch (die sehr zufrieden miteinander zu flüstern schienen), und Father Brown beugte sich über den hingestreckten komischen Polizisten.

»Chloroform«, sagte er, als er sich wieder aufrichtete; »das fiel mir gerade eben erst ein.«

Da war ein erschrecktes Schweigen, und dann sagte der Oberst langsam: »Bitte sagen Sie uns im Ernst, was das alles bedeuten soll.«

Father Brown brüllte plötzlich vor Lachen, hielt dann inne und hatte während des Restes seiner Ansprache nur noch ab und an mit seiner Heiterkeit zu kämpfen: »Ihr Herren«, keuchte er, »wir haben nicht viel Zeit zum Reden. Ich muss dem Verbrecher nach. Aber dieser große Schauspieler, der den Polizisten spielte – dieser schlaue Körper, mit dem der Harlekin herumtanzte und herumspielte und herumwarf – er war ...« Und wieder versagte ihm die Stimme, und er wandte sich ab, um loszulaufen.

»Er war?«, rief Fischer fragend.

»Ein wirklicher Polizist«, sagte Father Brown und rannte davon, hinein ins Dunkel.

Am äußersten Rand des blätterreichen Gartens gab es Nischen und Lauben, an denen Lorbeer und andere immergrüne Büsche selbst jetzt im tiefsten Winter vor dem saphirenen Himmel und dem silbernen Mond die warmen Farben des Südens zeigten. Die grüne Fröhlichkeit des sich wiegenden Lorbeers, das satte purpurne Indigo der Nacht, der Mond wie ein riesiger Kristall schaffen ein fast unverantwortlich romantisches Bild; und zwischen den obersten Zweigen der Gartenbäume klettert eine fremdartige Gestalt, die nicht so sehr romantisch als vielmehr unmöglich aussieht. Sie funkelt von Kopf bis Fuß, als wäre sie in zehn Millionen Monde gekleidet; der wirkliche Mond erfasst sie bei jeder Bewegung und lässt ein neues Stück von ihr aufflammen. Aber sie schwingt sich funkelnd und erfolgreich vom niedrigen Baum in diesem Garten in den hohen, üppig rankenden Baum im anderen und hält dort nur deshalb inne, weil ein Schatten unter den niedrigeren Baum geglitten ist und sie unmissverständlich angerufen hat.

»Ja, Flambeau«, sagt die Stimme, »Sie sehen wirklich wie ein fliegender Stern aus; aber das bedeutet letzten Endes immer einen fallenden Stern.«

Die silbern funkelnde Gestalt da oben scheint sich vorwärts in den Lorbeer zu lehnen und lauscht, des Fluchtwegs sicher, der kleinen Gestalt da unten.

»Sie haben niemals Besseres geleistet, Flambeau. Es war eine schlaue Idee, aus Kanada (vermutlich mit einer Pariser Fahrkarte) genau eine Woche nach dem Tod von Frau Adams anzukommen, als niemand in der Stimmung war, Fragen zu fragen. Es war schlauer, die flüchtigen Sterne und den genauen Tag von Fischers Ankunft herauszufinden.

Aber was dem folgte, war nicht mehr Schlauheit, sondern das reine Genie. Die Steine zu stehlen war für Sie, nehme ich an, kein Problem. Sie hätten das mit einer Handbewegung auf hundert andere Weisen tun können als unter dem Vorwand, einen Eselsschwanz aus Papier an Fischers Frack zu heften. Aber was das Übrige angeht, da haben Sie sich selbst übertroffen.«

Die silberne Gestalt zwischen den grünen Zweigen scheint wie gebannt zu verweilen, obwohl sie mühelos nach hinten flüchten könnte; sie starrt den Mann unten an.

»O ja«, sagt der Mann unten, »ich kenne die ganze Geschichte. Ich weiß, dass Sie nicht nur die Pantomime in Gang gesetzt haben, sondern sie außerdem zu einem doppelten Zweck benutzten. Eigentlich wollten Sie die Steine still stehlen; da erreichte Sie eine Nachricht von einem Komplizen, dass Sie bereits unter Verdacht stünden und dass ein fähiger Polizeibeamter unterwegs sei, um Sie an diesem Abend hoppzunehmen. Ein gewöhnlicher Dieb wäre für die Warnung dankbar gewesen und geflohen; aber Sie sind ein Dichter. Sie waren bereits auf den schlauen Einfall gekommen, die Juwelen im Gefunkel falscher Theaterjuwelen zu verstecken. Jetzt erkannten Sie, dass zum Kostüm des Harlekins das Erscheinen des Polizisten vorzüglich passte. Der würdige Beamte machte sich von der Polizeistation in Putney aus auf den Weg, um Sie aufzustöbern, und geriet in die verrückteste Falle, die je auf Erden gestellt wurde. Als sich die Vordertür öffnete, marschierte er prompt auf die Bühne einer Weihnachtspantomime, wo er unter brausendem Gelächter der ehrenwertesten Menschen aus Putney vom tanzenden Harlekin getreten, geschlagen, niedergeschmettert und betäubt werden konnte. O nein, nie werden Sie etwas Besseres leisten können. Und jetzt könnten Sie mir übrigens die Diamanten zurückgeben.«

Der grüne Ast, auf dem die glitzernde Gestalt schaukelte, raschelte wie vor Erstaunen; aber die Stimme fuhr fort:

»Ich möchte, dass Sie sie zurückgeben, Flambeau, und ich möchte, dass Sie dieses Leben aufgeben. Noch haben Sie Jugend und Ehrgefühl und Witz; aber bilden Sie sich nicht ein, dass die in diesem Gewerbe andauern. Männer mögen sich auf einer gewissen Ebene des Guten halten können, aber kein Mann war je imstande, sich auf einer Ebene des Bösen zu halten. Der Weg führt tiefer und tiefer hinab. Ein freundlicher Mann trinkt und wird grausam; ein aufrichtiger Mann tötet und leugnet es ab. Mancher Mann, den ich kannte, begann wie Sie als ehrbarer Gesetzloser, der fröhlich die Reichen beraubte, und endete im tiefsten Sumpf. Maurice Blum begann als Anarchist aus Überzeugung, ein Vater der Armen; er endete als schmieriger Spion und Zwischenträger, den beide Seiten ausnutzten und verachteten. Harry Burke begann seine Bewegung des Freien Geldes ehrlich genug; jetzt schmarotzt er bei einer halb verhungerten Schwester um endlose Schnäpse. Lord Amber begab sich aus einer Art von Ritterlichkeit in die übelste Gesellschaft; jetzt wird er von den miesesten Geiern Londons erpresst. Hauptmann Barillon war vor Ihrer Zeit der große Gentleman-Verbrecher; er starb in einem Irrenhaus, schreiend aus Angst vor den Spitzeln und Hehlern, die ihn betrogen und zu Tode gehetzt haben. Ich weiß, dass die Wälder hinter Ihnen grenzenlos aussehen, Flambeau; ich weiß, dass Sie in ihnen blitzschnell wie ein Affe verschwinden können. Aber eines Tages werden Sie ein alter grauer Affe sein, Flambeau. Sie werden in Ihrem grenzenlosen Wald sitzen mit kaltem Herzen und dem Tode nahe, und die Baumwipfel werden sehr kahl sein.«

Alles blieb still, als ob der kleine Mann da unten den anderen im Baume an einer langen, unsichtbaren Leine hielte; und er fuhr fort:

»Ihr Niedergang hat schon begonnen. Sie haben sich immer gebrüstet, dass Sie nichts Gemeines täten, aber heute Abend tun Sie etwas Gemeines. Sie lassen einen ehrenhaften Jungen im Verdacht, gegen den bereits eine ganze Menge anderer Dinge vorgebracht werden; Sie trennen ihn von der Frau, die er liebt und die ihn liebt. Aber bevor Sie sterben, werden Sie noch gemeinere Dinge tun.«

Drei funkelnde Diamanten fielen aus dem Baum auf den Rasen. Der kleine Mann bückte sich, um sie aufzuheben, und als er wieder aufblickte, war der silberne Vogel aus dem grünen Käfig des Baumes verschwunden.

Die Rückgabe der Juwelen (die von allen ausgerechnet Father Brown zufällig gefunden hatte) beschloss den Abend ungeheuer triumphal; und Sir Leopold ging in strahlendster Laune sogar so weit, dem Priester zu sagen, dass er, obwohl selbst von sehr viel weiterem Blick, durchaus jene respektieren könne, deren Glaube von ihnen verlange, abgeschlossen und ohne Kenntnis von dieser Welt zu leben.

# Andrea Maria Schenkel

## *Lostage*

Schwarze Nächte zwischen Weihnachten und Neujahr, Raunächte, Lostage. An ihnen wird über Glück und Unglück der Menschen entschieden, ihr Schicksal im neuen Jahr. Tage voller Gebote und Verbote. Mündlich überliefert von Generation zu Generation, alle müssen sie eingehalten werden. Entscheiden sie doch über Reichtum, Gesundheit und Liebe. Über Not, Krankheit und Tod. So darf keine Wäsche gewaschen werden, denn das Wasser, das aus der nassen Wäsche läuft, sind die Tränen, die im neuen Jahr vergossen werden. Immer wieder hat ihr die Mutter davon erzählt. Agnes machte sich bittere Vorwürfe, sie hatte gegen dieses Gebot verstoßen, hatte die Wäsche gewaschen. Was hätte sie auch tun können?

Die Mutter hatte das Blutspucken, und Agnes konnte die Wäsche schlecht liegen lassen, das Nachtgewand und das Bettzeug wären verdorben, sie hätte es nie mehr sauber bekommen. Und so hatte sie halt trotz besseren Wissens die Wäsche gewaschen. Heimlich zwar und bei verschlossenen Fensterläden, aber noch während sie die nassen Wäschestücke in der Kuchl über dem Herd zum Trocknen aufhängte, wusste sie, dass sie Schuld auf sich geladen und dem Unglück die Tür weit aufgemacht hatte, sodass es einfach nur hereinspazieren musste und sich hier im Haus breitmachen konnte.

Schon seit dem Frühjahr des nun zu Ende gehenden Jahres hatte die Mutter gekränkelt. Manchmal hatte sie einen guten Teil des Tages in ihrem Bett oder auf dem Kanapee in der Küche verbracht. Agnes versorgte derweil den Haushalt, pflegte die Mutter, gab sich Mühe, die Bäuerin zu ersetzen, so gut es mit ihren knapp siebzehn Jahren eben ging.

Mit dem Allerseelentag kamen die Herbstnebel, und ab Allerheiligen ist es der Mutter noch schlechter gegangen. Die Nebel setzten ihr zu, das Schnaufen war ihr immer schwerer gefallen. Kurz vor Weihnachten wurde auch noch der Husten schlimmer. Ein jeder konnte sehen, wie sie immer mehr und mehr verfiel, wie sie dahinschwand. Am Heiligen Abend war sie ganz schlecht beieinander. Zu Fuß konnte sie nicht zur Kirche gehen, zu Hause bleiben wollte sie aber auch nicht: Wird doch heute unser Heiland geboren. Da hatte der Vater das Ross angespannt, und so sind die drei mit dem Wagen zur Christmette gefahren.

Während der Mette fing es, von den Kirchgängern unbemerkt, zu schneien an. Als die Gläubigen nach der Mette hinaus auf den Kirchhof drängten, war alles schon ganz weiß. Und es fielen noch immer große Flocken vom Himmel. Wie Daunenfedern.

Die Mutter fühlte sich schwach und schwindelig, nur mit Mühe konnte sie sich auf den Beinen halten. Die mit Weihrauchduft gesättigte Luft hatte ihr mehr zugesetzt als zunächst angenommen. Aber obwohl ihr so malade zumute war, huschte doch ein kleines Lächeln über ihr Gesicht, und sie freute sich über die feierliche Messe und an dem Schnee, der unablässig vom Himmel fiel und alles festlich weiß bedeckte. Nun war die Weihnacht endlich gekommen. Auf der Rückfahrt hing der Schnee dick und schwer in den Bäumen. Zu Hause angekommen, hatte die Mutter ganz rote Backen, und die Augen leuchteten. Sie sah mit einem Mal wieder viel gesünder aus, und die Hoffnung machte sich breit, es könnte mit ihr vielleicht bald wieder aufwärtsgehen. Doch bereits am darauffolgenden Tag hatte sie das Bett gar nicht mehr verlassen können. Sie fieberte und lag den ganzen Tag in der Kammer. Der Husten wurde immer schlimmer, und am Abend bekam die Mutter das Blutspucken. Die ganze Nachtwäsche und das Bett waren voll davon. Agnes legte die schmutzige Wäsche in den Weidenkorb und trug ihn in die Kuchl. Und noch am selben Abend hatte das Mädchen die Wäsche ausgekocht und zum Trocknen über dem Herd aufgehängt. Doch das schlechte Gefühl, das sie dabei hatte, wollte nicht weichen, es blieb, was immer sie auch tat, saß ihr im Genick, lauerte wie eine große schwarze Spinne.

*Wer stellt schon einen Zuchthäusler ein? Seit sie mich im Spätjahr '19 aus dem Gefängnis entlassen haben, bin ich ohne Anstellung. Probiert hab ich es tausendmal, für nichts war ich mir zu schade. Ich kann zupacken, hab Kraft wie ein Stier, aber in diesen Zeiten? Es gibt genügend, die keine Arbeit finden. Überall stehen's herum. Am Güterbahnhof, am Schlachthof, am Hafen drunten, dass einer daherkommt und sie mitnimmt zum Arbeiten für einen Tag oder auch zwei. Mit ihren Papieren stehen's da und warten, wenn dann einer kommt wie ich, einer, der im Zuchthaus war, der hat keine Chance. Früher oder später kommt der dann auf Gant.*

*Am Anfang hab ich noch was zubrocken können, nicht viel, aber ein bisserl was war's doch. Geerbt hab ich was, von der Mutter. Die war ihr Lebtag schwermütig. Ein paarmal war's im Spital deshalb, aber dort haben sie ihr auch nicht helfen können. Und dann ist's halt immer stiller geworden. Ein paar Wochen nachdem ich wieder daheim war,*

nach meiner Haftentlassung, ist sie dann eines Tages in aller
Früh aufgestanden und fort. Ins Wasser. In der Zuckerdose
im Küchenbüfett hab ich ihren Notgroschen gefunden. Eine
Zeit lang hat's gereicht zum Dazubrocken, aber das Schmu-
geld war bald aufgebraucht.

Und seitdem leb ich nur noch vom Stempelgeld. Zehn
Mark von der Stütze am Tag, und davon sollst leben, sollst
dich kleiden, heizen, wohnen, essen. Die feinen Herrn Bü-
rokraten da oben, die haben keine Ahnung, sitzen in ihren
warmen Stuben und wissen nicht, wie kalt so ein Winter
sein kann und wie gierig der Hunger, der in den Eingewei-
den nagt. Wie ein kleines Frettchen, das dich inwendig auf-
frisst.

Es hat was passieren müssen, denn so hat's nicht weitergehen können – da hab ich mir von meinem Bruder, dem
Adi, Geld geliehen. Tausendfünfhundert Mark waren's.
Kleinweis wollt ich's zurückzahlen. Irgendwie wär's schon
gegangen. Ich hab ja noch einen Führerschein, ein kleines
Fuhrunternehmen hab ich aufmachen wollen, zum Transportieren gibt's immer was. Das Geld vom Adi war mein
Startkapital. Des hätt schon hinhauen können, aber dann
ist die Erna, dem Adi sein Weib, dahintergekommen. Gehört hat's, dass ich beim Auerbräu damit angegeben hab,
mit dem neuen Geschäft, das sich mir jetzt auftut. Gleich
wiederhaben hat's es wollen, das Geld, nicht warten hat's
können, des vermaledeite, gierige Luder. Gegeifert hat's,
keine Ruhe hat's dem Adi gelassen, bis der es nicht mehr
mit anhören hat können, der Adi, und endlich los ist, das
Geliehene zurückfordern. Einen Großteil davon hatt ich ja
noch. Dagestanden ist er, richtig ansehen hab ich dem Adi
können, wie schwer es ihm angekommen ist, das Geld zu-
rückzuverlangen. Stand er doch bei mir, seinem Bruder, im

*Wort. Aber der Adi war schon immer ein Lattirl, und gegen*
*sein Weib hat der noch nie was ausrichten können.*

In den Tagen nach Weihnachten ging es mit der Mutter
wieder langsam bergauf. Agnes pflegte die Mutter so gut,
wie sie es in ihren jungen Jahren eben vermochte. Und die
Mutter kam immer mehr zu Kräften, hatte wieder etwas
Appetit. Am Dienstag konnte sie, zur großen Freude des
Mädchens, das Bett sogar schon für eine kleine Weile verlassen. Und am Donnerstag war die Mutter den ganzen
Tag bei Agnes unten in der Küche. Dort sah die Kranke,
auf dem Kanapee sitzend, zu, ob alles seinen richtigen
Lauf nahm. Das Anziehen bereitete der Bäuerin zwar
noch Mühe, aber kleine Verrichtungen konnte sie trotz
wackeliger, schwacher Beine schon erledigen. Und Agnes
vergaß die Geschichte mit der nassen Wäsche, verdrängte
das schlechte Gefühl, das sie deswegen gehabt hatte, mehr
und mehr.

Der Neujahrsmorgen kam und mit ihm ein eisiger Wind
aus Böhmen. Die Mutter fühlte sich gut wie seit Wochen
nicht mehr. Aber so gut, dass sie alle drei zur Messe hinüber in die Kirche hätten gehen können, ging es ihr dann
doch nicht. Selbst für eine Fahrt mit dem Wagen fühlte sie
sich noch zu schwach. So kamen sie überein, dass die Mutter zu Hause bleiben würde. Als es so weit war, ließ sie es
sich nicht nehmen, Agnes und ihren Mann an die Haustür
zu begleiten. Im Flur verabschiedeten sie sich voneinander.
Die Bäuerin tauchte den Finger in den neben der Tür hän-
genden Weihwasserkessel, machte beiden, wie es Brauch
war, noch das Kreuzzeichen auf die Stirn. Dann verließen
Agnes und der Vater das Haus. Während der Vater zu Stadel und Stall hinüberlief, um beides zu verschließen, blieb

Agnes an der Haustür stehen, bis sie hörte, wie der Schlüssel im Schloss umgedreht und die Tür verriegelt wurde. Der Vater hatte darauf gedrungen, blieb doch die Kranke alleine im Haus zurück.

Das ganze Jahr über war die Tür unverschlossen.

Jeder konnte ein und aus, wann immer er wollte, doch in den Tagen zwischen den Jahren trieb sich allerhand Lumpenpack und Diebesgesindel herum. Vagabundierende Musikanten, die das neue Jahr anspielten, oder falsche Sternsinger, die den Gutgläubigen die Münzen aus der Tasche zogen. Bagage, die nur darauf wartete, die Stuben und Kammern zu durchwühlen, während fromme Christenmenschen ihrer Pflicht nachgingen und den Gottesdienst besuchten.

*Um Weihnachten hatte ich fast kein Geld mehr, meine Stube war meist nicht geheizt. Holz und Kohlen gingen mir aus, und kaufen konnt ich nichts, wovon auch? Von Hosenknöpf? Den ganzen Tag bin ich in Mantel und Jacke in der Stube herumgesessen, und wenn's mich zu sehr gefroren hat, hab ich mich halt in der Kammer ins Bett gelegt. So konnt's nicht weitergehen, drum hab ich beschlossen, raus aufs Land zu fahren, zum Fechten, zum Betteln halt. Wenn der Heiland geboren wird und die Heiligen Drei Könige umherziehen, da wird selbst der größte Geizhals freigebig, auch wenn einer wie ich vor der Tür steht, gibt dir ein Geselchtes mit oder ein paar Eier, Butter, Brot oder einen selbst gebrannten Schnaps. Zwischen den Jahren werden die Leute rührselig, sie wollen sich mit ein paar Kreuzern von ihren Sünden freikaufen. Vielleicht hilft's, keiner weiß, was das neue Jahr bringt. Und wenn ich mir nichts erbetteln kann, hol ich mir mein Sach eben selbst.*

Von Stadtamhof bei Regensburg aus bin ich mit dem Bockerl Richtung Wörth. Mein letztes Geld hat gerade noch für ein Billett, hin und retour, und eine Übernachtung im Dorfgasthaus gelangt. Den Zug um halb drei, den hab ich genommen. Sodass ich noch bei Tageslicht ankomme. Ich wollt nicht im Dunkeln bei der Kälte auf Quartiersuche gehen. Am letzten Tag im Jahr bleiben die Leut meist zu Haus, das Abteil war nicht besonders voll, aber warm. Kurze Zeit später bin ich eingeschlafen. Die Wärme macht schläfrig.

An der Endstation in Wörth, da bin ich ausgestiegen. Und weil ich nicht so recht wusste, wo ich eine billige Unterkunft finden könnt, da hab ich den Schaffner gefragt. »Gleich drüben in der Bahnhofsrestauration, da haben's Zimmer. Sauber und billig.« Und so bin ich über die Straße und hab mich dort eingemietet. Meine letzten Pfenning gab ich für eine warme Suppe in der Wirtsstube aus. Das Wirtshaus war gut besucht, an fast allen Tischen saßen welche zum Schafkopfen und Watten. Ich hab mich nach dem Essen dazugestellt und mir so bei den Kartlern noch eine Halbe dazuverdient, denn immer, wenn einer zum Piesln rausmüssen hat, da bin ich eingesprungen und hab den Platz warm gehalten. Spät ist's geworden, und in der Nacht hab ich geschlafen wie ein Ratz. Trotzdem bin ich aber gleich in aller Herrgottsfrüh raus aus den Federn und los. Der frühe Vogel fängt den Wurm.

Die Einödhöfe wollt ich abgrasen, je weiter draußen die Leut wohnen und je einsamer, desto freigebiger sind's in diesen Tagen. Weil's froh sind, dass einer vorbeischaut. So manchem ist's unheimlich da draußen, wenn die Tage so kurz und die Nächte so lang sind. Besonders die älteren Leut sind ein leichtes Ziel, wenn's alleine am Hof sind, weil die Jungen und Gesunden in der Sonntagsandacht sind. Wenn's alt werden, haben's auf einmal alle Angst vor dem Alleinsein, die Reichen wie die Armen. Besonders bang ist ihnen davor, dass es auf einmal ganz zu Ende gehen könnt und keiner da ist. Wenn's so einsam sind und ohne Ansprach, stehen plötzlich die Versäumnisse und Fehler des Lebens vor ihnen, groß und übermächtig. Und dann schaun's nur noch zurück und nimmer nach vorn, sehn nur noch, wie alles zu Ende geht und sich das Ende nicht aufhalten lässt, grad so wie jetzt das Jahr. Spätestens da werden's sentimental und geben gern, auf dass es ihnen in der Ewigkeit vergolten wird.

Über eine Stunde bin ich auf der verschneiten Landstraß zu Fuß unterwegs gewesen. Kalt war's, der Böhmische hat geweht. Auf dem Rücken den Rucksack, den Kragen meiner dünnen Joppe hochgeschlagen und die Hände tief in der Rocktasche vergraben, damit mir ein bisschen wärmer wird. Begegnet bin ich zu dieser frühen Stunde keinem. Das war mir nur recht. Das Laufen in der frischen Luft macht hungrig. Im Rucksack war ein Kanten Brot und ein Zipfel Wurst, in der Früh in der Wirtschaft, wie keiner hingeschaut hat, hab ich die Sachen eingepackt. Und das war jetzt meine Wegzehrung.

Von der Landstraße bin ich abgebogen in einen kleinen Waldweg. Hab Glück gehabt, dass ich den Weg überhaupt gefunden hab, bei dem Schnee. Und weiter bis zu einer Lichtung am Waldrand. Auf der Anhöhe, da hab ich mich auf einen Baumstumpf gesetzt und mit dem Taschenmesser ein Stückl Brot abgeschnitten. Der Zufall hat mich nicht herausgeführt, der Platz war mir vertraut. Ich war schon mal da, von dort konnte ich runtersehen auf das Anwesen unten in der Talsenke. Ich war mir gar nicht sicher, ob ich das Haus so leicht wiederfinden würde und noch dazu im Winter. Vor Jahren war ich schon einmal hier gewesen, mit dem Oberhofer Franz, einem alten Spezl von mir. Die Agnes, seine Tochter, die ist auf dem Hof. Die Bauersleut, die haben keine eigenen Kinder. Mit der Bettl, dem Franz seiner Frau, da sind's über tausend Ecken verwandt, und so haben sie das Mädchen aufgenommen. An Kindes statt. Dem Franz und der Seinen war's nur recht, so war ein hungriges Maul weniger zu stopfen, und jedem war geholfen. Vom Franz weiß ich, dass da unten auf dem Hof was zu holen ist, auch wenn es auf den ersten Blick nicht danach ausschaut. Ich weiß sogar, wo, oben in der Kammer haben's es. Im Wäscheschrank versteckt.

Im Sommer nach meiner Entlassung, da hab ich den Franz wiedergetroffen. Auf der Steinernen Brücke. Ich wollt rüber nach Stadtamhof, und er wollt nach Regensburg in die Stadt rein. Zuerst haben wir ein bisserl geredet, und dann sind wir rüber ins Spitalbräu auf ein Bier. Und nach einer Weile hat er mir die Geschichte wiedererzählt. Ganz stolz war er, wie gut es der Agnes geht und was für ein großes Erbteil ihr ins Haus steht. Und das vielleicht sogar recht bald, weil doch die Bäuerin schon seit Jahr und Tag malade ist. Angegeben hat er, als ob er selber der Erbe wäre, bestimmt hat er sich was ausgerechnet, und nicht zu wenig.

Gegen das Alleinsein hatte die Mutter den Hund mit ins Haus genommen. So hatte sie ein wenig Gesellschaft.

Agnes und der Vater liefen zu Fuß über die verschneiten Felder und Wiesen. Kniehoch lag der Schnee. Der Vater sagte kein Wort, stapfte die ganze Zeit nur stumm vor Agnes her. Das Mädchen hatte Mühe, mit ihm Schritt zu halten. Immer wieder gab die verharschte Schneedecke nach, und sie brach ein. Der Schnee blieb am oberen Rand der geschnürten Schuhe hängen, schmolz, und das Schmelzwasser sickerte langsam hinein, durchnässte die Strümpfe. Immer wieder versuchte sie, in die Fußspuren des Vaters zu treten, um nicht wieder einzubrechen und den Abstand nicht noch größer werden zu lassen. Aber er holte viel weiter aus, machte größere Schritte. Das Mädchen kam ganz außer Atem, fing zu schwitzen an vor lauter Anstrengung, und das dicke Wolltuch hinderte sie mehr und mehr.

Nach einer guten halben Stunde, mit dem letzten Schlag der Kirchenglocken, schlüpfte sie gerade noch rechtzeitig zum Portal hinein. Die Orgel hatte bereits eingesetzt, und der Pfarrer zog mit seinen Ministranten von der Sakristei hinüber zum Altar. Das Mädchen setzte sich schnell rüber zu den Frauen. Auf den äußersten Platz zum Mittelgang hin, wie immer. Weil man dort am besten sehen konnte, den Altar und daneben den über und über geschmückten Christbaum. Sie nahm das wollene Tuch ab, öffnete den Mantel und rang nach Luft. Erst nach einer Weile hatte sie sich wieder gefasst, konnte wieder durchatmen. Schön war der Gottesdienst, so feierlich. Agnes liebte diese Stimmung, die Musik. In der Seele leid tat es ihr, dass die Mutter nicht dabei sein konnte. Nach der Messe wollte sie sofort nach Hause. Ihr war nicht wohl bei dem Gedanken, sie so lange alleine im Haus zu lassen. Das Mädchen war besorgt wegen der Krankheit der Mutter, auch wenn es ihr in den letzten Tagen besser gegangen war. Und mit einem Mal dachte sie wieder an die nasse Wäsche und das Unheil, das sie mit sich brachte.

*Die Kälte machte mir ganz schön zu schaffen. Von Zeit zu Zeit bin ich aufgestanden, hab die Hände mit meinem Atem gewärmt, bin auf der Stelle gestapft. Das Haus hab ich dabei keinen Moment aus den Augen gelassen. So konnt ich*

*sehen, wie sie zum Kirchgang aufgebrochen sind. Anstän-*
*dige Christenmenschen halt, genauso wie es sich gehört. Zu*
*zweit waren's. Ein Mann und eine Frau. Der Einöder und*
*die Agnes? Ob die Alte noch lebt?, habe ich mich gefragt.*
*Wer weiß, vielleicht hat's der Herr schon zu sich geholt,*
*weil's nur zu zweit sind da unten auf dem Hof. Wenn nicht,*
*so ein altes, krankes Weibersleut lässt sich leicht einschüch-*
*tern. Das wäre doch gelacht.*

*Das Frauenzimmer ist an der Haustür stehen geblieben.*
*Hat gewartet. Der Mann, der hat sich noch am Stall und*
*am Stadel zu schaffen gemacht, hat beides verriegelt, und*
*dann sind's los.*

*Die Frau, die hatte sich ein wollenes Kopftuch um Kopf*
*und Schultern gebunden und ist hinter dem Mann durch*
*den Schnee hergelaufen. Kaum Schritt halten hat's können.*
*Lang hab ich ihnen noch nachgeschaut, bis sie sich bloß*
*mehr als kleine schwarze Männlein vom Schnee abgehoben*
*haben und schlussendlich ganz verschwunden warn.*

*Ich hab noch etwas zugewartet, und erst wie ich die bei-*
*den schon eine ganze Weile nicht mehr gesehen hab, bin*
*ich von meinem Platz aufgestanden und langsam runter*
*Richtung Hof gestiegen. Den Hügel runter auf das Haus zu.*
*Nicht auf direktem Weg, ich wollte nicht, dass mich einer*
*sieht, man weiß ja nie. Am Waldrand entlang und dann von*
*der Seiten auf den Hof zu. Von der Stadelseiten.*

Nach der Messe ist der Vater noch mit den anderen Männern aus dem Dorf auf dem Kirchhof beieinandergestan-
den. Alle waren sie da, der Herr Lehrer war dabei und auch
der Viehhändler. Mit dem wollte der Vater noch über ein
Geschäft reden. Doch Agnes konnte nicht so lange warten,
wollte gleich heim zur Mutter. Sie verabschiedete sich vom

Vater und ging alleine zurück. Das Mädchen stapfte durch den Schnee, der Böhmische hatte aufgehört, die Sonne schien, und der Schnee funkelte und glitzerte. Die alte Spur war noch gut zu sehen. Das Mädchen versuchte, bei jedem Schritt in die alten Spuren zu treten. Damit sich das Wasser des geschmolzenen Schnees nicht wieder in den Schuhen sammelte.

Zu Hause angekommen, klopfte sie gegen die Haustür. Agnes wartete eine Weile. Im Haus blieb alles ruhig. Vielleicht hatte die Mutter sie nicht gehört? Zuerst zögerlich, dann mit immer festerer Stimme fing sie an, nach der Mutter zu rufen. Alles blieb ruhig, nicht einmal der Hund schlug an. Agnes rüttelte an der Türschnalle in der vagen Hoffnung, die Mutter hätte die Tür aufgesperrt, um sie einzulassen, wenn sie vom Kirchgang zurückkamen. Die Tür war zu. Agnes fing an zu frieren. Sie stapfte mit den Beinen auf den Boden, damit die klammen Füße etwas wärmer wurden. Schließlich schlug sie ganz fest mit der Faust gegen die Tür, in der Hoffnung, die Mutter würde den Lärm hören. Nichts.

Die Unruhe, die sich auf dem Heimweg durch den glitzernden Schnee etwas gelegt hatte, kam wieder. Vielleicht hatte sich die Mutter nicht wohlgefühlt und sich in der Kammer niedergelegt und ist eingeschlafen? Den Hund wird sie mit nach oben genommen haben. Agnes war sich sicher, dass die Mutter oben in der Kammer lag, sonst hätte sie doch das Klopfen hören müssen. Das Fenster zur Kammer ging zu der anderen Seite des Hauses hinaus, droben im ersten Stock, und wenn dann auch noch die Tür fest verschlossen war, konnte die Mutter gar nichts hören.

Das Mädchen fror, und es war unschlüssig. Sollte sie auf den Vater warten? Er müsste eigentlich jeden Moment hier sein. Zu zweit kämen sie bestimmt ins Haus. Sie blickte sich um. Die Tür zum Stadel stand einen kleinen Spalt offen.

Die Mutter musste die Tür zum Stadel geöffnet haben, damit sie ins Haus konnten, während sie selbst sich in der Kammer ein wenig ausruhte. Agnes ging hinüber, machte die Tür ganz auf. Licht fiel in das Innere des Stadels, durch den Stadel hindurch. Von hier konnte man über den Stall ins Haus gelangen.

Sie versuchte keinen Lärm zu machen, damit der Hund nicht doch noch anschlug. Die Mutter brauchte ihren Schlaf, um wieder ganz gesund zu werden.

*Unten angelangt, bin ich zuerst ums Haus herum. Ich hab gedacht, vielleicht gibt es auf der Rückseite eine Möglichkeit, unbemerkt ins Haus zu gelangen. Hab aber recht schnell gemerkt, dass da nichts geht. Ich hab noch versucht, durch eines der Fenster ins Innere zu schauen. Da war aber nichts zu sehen. Die ganze Zeit habe ich Angst gehabt, der Hund könnte anschlagen und mich verraten, deshalb war ich ganz vorsichtig und leise. Ich bin dann wieder ums Haus herum, rüber zum Stadel. Vom Waldrand oben hab ich sehen können, wie der Alte die Tür zum Stadel verschlossen hat. Aber zum Glück hatte ich vorgesorgt, für alle Fälle, man weiß ja nie. Ich hab meinen Rucksack neben mir im Schnee abgestellt und mein Werkzeug herausgeholt. Rund um die eiserne Arbe in der Stadeltür hab ich mit dem Holzbohrer Löcher ins Holz gebohrt. An die sechs bis sieben Stück. Die Tür ist dann fast von selber aufgegangen.*

*Vom Stadel aus bin ich durch den Stall rüber ins Wohngebäude. Ich war auf der Hut, keiner hat mich gehört.*

*Die Tür zur Stube hab ich gleich gefunden. Jetzt hat al-*

*les schnell gehen müssen. Ich hab nicht mehr darauf achten*
*müssen, keinen Lärm zu machen.*

Die Tür zur Wohnküche stand halb offen, und das Kopftuch der Mutter lag vor der Tür. Das war sonst nicht ihre
Art. Das Mädchen spürte, wie die Unruhe in ihr stieg. Sie
öffnete die Tür ganz. Die Kuchl war leer. Auf dem Tisch
lagen allerhand Dinge bereit, Eier, Mehl, die Rührschüs-
sel. Die Mutter hatte bestimmt alles bereitgestellt, ehe ihr
schlecht wurde und sie alles liegen und stehen lassen musste.
   Agnes sah sich um. Sie hörte ein Winseln. Der Hund
hatte sich in die hinterste Ecke unter die Bank verkrochen,
der Boden davor glänzte dunkel. Alles war voller Blut. Die
Mutter wird wieder das Blutspucken bekommen haben.
Das Mädchen lief aus der Küche, rannte die Stufen zur
Kammer der Mutter hinauf.

*Das Messer in der einen Hand, hab ich mit der anderen*
*die Küchentür aufgestoßen. Mit einem Schlag ist's gegen*
*die Wand geflogen. Ich bin rein in die Kuchl, und da stand*
*die Alte vor mir. Angestarrt hat sie mich mit offenem Mund*
*und weit aufgerissenen Augen. Als ob der Leibhaftige selber*
*vor ihr stünd. Der Köter, das schwarze Mistvieh, ist bellend*
*und kläffend unter dem Tisch hervor. Ich hab das Messer*
*abwehrend vor mich hingehalten, da springt mich der Köter*
*an. Springt direkt in meine Klinge. Ich hab gar nichts da-*
*gegen machen können. Der Hund hat aufgejault und sich*
*unter die Bank verzogen. Geblutet hat der wie eine ange-*
*stochene Sau.*

   *Die Alte ist auf einmal ganz flink geworden. Hätt ich*
*so einem kranken Weib gar nicht zugetraut. An mir vor-*
*bei aus der Küche raus ist's, zur Haustür hin. Ich hinter ihr*

*her, hab's gerade noch erwischt, am Haustürschlüssel hat's gezerrt. Die Haustür aufsperren und raus wollt's, die alte Britschn. Aber so leicht kommt mir keiner raus. Ich bin hinter ihr her, hab sie von der Tür wegziehen wollen. Das zache Weib hat sich mit aller Kraft gewehrt. Grad zu tun hab ich gehabt, um ihr Herr zu werden, in der Rangelei hat's ihr Kopftuch verloren, und die Schürze ist eingerissen, aber ich bin schon mit ihr fertiggeworden. An den Haaren hab ich sie zu fassen gekriegt. Aufgeschrien hat's. Zu der Treppe hingeschleift hab ich's, gegen die Wand gedrückt und ihr das Messer unter die Nasen gehalten. Da ist's dann ruhiger geworden und einsichtig.*

*»Los, her mit dem Geld! Ich weiß, dass ihr was im Haus habt's, also los, her damit.«*

*Ich hab sie am Arm gepackt und vor mich her die Stiegen hochgestoßen. »Na wird's bald.«*

*Damit sie die Treppen ein bisserl schneller hochläuft, hab ich sie mit dem Messer ganz leicht in den Rücken gestupst. Verletzt hab ich sie dabei nicht, ich wollt, dass sie vor mir her in die Kammer hochläuft und dass sie merkt, dass es mir ernst ist.*

*Sie ist dann auch vor mir her rauf in die Kammer gelaufen. An der Tür zur Kammer dreht sie sich auf einmal um, schaut mir ins Gesicht und sagt: »Dich Lump, dich kenn ich doch.«*

*Da hat sie mir keinen Ausweg gelassen. Was hätte ich auch machen können?*

Agnes lief die Steinstiegen zur Kammer der Mutter hinauf. So schnell es ging. Die Tür zur Kammer der Eltern war nur angelehnt. Das Mädchen öffnete die Tür ganz, ging hinein. Kommode, Schrank, alles stand offen. Die Wäsche war herausgerissen, das Bettzeug aus dem Bett geworfen, Vorhänge samt Gardinenstange heruntergerissen, das ganze Zimmer verwüstet. Aber die Mutter konnte sie nirgends sehen.

Erst die Gendarmen haben später die Mutter gefunden, halb unterm Bett und halb unter der Wäsche begraben ist sie gelegen. Blut ist aus der Wäsche geronnen, wie vorher das Wasser und später die Tränen.

*Den Schrank hab ich durchwühlt und auch die Kommode. Da hab ich gehört, wie unten einer gegen die Tür geklopft hat. Ich hab mein Sach zusammengepackt und hab geschaut, dass ich abhau. Hinter der Stiegen hab ich gewartet, bis das Mädel die Treppen hochgelaufen ist, erst dann bin ich wieder durch den Stadel raus. Ich war noch nicht weit vom Haus weg, da hab ich sie schon Alarm schlagen hören. Wie wild hat's auf einen Topf eingeschlagen. Das war so laut, da ist bestimmt die ganze Nachbarschaft zusammengelaufen. Richtig vorstellen hab ich mir können, wie's von überall herkommen und meine Spuren zertrampeln. Ich hab vor mich hin lachen müssen, denn jetzt finden die mich bestimmt nimmer, hab ich mir noch gedacht.*

*Wie ich zu Hause in meiner Stube war, da hab ich's zählt, das Geld. An die fünfzehntausend Mark warn's. Ein schöner Batzen.*

*Glück hat's mir aber keines bracht, denn ein paar Tag später sind die Gendarmen gekommen, wegen einer ganz anderen Sach, und haben die Wohnung durchsucht. Ein saublöder Zufall war das. Unter der hölzernen Türschwelle hab ich's versteckt gehabt. Und da haben's das Geld dann gefunden.*

# Henning Mankell

## *Der Mann mit der Maske*

Wallander sah auf die Uhr. Es war Viertel vor fünf. Er saß in seinem Dienstzimmer im Polizeipräsidium von Malmö. Es war Heiligabend 1975. Die beiden Kollegen, mit denen er das Büro teilte, Stefansson und Hörner, hatten frei. Er selbst wollte in einer knappen Stunde Feierabend machen. Er stand auf und stellte sich ans Fenster. Es regnete. Auch in diesem Jahr würde es keine weiße Weihnacht geben. Er blickte abwesend hinaus, bis die Scheibe anfing zu beschlagen. Dann gähnte er. Sein Kiefer knackte. Vorsichtig schloss er den Mund. Manchmal, wenn er richtig herzhaft gähnte, kam es vor, dass er einen Krampf in einem Muskel unter dem Kinn bekam.

Er ging zurück zum Schreibtisch und setzte sich. Es lagen ein paar Papiere darauf, um die er sich im Moment nicht zu kümmern brauchte. Er lehnte sich im Stuhl zurück und dachte mit Wohlbehagen an die dienstfreien Tage, die er vor sich hatte. Fast eine ganze Woche. Erst Silvester musste er wieder zum Dienst. Er legte die Füße auf den Tisch, nahm eine Zigarette und zündete sie an. Sofort musste er husten. Er hatte beschlossen aufzuhören. Es war kein Vorsatz zum neuen Jahr; er kannte sich selbst viel zu gut, um zu glauben, dass das gelingen könnte. Er brauchte eine lange Vorlaufzeit. Aber dann, eines Morgens, würde er erwachen und wissen, dass dies der letzte Tag war, an dem er eine Zigarette anzündete.

Er schaute wieder zur Uhr. Eigentlich konnte er jetzt schon gehen. Es war ein ungewöhnlich ruhiger Dezember gewesen. Die Kriminalpolizei in Malmö hatte zurzeit keine schweren Gewaltverbrechen aufzuklären. Für die Familienstreitigkeiten, die normalerweise während der Weihnachtstage auftraten, waren andere zuständig.

Wallander nahm die Füße vom Tisch und rief Mona zu Hause an. Sie nahm fast sofort ab.

»Hier ist Kurt.«

»Nun sag bloß nicht, dass du später kommst.«

Seine Verärgerung kam wie aus dem Nichts. Er konnte sie nicht verbergen.

»Ich rufe nur an, um zu sagen, dass ich jetzt schon nach Hause komme. Aber wahrscheinlich war das ein Fehler.«

»Warum bist du gleich sauer?«

»Ich sauer?«

»Du hörst doch, was ich sage.«

»Ich höre, was du sagst. Aber hörst du mich auch? Dass ich tatsächlich anrufe, um zu sagen, dass ich bald nach Hause komme?«

»Fahr bloß vorsichtig.«

Das Gespräch war zu Ende. Wallander blieb mit dem Telefonhörer in der Hand sitzen. Dann knallte er ihn hart auf die Gabel.

Wir können nicht einmal mehr am Telefon miteinander reden, dachte er aufgebracht. Mona fängt aus dem geringsten Anlass Streit an. Und sie würde vermutlich dasselbe über mich sagen.

Er blieb noch sitzen und sah dem Rauch nach, der zur Decke aufstieg. Er merkte, dass er versuchte, den Gedanken an Mona und sich selbst auszuweichen. Und an ihre Streitereien, die immer alltäglicher wurden. Aber es gelang ihm nicht. Immer häufiger dachte er, dass er am liebsten allem aus dem Weg gehen würde. Dass es ihre fünfjährige Tochter Linda war, die ihre Ehe zusammenhielt. Aber er wehrte sich dagegen. Der Gedanke an ein Leben ohne Mona und Linda war ihm unerträglich.

Er dachte auch, dass er noch nicht einmal dreißig Jahre alt war. Er wusste, dass er die Voraussetzungen hatte, ein guter Polizist zu werden. Wenn er wollte, könnte er bei der Polizei eine glänzende Karriere machen. Seit sechs Jahren arbeitete er in diesem Beruf, und seine rasche Beförderung zum Kriminalassistenten bestärkte ihn in dieser Vorstellung. Auch wenn er häufig das Gefühl hatte, nicht gut genug zu sein. Aber war es das eigentlich, was er wollte? Mona hatte oft versucht, ihn zu überreden, sich bei einer der Wachge-sellschaften zu bewerben, die in Schweden immer üblicher wurden. Sie schnitt Annoncen aus und meinte, er würde bedeutend besser verdienen. Seine Arbeitszeiten würden regelmäßiger sein. Aber er wusste, dass sie im Innersten an ihn appellierte, den Beruf zu wechseln, weil sie Angst hatte. Angst, dass ihm wieder etwas zustoßen könnte.

Er trat erneut ans Fenster. Blickte durch die beschlagene Scheibe über Malmö.

Es war sein letztes Jahr hier. Zum Sommer würde er in Ystad anfangen. Sie waren schon dorthin gezogen. Seit September wohnten sie in einer Wohnung im Zentrum. In der Mariagatan. Wallander fühlte, dass er eine Veränderung brauchte. Dass sein Vater seit einigen Jahren in Österlen wohnte, war ein Grund mehr für sie, nach Ystad zu ziehen. Wichtiger war aber, dass es Mona gelungen war, einen günstigen Damenfrisiersalon zu erstehen. Außerdem wollte sie, dass Linda in einer kleineren Stadt als Malmö aufwachsen sollte.

Sie hatten den Umzug in eine Kleinstadt eigentlich nie infrage gestellt. Auch wenn es Wallanders Karriere vielleicht nicht dienlich sein würde, die Großstadt zu verlassen.

Er war bei verschiedenen Gelegenheiten ins Polizeipräsidium von Ystad gekommen und hatte sich mit seinen zukünftigen Kollegen bekannt gemacht. Vor allem hatte er einen Polizeibeamten in mittleren Jahren namens Rydberg schätzen gelernt.

Wallander hatte vorab hartnäckige Gerüchte gehört, dieser Rydberg sei ein barscher und abweisender Mensch. Sein Eindruck war vom ersten Moment an ein anderer gewesen. Rydberg war zweifellos ein Mann, der seine eigenen Wege ging. Aber Wallander war vor allem beeindruckt von seiner großen Fähigkeit, mit wenigen Worten ein Verbrechen exakt zu beschreiben und zu analysieren.

Er ging zum Schreibtisch zurück und drückte die Zigarette aus. Es war Viertel nach fünf. Jetzt konnte er fahren. Er nahm seine Jacke vom Haken an der Wand. Er würde langsam und vorsichtig nach Hause fahren.

Vielleicht hatte er am Telefon sauer und unfreundlich geklungen, ohne es zu merken? Er war müde. Er brauchte die freien Tage. Mona würde es verstehen, wenn er nur erst Zeit hatte, es zu erklären.

Er zog die Jacke an und fühlte nach, ob er die Schlüssel zu seinem Peugeot in der Tasche hatte.

An der Wand, gleich neben der Tür, hing ein kleiner Rasierspiegel. Wallander betrachtete sein Gesicht. Er war zufrieden mit dem, was er sah. Bald würde er dreißig werden. Aber im Spiegel sah er ein Gesicht, das wesentlich jünger wirkte.

Im selben Augenblick wurde die Tür geöffnet. Es war Hemberg, sein unmittelbarer Vorgesetzter, seit er zur

Mordkommission gewechselt war. Wallander arbeitete meistens gut mit ihm zusammen. Wenn es zwischen ihnen einmal Probleme gab, lag das fast ausschließlich an Hembergs heftigem Temperament.

Wallander wusste, dass Hemberg sowohl Weihnachten als auch Neujahr Dienst tun würde. Weil er Junggeselle war, hatte er seine freien Tage mit einem Kollegen getauscht, der eine Familie mit vielen Kindern hatte.

»Ich habe mich gerade gefragt, ob du noch da bist«, sagte Hemberg.

»Ich wollte eben gehen«, erwiderte Wallander. »Ich hatte vor, eine halbe Stunde früher abzuhauen.«

»Von mir aus«, sagte Hemberg.

Aber Wallander war sofort klar, dass Hemberg aus einem bestimmten Grund in sein Zimmer gekommen war.

»Was wolltest du denn?«, fragte er.

Hemberg zuckte mit den Schultern. »Du wohnst doch jetzt in Ystad«, begann er, »und deswegen dachte ich, du könntest vielleicht unterwegs mal kurz anhalten. Ich habe im Moment ein bisschen wenig Leute. Und an der Sache ist bestimmt sowieso nichts dran.«

Wallander wartete ungeduldig auf die Fortsetzung.

»Eine Frau hat heute Nachmittag ein paarmal angerufen. Sie hat ein kleines Lebensmittelgeschäft bei dem Möbelhaus, unmittelbar in der Nähe des letzten Rondells bei Jägersro. Neben der OK-Tankstelle.«

Wallander wusste, wo es war.

Hemberg warf einen Blick auf den Zettel in seiner Hand.

»Sie heißt Elma Hagman und ist der Stimme nach schon ziemlich alt. Sie sagte, dass sich bereits den ganzen Nachmittag eine sonderbare Person vor ihrem Laden herumtreibe.«

Wallander wartete vergeblich auf eine Fortsetzung. »Ist das alles?«

Hemberg machte eine vielsagende Geste mit den Armen. »Es sieht so aus. Sie hat gerade wieder angerufen. Und da bist du mir plötzlich eingefallen.«

»Ich soll also kurz anhalten und mit ihr reden?«

Hemberg warf einen Blick auf die Uhr. »Sie wollte um sechs Uhr zumachen. Du würdest gerade noch rechtzeitig kommen. Ich nehme an, sie hat sich nur etwas eingebildet. Aber du kannst sie ja zumindest beruhigen. Und ihr frohe Weihnachten wünschen.«

Wallander überlegte. Es würde ihn höchstens zehn Minuten kosten, bei dem Laden anzuhalten und festzustellen, ob alles in Ordnung war.

»Ich rede mit ihr«, sagte er. »Immerhin bin ich ja noch im Dienst.«

Hemberg nickte. »Frohe Weihnachten«, sagte er. »Wir sehen uns dann Silvester.«

»Hoffentlich wird es ein ruhiger Abend«, sagte Wallander.

»Zur Nacht hin beginnen die Streitereien«, erwiderte Hemberg düster. »Wir können nur hoffen, dass die Leute nicht allzu gewalttätig werden. Und dass nicht allzu vielen erwartungsfrohen Kindern die Freude genommen wird.«

Sie trennten sich im Korridor. Wallander eilte zu seinem Wagen, den er an diesem Tag vor dem Polizeipräsidium geparkt hatte. Es regnete jetzt stärker. Er legte eine Kassette ein und drehte die Lautstärke hoch. Die Stadt um ihn her glitzerte von erleuchteten Schaufenstern und Straßendekorationen. Jussi Björlings Stimme erfüllte seinen Wagen. Er freute sich wirklich auf die freien Tage, die vor ihm lagen.

Als er sich dem letzten Kreisverkehr vor der Abfahrt

nach Ystad näherte, hätte er beinah vergessen, worum Hemberg ihn gebeten hatte. Er musste heftig bremsen und die Fahrbahn wechseln. Dann bog er beim Möbelhaus, das schon geschlossen hatte, ab. Auch die Tankstelle war verlassen. Aber die Fenster des Lebensmittelgeschäfts direkt hinter der Werkstatthalle waren noch erleuchtet. Wallander hielt und stieg aus. Die Schlüssel ließ er stecken. Er warf die Tür so nachlässig zu, dass das Licht im Wagen nicht ausging. Er kehrte nicht um. Sein Besuch würde nur ein paar Minuten dauern.

Es regnete immer noch sehr stark. Er blickte sich langsam um. Es war niemand zu sehen. Das Brausen der Autos drang schwach herüber. Er fragte sich, wie ein Tante-Emma-Laden in einem Gewerbegebiet überleben konnte, das fast ausschließlich aus Kaufhäusern und Handwerksbetrieben bestand. Ohne eine Antwort gefunden zu haben, eilte er durch den Regen und öffnete die Tür.

Als er den Laden betrat, wusste er sofort, dass etwas nicht in Ordnung war.

Etwas stimmte nicht. Ganz und gar nicht.

Was ihn so unmittelbar reagieren ließ, wusste er selbst nicht. Er blieb an der Tür stehen. Der Laden war leer. Kein Mensch. Und es war still.

Zu still, dachte er nervös. Zu still und zu ruhig. Wo war Elma Hagman?

Vorsichtig trat er an die Theke. Beugte sich hinüber und schaute auf den Fußboden dahinter. Leer. Die Kasse war zu. Das Schweigen um ihn her war ohrenbetäubend. Er dachte, dass er jetzt eigentlich den Laden verlassen sollte. Und nach Verstärkung rufen. Sie müssten mindestens zu zweit sein. Ein Polizist allein durfte nicht eingreifen.

Aber er verwarf den Gedanken, dass etwas nicht stimmte.

Er konnte sich nicht unentwegt von seinen Gefühlen leiten lassen.

»Ist hier jemand?«, rief er. »Frau Hagman?«

Keine Antwort.

Er ging um die Theke herum. Die Tür dahinter war geschlossen. Er klopfte. Immer noch keine Antwort. Er drückte langsam die Klinke herunter. Die Tür war unverschlossen. Vorsichtig schob er sie auf. Im Zimmer vor ihm lag eine Frau ausgestreckt auf dem Bauch. Daneben ein umgestürzter Stuhl. Um das zur Seite gewandte Gesicht der Frau war Blut auf dem Fußboden. Wallander zuckte zusammen, obwohl er im Innersten erwartet hatte, dass etwas geschehen war. Das Schweigen war zu massiv. Er drehte sich um. Im selben Moment erkannte er, dass jemand hinter ihm stand. Er vollführte die Drehung und duckte sich. Vage nahm er einen Schatten wahr, der mit großer Wucht auf ihn zukam. Dann wurde es dunkel.

Als er die Augen wieder aufschlug, wusste er sofort, wo er sich befand. Er saß auf dem Fußboden hinter der Theke. Sein Kopf dröhnte, ihm war übel.

Etwas Dunkles war auf ihn zugekommen. Ein Schatten, der ihn hart am Kopf getroffen hatte. Das war seine letzte Erinnerung. Sie war sehr klar. Er versuchte aufzustehen, aber es gelang ihm nicht. Ein Tau war um seine Arme und Beine geschlungen und hielt ihn an etwas fest. An etwas hinter seinem Rücken, das er nicht sehen konnte.

Das Tau kam ihm bekannt vor. Dann wurde ihm klar, dass es sein eigenes Abschleppseil war, das immer im Kofferraum seines Wagens lag.

Plötzlich kamen die Erinnerungsbilder zurück. Er hatte eine tote Frau im Büro entdeckt. Höchstwahrscheinlich war es Elma Hagman. Dann hatte ihm jemand einen Schlag auf den Kopf versetzt und ihn anschließend mit seinem eigenen Abschleppseil gefesselt. Er blickte sich um und horchte. Jemand musste in der Nähe sein. Jemand, vor dem er allen Grund hatte, Angst zu haben. Die Übelkeit kam und ging in Wellen. Er versuchte, das Abschleppseil zu dehnen. Konnte er sich losmachen? Er horchte weiter angespannt. Es war immer noch sehr still. Aber es war eine andere Stille. Nicht die, die ihm begegnet war, als er den Laden betrat. Er ruckte an seinen Fesseln. Sie saßen nicht besonders fest, aber seine Arme und Beine waren so verdreht, dass er seine Kraft kaum nutzen konnte.

Er hatte Angst. Was hatte Hemberg gesagt? Elma Hagman habe angerufen und von einer sonderbaren Person gesprochen, die sich in der Nähe ihres Ladens aufhielt. Sie hatte also recht gehabt. Wallander zwang sich, ruhig zu denken. Mona wusste, dass er auf dem Weg nach Hause war. Wenn er nicht käme, würde sie sich Sorgen machen und in Malmö anrufen. Hemberg würde dann sofort daran denken, dass er Wallander zu Elma Hagmans Laden geschickt hatte. Dann würde es nicht mehr lange dauern, bis die Streifenwagen hier wären.

Wallander horchte. Alles war still. Er streckte sich und versuchte zu sehen, ob die Kasse aufgebrochen war. Um etwas anderes als einen Raubmord konnte es sich ja kaum handeln. War die Kasse offen, hatte der Räuber zudem mit großer Sicherheit das Weite gesucht. Wallander streckte sich, so weit er konnte, aber er vermochte nicht zu erkennen, ob die Kasse geöffnet oder geschlossen war. Dennoch war er überzeugt davon, dass er sich jetzt allein mit der toten Besitzerin in dem Laden befand.

Der Mann, der sie ermordet und ihn niedergeschlagen hatte, musste bereits verschwunden sein. Mit größter

Wahrscheinlichkeit hatte er Wallanders Wagen genommen, denn er hatte den Schlüssel stecken lassen.

Wallander zerrte wieder an seinen Fesseln. Nachdem er die Arme und Beine so weit gestreckt hatte, wie es ihm möglich war, wurde ihm klar, dass er sich auf sein linkes Bein konzentrieren musste. Wenn er das Bein noch stärker hin- und herbewegte, konnte er das Seil lockern und vielleicht loskommen. Das wiederum würde bedeuten, dass er sich umdrehen und nachschauen könnte, wie er an der Wand festgebunden war.

Er merkte, dass ihm der Schweiß ausbrach. Ob es die Anstrengung war oder die Angst, konnte er nicht sagen. Vor sechs Jahren war er niedergestochen worden. Damals war alles so schnell gegangen, dass er überhaupt nicht hatte reagieren und sich wehren können. Das Messer war unmittelbar neben dem Herzen in seine Brust gedrungen. Damals war die Angst erst hinterher gekommen. Diesmal war sie von Anfang an da. Er versuchte sich einzureden, dass nichts mehr passieren würde. Früher oder später würde er sich befreien, früher oder später würde man auch anfangen, nach ihm zu suchen.

Einen Augenblick ließ er von seinen Anstrengungen ab, das linke Bein zu befreien. Sofort schlug die Absurdität der Situation über ihm zusammen. Eine alte Frau wurde an Heiligabend kurz vor Ladenschluss in ihrem Geschäft ermordet. Die Brutalität war auf erschreckende Weise unwirklich. Solche Dinge passierten in Schweden ganz einfach nicht. Schon gar nicht an Heiligabend.

Wieder zerrte und ruckte er an seinen Fesseln. Es ging langsam, aber er hatte das Gefühl, dass das Seil nicht mehr ganz so fest saß. Es gelang ihm mit großer Mühe, den Arm so zu drehen, dass er auf die Uhr sehen konnte. Neun

Minuten nach sechs. Es konnte nicht mehr lange dauern, bis Mona unruhig würde. Noch eine halbe Stunde, und sie würde sich Sorgen machen. Spätestens um halb acht würde sie in Malmö anrufen.

Wallander wurde in seinen Gedanken unterbrochen. Er hatte irgendwo in der Nähe ein Geräusch gehört. Er hielt den Atem an und lauschte. Dann hörte er es wieder. Ein scharrendes Geräusch. Er hatte es schon vorher gehört. Es war die Ladentür. Er hatte das gleiche Geräusch verursacht, als er selbst den Laden betreten hatte. Jemand kam herein. Jemand, der sehr leise ging.

Dann entdeckte er den Mann.

Er stand neben der Theke und schaute auf ihn herunter.

Er hatte eine schwarze Maske über den Kopf gezogen und trug eine dicke Jacke und Handschuhe. Er war mittelgroß und wirkte mager. Er stand vollkommen reglos. Wallander versuchte seine Augen zu sehen. Aber das Licht von der Neonlampe an der Decke war ihm dabei keine Hilfe. Er konnte nichts erkennen. Nur zwei dunkle Löcher.

In der Hand hielt der Mann ein Eisenrohr.

Er stand unbeweglich da.

Wallander fühlte sich klein und hilflos. Er konnte höchstens rufen. Das war alles. Und es wäre sinnlos. Es war niemand in der Nähe. Niemand würde ihn hören.

Der vermummte Mann betrachtete ihn unverwandt.

Dann drehte er sich hastig um und verschwand. Wallander fühlte sein Herz in der Brust hämmern. Er versuchte Geräusche auszumachen. Die Tür? Aber er hörte nichts. Der Mann befand sich also noch im Laden.

Wallander dachte fieberhaft nach. Warum ging der Mann nicht? Warum blieb er? Worauf wartete er?

Er ist von draußen gekommen, dachte Wallander. Er ist

in den Laden zurückgekommen. Er wollte kontrollieren, ob ich noch da bin, wo er mich niedergeschlagen und gefesselt hat.

Wallander versuchte den Gedanken zu Ende zu denken. Die ganze Zeit über lauschte er.

Ein maskierter Mann mit Handschuhen begeht einen Raubüberfall, ohne erkannt zu werden. Er hat sich Elma Hagmans einsamen Laden ausgesucht. Warum er sie erschlagen hat, bleibt unbegreiflich. Sie kann ihm keinen Widerstand geleistet haben. Er macht auch nicht den Eindruck, nervös zu sein oder unter Drogen zu stehen.

Der Überfall ist geschehen, und trotzdem bleibt er da. Er flieht nicht. Bleibt da. Wartet.

Wallander begriff, dass irgendetwas nicht stimmen könnte. Es war kein gewöhnlicher Raubüberfall, in den er geraten war. Warum floh der Mann nicht? Stand er unter Schock? Er hatte wahrscheinlich nicht damit gerechnet, einen Menschen zu töten. Oder dass jemand so kurz vor Ladenschluss an Heiligabend noch hereinkam.

Wallander wusste, dass es wichtig war, eine Antwort auf diese Fragen zu finden. Aber es passte alles nicht zusammen.

Wallander sagte sich, dass ein weiterer Umstand von Bedeutung war.

Der maskierte Mann wusste nicht, dass er Polizist war.

Er hatte keine Veranlassung gehabt, etwas anderes zu glauben, als dass ein später Kunde in den Laden gekommen war. Ob das nun von Vorteil oder Nachteil war, konnte Wallander nicht beurteilen.

Er versuchte das linke Bein zu strecken. Den Durchgang zur Theke behielt er, so gut es ging, im Auge. Der vermummte Mann war dort irgendwo im Hintergrund. Und er bewegte sich lautlos. Das Abschleppseil begann sich zu lockern. Wallanders Hemd war nass geschwitzt. Mit einer gewaltigen Anstrengung gelang es ihm, das Bein freizubekommen. Er blieb reglos sitzen. Dann wandte er sich vorsichtig um. Das Seil war um die Stütze eines Wandregals gezogen. Wallander wurde klar, dass er sich nicht befreien könnte, ohne gleichzeitig das Regal umzureißen. Dagegen konnte er jetzt das freie Bein benutzen, um das andere Bein Stück für Stück aus den Fesseln zu befreien. Er warf einen Blick auf die Uhr. Es waren sieben Minuten vergangen, seit er zuletzt auf die Uhr geschaut hatte. Noch hatte Mona nicht in Malmö angerufen. Es war fraglich, ob sie überhaupt schon angefangen hatte, sich Sorgen zu machen. Wallander zerrte weiter. Jetzt gab es kein Zurück mehr. Wenn der Mann mit der Maske zu ihm hinsah, würde er sofort entdecken, dass Wallander im Begriff war, sich zu befreien, und Wallander hätte keine Möglichkeit, sich zu verteidigen.

Er arbeitete so schnell und lautlos, wie er konnte. Beide Beine waren jetzt frei. Kurz darauf auch der linke Arm. Jetzt blieb nur noch der rechte. Dann konnte er aufstehen. Was er dann tun würde, wusste er nicht. Eine Waffe hatte er nicht bei sich. Er müsste sich mit bloßen Händen verteidigen, falls er angegriffen würde. Aber er hatte das Gefühl bekommen, dass der Mann mit der Maske nicht besonders groß oder kräftig war. Außerdem wäre er nicht vorbereitet. Der Überraschungseffekt war Wallanders Waffe. Sonst nichts. Und er würde den Laden so schnell wie möglich verlassen. Er würde den Kampf nicht unnötig in die Länge ziehen. Allein konnte er nichts machen. Er musste unbedingt Kontakt mit Hemberg im Polizeipräsidium aufnehmen.

Seine rechte Hand war jetzt frei. Das Abschleppseil lag neben ihm. Wallander merkte, dass seine Gelenke schon steif geworden waren. Er richtete sich vorsichtig auf die Knie auf und schaute um die Theke herum.

Der Mann mit der Maske kehrte ihm den Rücken zu.

Wallander konnte jetzt zum ersten Mal die ganze Gestalt des Mannes sehen. Sein Eindruck stimmte. Der Mann war wirklich sehr mager. Er trug dunkle Jeans und weiße Turnschuhe.

Er stand vollkommen unbeweglich da. Der Abstand betrug höchstens drei Meter. Wallander könnte sich auf ihn werfen und ihm einen Schlag ins Genick versetzen. Das müsste reichen, um anschließend aus dem Laden herauszukommen.

Dennoch zögerte er.

Im selben Augenblick entdeckte er das Eisenrohr. Es lag auf einem Regal neben dem Mann.

Wallander zögerte nicht mehr. Ohne Waffe könnte der Mann mit der Maske sich nicht verteidigen. Langsam begann er sich aufzurichten. Der Mann reagierte nicht. Wallander stand jetzt aufrecht.

Genau in dem Moment fuhr der Mann herum. Wallander warf sich auf ihn. Der Mann trat einen Schritt zur Seite. Wallander stieß gegen ein Regal, das hauptsächlich mit Knäckebrot und Zwieback gefüllt war. Aber er stürzte nicht, es gelang ihm, sich auf den Beinen zu halten. Er drehte sich um und wollte den Mann packen. Aber mitten in der Bewegung erstarrte er.

Der maskierte Mann hatte eine Pistole in der Hand. Er hielt sie ruhig auf Wallanders Brust gerichtet.

Dann hob er langsam den Arm, bis die Waffe genau auf Wallanders Stirn zeigte.

Einen schwindelerregenden Moment lang dachte Wallander, er würde sterben. Einmal hatte er einen Messerstich überlebt. Aber die Pistole, die jetzt auf seine Stirn gerichtet war, würde ihn nicht verfehlen. Er würde sterben. An Heiligabend. In einem Lebensmittelgeschäft am Rande von Malmö. Einen vollkommen sinnlosen Tod, mit dem Mona und Linda von nun an leben müssten.

Unwillkürlich schloss er die Augen. Vielleicht, um nicht hinsehen zu müssen. Oder um sich unsichtbar zu machen. Doch dann schlug er sie wieder auf. Die Pistole war immer noch auf seine Stirn gerichtet.

Wallander konnte seinen eigenen Atem hören. Jedes Ausatmen klang wie ein Stöhnen. Der Mann, der die Pistole auf ihn gerichtet hielt, atmete vollkommen lautlos. Er schien von der Situation völlig unberührt zu sein.

Wallander starrte abwechselnd auf die Pistole und die Maske mit den dunklen Löchern. »Nicht schießen«, sagte er und hörte, dass seine Stimme brüchig und stammelnd klang.

Der Mann reagierte nicht.

Wallander streckte die Hände vor. Er hatte keine Waffe. Er hatte nicht die Absicht, Widerstand zu leisten.

»Ich wollte nur einkaufen«, sagte Wallander. Dann zeigte er auf eines der Regale. Er achtete genau darauf, dass die Handbewegung nicht zu ruckhaft war.

»Ich war auf dem Heimweg«, sagte er. »Sie warten zu Hause. Ich habe eine Tochter. Sie ist fünf Jahre alt.«

Der Mann antwortete nicht. Wallander konnte überhaupt keine Reaktion erkennen.

Er versuchte zu denken. Vielleicht war es doch falsch, sich als ein verspäteter Kunde auszugeben? Vielleicht sollte er lieber die Wahrheit sagen? Dass er Polizist war und herbeordert worden war, weil Elma Hagman angerufen und erzählt hatte, dass ein unbekannter Mann um ihren Laden strich?

Er wusste es nicht. Die Gedanken wirbelten durch seinen Kopf. Aber sie kehrten immer wieder zum selben Ausgangspunkt zurück.

*Warum haut er nicht ab? Worauf wartet er?*

Plötzlich machte der Mann einen Schritt zurück. Die Pistole wies weiterhin auf Wallanders Kopf. Mit dem Fuß zog er einen kleinen Hocker heran. Dann deutete er mit der Pistole darauf, die er anschließend sofort wieder auf Wallander richtete.

Wallander begriff, dass er sich setzen sollte. Wenn er mich nur nicht wieder fesselt, dachte er. Wenn es bei Hembergs Auftauchen zu einem Schusswechsel kommt, will ich nicht gefesselt hier sitzen.

Er ging langsam vor und setzte sich auf den Hocker. Der Mann war ein paar Schritte zurückgetreten. Als Wallander sich gesetzt hatte, steckte er die Pistole in seinen Gürtel.

Er weiß, dass ich die tote Frau gesehen habe, dachte Wallander. Er war irgendwo hier im Laden, ohne dass ich ihn entdeckt habe. Deswegen hält er mich hier fest. Er wagt es nicht, mich gehen zu lassen. Deswegen hatte er mich gefesselt.

Wallander überlegte, ob er sich auf den Mann stürzen und dann aus dem Laden rennen sollte. Aber da war die Waffe. Und die Ladentür war wahrscheinlich inzwischen verschlossen. Wallander verwarf den Gedanken. Der Mann machte den Eindruck, als beherrsche er die Situation vollständig.

Bisher hat er noch nichts gesagt, dachte Wallander. Es ist immer leichter, sich auf einen Menschen einzustellen, wenn man seine Stimme gehört hat. Aber dieser Mann hier ist stumm.

Wallander machte eine langsame Kopfbewegung. Als sei sein Nacken steif geworden. In Wirklichkeit wollte er einen Blick auf seine Armbanduhr werfen.

Fünf nach halb sieben. Jetzt müsste Mona unruhig werden. Vielleicht war sie schon unruhig geworden. Aber ich kann nicht damit rechnen, dass sie schon angerufen hat. Es ist noch zu früh. Sie ist viel zu sehr daran gewöhnt, dass ich später komme.

»Ich weiß nicht, warum Sie mich hier festhalten wollen«, sagte Wallander. »Ich weiß nicht, warum Sie mich nicht gehen lassen.«

Keine Antwort. Der Mann zuckte zusammen, sagte aber nichts.

Für ein paar Minuten war Wallanders Angst verflogen, aber jetzt kam sie mit voller Kraft zurück.

Irgendwie muss der Mann verrückt sein, dachte Wallander. Er beraubt an Heiligabend einen Laden, erschlägt eine wehrlose alte Frau, fesselt mich und bedroht mich mit einer Pistole.

Und er flieht nicht. Vor allem das. Er bleibt einfach da.

Das Telefon neben der Kasse begann zu klingeln. Wallander fuhr zusammen. Aber der Mann mit der Maske blieb ungerührt. Er schien nichts zu hören.

Es klingelte weiter.

Der Mann stand reglos.

Wallander versuchte sich vorzustellen, wer der Anrufer sein könnte. Jemand, der sich fragte, warum Elma Hagman nicht nach Hause kam? Das war am wahrscheinlichsten. Sie hätte jetzt längst ihren Laden geschlossen. Es war Weihnachten. Irgendwo saß ihre Familie und wartete.

Wallander fühlte, wie Empörung in ihm aufwallte. Sie war so stark, dass sie seine Angst verdrängte. Wie konnte man eine alte Frau so brutal töten? Was war hier in Schweden eigentlich los?

Sie sprachen oft darüber im Polizeipräsidium, beim Essen oder wenn sie Kaffee tranken. Oder wenn sie eine Ermittlung kommentierten, an der sie arbeiteten.

Was ging eigentlich um sie her vor? Ein unterirdischer Riss war plötzlich in der schwedischen Gesellschaft aufgebrochen. Empfindliche Seismographen registrierten ihn. Aber woher kam er? Dass die Kriminalität sich ständig veränderte, war an sich nichts Bemerkenswertes. Wie einer von Wallanders Kollegen es einmal ausgedrückt hatte: Früher hat man Trichtergrammophone gestohlen, aber keine Autoradios. Aus dem einfachen Grunde, weil es sie damals noch nicht gab.

Aber der Riss, der sich aufgetan hatte, war von anderer Art. Er hatte mit der zunehmenden Gewalt zu tun. Einer Brutalität, die nicht danach fragte, ob sie notwendig war oder nicht.

Und jetzt befand sich Wallander selbst mitten in diesem Riss. An Heiligabend. Vor ihm stand ein vermummter Mann mit einer Pistole im Gürtel. Und ein paar Meter hinter ihm lag eine tote Frau.

Es gab keinerlei Logik in dem Ganzen. Wenn man lange und hartnäckig genug suchte, fand sich meistens ein nachvollziehbares Moment. Aber hier nicht. Man erschlug nicht eine Frau mit einem Eisenrohr in einem abseits gelegenen Geschäft, außer es war absolut notwendig. Oder sie leistete heftigen Widerstand.

Doch vor allem blieb man nicht anschließend mit einer Maske über dem Kopf da und wartete. Worauf auch immer.

Das Telefon klingelte wieder. Wallander war jetzt davon überzeugt, dass jemand Elma Hagman vermisste. Jemand, der unruhig zu werden begann.

Er versuchte sich vorzustellen, was in dem Mann mit der Maske vorging.

Aber der Kerl bewegte sich nicht und schwieg weiter. Seine Arme hingen herunter.

Das Klingeln hörte auf. Eine der Neonröhren begann zu flackern.

Wallander merkte plötzlich, dass er dasaß und an Linda dachte. Er sah sich selbst in der Tür der Wohnung in der Mariagatan stehen und sich darüber freuen, wie sie ihm entgegenlief.

Was für eine wahnsinnige Situation, dachte er. Wieso sitze ich hier auf einem Hocker mit einer dicken Beule im Nacken? Mir ist kotzübel, und ich habe Angst. Die einzigen Kopfbedeckungen, die man zu dieser Jahreszeit tragen sollte, sind Weihnachtsmannmützen. Sonst keine.

Er drehte wieder den Kopf. Es war inzwischen neunzehn Minuten vor sieben. Jetzt rief Mona bestimmt an und wollte wissen, wo er bliebe. Und sie würde nicht klein beigeben. Sie war hartnäckig. Schließlich würde das Gespräch bei Hemberg landen, der sofort Alarm schlagen würde. Mit größter Wahrscheinlichkeit würde er die Sache selbst in die Hand nehmen. Wenn man befürchtete, dass einem Polizisten etwas zugestoßen war, scheute man keine Mittel. Dann zögerten nicht einmal die höheren Vorgesetzten, sich unmittelbar ins Geschehen zu stürzen.

Wallander fühlte seine Übelkeit zurückkehren. Außerdem musste er bald aufs Klo.

Gleichzeitig war ihm bewusst, dass er nicht mehr lange untätig bleiben konnte. Es gab nur eine Möglichkeit. Das wusste er. Er musste mit dem Mann sprechen, der sein Gesicht hinter der schwarzen Maske verbarg.

»Ich bin in Zivil«, begann er, »aber ich bin Polizist. Das Beste ist, Sie geben auf. Legen Sie die Waffe weg. In ein paar Minuten wird es hier draußen von Streifenwagen wimmeln. Sie sollten wirklich aufgeben und es nicht noch schlimmer machen, als es sowieso schon ist.«

Wallander hatte langsam und deutlich gesprochen. Er hatte sich dazu gezwungen, seine Stimme energisch klingen zu lassen.

Der Mann reagierte nicht.

»Legen Sie die Pistole weg«, sagte Wallander. »Bleiben Sie, oder hauen Sie ab. Aber lassen Sie die Pistole da.«

Immer noch keine Reaktion.

Wallander begann sich zu fragen, ob der Mann stumm war. Oder war er so benebelt, dass er nicht begriff, was Wallander sagte?

»In meiner Innentasche steckt mein Ausweis«, fuhr Wallander fort. »Da können Sie sehen, dass ich Polizist bin. Ich bin unbewaffnet. Aber das habe ich ja schon gesagt.«

Da kam endlich eine Reaktion. Aus dem Nichts. Ein Geräusch, das wie ein Klicken klang. Wallander dachte, dass der Mann mit den Lippen geschnalzt hatte. Oder mit der Zunge gegen den Gaumen geklickt hatte.

Das war alles. Er stand immer noch reglos da.

Es verging vielleicht eine Minute.

Dann hob der Mann plötzlich die eine Hand. Griff von oben an seine Mütze und zog sie sich vom Kopf.

Wallander starrte das Gesicht des Mannes an. Er blickte direkt in ein paar dunkle und müde Augen.

Hinterher sollte Wallander viel darüber nachgrübeln, was er eigentlich erwartet hatte. Wie hatte er sich das Gesicht hinter der Maske vorgestellt? Absolut sicher war er sich nur, dass er sich nie das Gesicht vorgestellt hatte, das er schließlich zu sehen bekam.

Es war ein Schwarzer, der vor ihm stand. Er war nicht braun, nicht kupferfarben, kein Mestize. Sondern wirklich schwarz.

Und er war jung. Kaum älter als zwanzig Jahre.

Mehrere Gedanken schossen Wallander gleichzeitig durch den Kopf. Der Mann hatte vermutlich nicht verstanden, was er auf Schwedisch gesagt hatte. Wallander wiederholte, was er gerade gesagt hatte, in seinem dürftigen Englisch, und jetzt konnte er sehen, dass der Mann verstand. Wallander sprach sehr langsam. Und er sagte es, wie es war. Dass er Polizist war. Dass es bald um den Laden von Polizeiwagen wimmeln würde. Dass es das Beste wäre, wenn er aufgäbe.

Der Mann schüttelte fast unmerklich den Kopf. Wallander hatte den Eindruck, dass er unendlich müde war. Jetzt, wo er die Maske abgezogen hatte, konnte man es sehen.

Ich darf nicht vergessen, dass er brutal eine alte Frau getötet hat, sagte sich Wallander. Er hat mich niedergeschlagen und gefesselt. Er hat eine Pistole.

Was hatte er eigentlich darüber gelernt, wie man sich in einer Situation wie der gegenwärtigen verhalten musste? Ruhe bewahren, keine plötzlichen Bewegungen oder provozierenden Bemerkungen machen. Ruhig sprechen. Einen stetigen Strom von Worten. Geduldig und freundlich sein. Versuchen, ein Gespräch in Gang zu bringen. Nicht die Beherrschung verlieren. Vor allen Dingen das nicht. Die Beherrschung zu verlieren hieße, die Kontrolle zu verlieren.

Wallander dachte, dass es ein guter Anfang sein könnte, von sich selbst zu sprechen. Er erzählte also, wie er hieß.

Dass er auf dem Weg nach Hause zu seiner Frau und seiner Tochter war, um Weihnachten zu feiern. Er merkte, dass der Mann jetzt zuhörte.

Wallander fragte ihn, ob er verstehe.

Der Mann nickte, aber er sagte immer noch nichts.

Wallander schaute auf die Uhr. Jetzt hatte Mona ganz sicher angerufen. Hemberg war vielleicht schon auf dem Weg.

Er entschloss sich, es genau so zu sagen. Der Mann hörte zu. Wallander hatte das Gefühl, dass er schon damit rechnete, die sich nähernden Sirenen zu hören.

Wallander verstummte. Er versuchte zu lächeln.

»Wie heißen Sie?«, fragte er.

»Oliver.«

Die Stimme war unsicher. Ergeben, dachte Wallander. Er wartet nicht darauf, dass jemand kommt. Er wartet darauf, dass jemand ihm erklärt, was er getan hat.

»Wohnen Sie hier in Schweden?«

Oliver nickte.

»Sind Sie schwedischer Staatsangehöriger?«

»Nein.«

»Und woher kommen Sie?«

Er antwortete nicht. Wallander wartete. Er war sicher, dass die Antwort kommen würde. Er wollte möglichst viel erfahren, bevor Hemberg und die Streifenwagen eintrafen. Aber er durfte es nicht übereilen. Der Schritt dahin, dass dieser Schwarze die Pistole aus dem Gürtel zog und ihn erschoss, brauchte nicht besonders groß zu sein.

Wallander merkte, dass der Schmerz im Hinterkopf sich verstärkt hatte. Aber er versuchte ihn zu ignorieren.

»Alle kommen von irgendwoher«, sagte er, »und Afrika ist groß. Ich habe etwas über Afrika gelesen, als ich in die

Schule ging. Geographie war mein bestes Fach. Ich habe von den Wüsten und den Flüssen gelesen. Und den Trommeln. Wie sie in der Nacht dröhnen.«

Oliver hörte aufmerksam zu. Wallander bekam das Gefühl, dass er jetzt weniger auf der Hut war.

»Gambia«, sagte Wallander. »Dahin fahren viele Schweden in Urlaub. Auch einige meiner Kollegen. Kommen Sie daher?«

»Ich komme aus Südafrika.«

Die Antwort kam schnell und bestimmt. Fast hart.

Wallander war schlecht informiert darüber, was eigentlich in Südafrika vor sich ging. Er wusste nicht viel mehr, als dass das Apartheidsystem und seine Rassengesetze härter denn je angewendet wurden. Aber auch, dass der Widerstand gewachsen war. Er hatte in den Zeitungen von Bombenexplosionen in Johannesburg und Kapstadt gelesen.

Er wusste, dass eine Reihe von Südafrikanern in Schweden eine Zuflucht gefunden hatte. Vor allem solche, die sich offen am schwarzen Widerstand beteiligt hatten und die zu Hause riskierten, zum Tode verurteilt und gehängt zu werden.

Im Kopf zog er ein schnelles Resümee. Ein junger Südafrikaner, der Oliver hieß, hatte Elma Hagman getötet. So viel wusste er. Nicht mehr und nicht weniger.

Niemand würde mir glauben, dachte Wallander. So etwas geschieht einfach nicht. Nicht in Schweden und nicht am Heiligen Abend.

»Sie fing an zu rufen«, sagte Oliver.

»Sie hat wohl Angst bekommen. Ein vermummter Mann, der in einen Laden kommt, ist erschreckend«, sagte Wallander. »Besonders, wenn er eine Pistole oder ein Eisenrohr in der Hand hat.«

»Sie hätte nicht rufen sollen«, sagte Oliver.

»Sie hätten sie nicht erschlagen sollen«, erwiderte Wallander. »Sie hätte Ihnen das Geld auch so gegeben.«

Oliver zog die Pistole aus dem Gürtel. Es ging so schnell, dass Wallander überhaupt nicht reagieren konnte. Wieder sah er die Pistole auf sich gerichtet.

»Sie hätte nicht rufen sollen«, wiederholte Oliver, und jetzt war seine Stimme vor Angst und Erregung unsicher. »Ich kann dich töten«, fuhr er fort.

»Ja«, sagte Wallander, »das kannst du. Aber warum solltest du?«

»Sie hätte nicht rufen sollen.«

Wallander erkannte, dass er sich gründlich geirrt hatte. Der Südafrikaner war alles andere als kontrolliert und ruhig. Er befand sich an der Grenze eines Zusammenbruchs. Was es war, das da zerbrach, wusste Wallander nicht. Aber jetzt begann er ernsthaft zu fürchten, was geschehen würde, wenn Hemberg käme. Es könnte das reine Massaker werden.

Ich muss ihn entwaffnen, dachte Wallander. Das ist das Wichtigste. Ich muss ihn vor allen Dingen dazu bringen, die Pistole wieder in den Gürtel zu stecken. Dieser Mann ist absolut fähig, wild um sich zu schießen. Hemberg ist sicher schon unterwegs, und er ahnt nichts. Selbst wenn er befürchtet, dass etwas passiert ist, erwartet er nicht das hier. Genauso wenig, wie ich es erwartet habe. Es kann die reine Katastrophe werden.

»Wie lange sind Sie schon hier?«, fragte er.

»Drei Monate.«

»Länger nicht?«

»Ich komme aus Westdeutschland«, sagte Oliver. »Aus Frankfurt. Da konnte ich nicht bleiben.«

»Warum nicht?«

Oliver antwortete nicht. Wallander ahnte, dass es vielleicht nicht das erste Mal war, dass Oliver sich eine Mütze über den Kopf gezogen und einen einsam gelegenen Laden überfallen hatte. Er konnte auf der Flucht vor der westdeutschen Polizei sein.

Und das wiederum bedeutete, dass er sich illegal in Schweden aufhielt.

»Was ist denn passiert?«, fragte Wallander. »Nicht in Frankfurt, sondern in Südafrika. Warum mussten Sie fliehen?«

Oliver machte einen Schritt auf Wallander zu. »Was wissen Sie von Südafrika?«

»Nicht viel. Eigentlich nur, dass die Schwarzen sehr schlecht behandelt werden.« Wallander biss sich auf die Zunge. Durfte man »Schwarze« sagen? War das diskriminierend?

»Mein Vater ist von der Polizei getötet worden. Sie haben ihn mit einem Hammer erschlagen und ihm seine eine Hand abgeschlagen. Sie ist irgendwo in einem Glas mit Alkohol. Vielleicht in Xanderten. Vielleicht irgendwo sonst in den weißen Vorstädten von Johannesburg, als Souvenir. Und das Einzige, was er getan hat, war, dem ANC anzugehören. Das Einzige, was er getan hat, war, mit seinen Arbeitskollegen zu reden. Über Widerstand und Freiheit.«

Wallander zweifelte nicht daran, dass Oliver die Wahrheit sagte. Seine Stimme war jetzt ruhig, trotz der Dramatik der Situation. Es gab keinen Platz für Lügen.

»Die Polizei fing an, nach mir zu suchen«, fuhr Oliver fort. »Ich habe mich versteckt. Jede Nacht habe ich in einem anderen Bett geschlafen. Schließlich kam ich nach Namibia und von da nach Europa, bis Frankfurt. Und dann hierher. Aber ich bin immer noch auf der Flucht. Eigentlich gibt es mich gar nicht.«

Oliver verstummte.

Wallander horchte, ob er schon Autos näher kommen hörte. »Sie brauchten Geld«, sagte er. »Sie haben diesen Laden hier gefunden. Die Frau hat um Hilfe gerufen, und Sie haben sie erschlagen.«

»Sie haben meinen Vater mit einem Hammer ermordet. Und seine eine Hand steckt in einem Glas mit Alkohol.«

Er ist verwirrt, dachte Wallander. Hilflos und außer sich. Er weiß nicht, was er tut.

»Ich bin Polizist«, sagte Wallander, »aber ich habe nie jemandem mit einem Hammer auf den Kopf geschlagen, wie Sie mich geschlagen haben.«

»Ich wusste nicht, dass Sie Polizist sind.«

»Im Moment ist das Ihr Glück. Man hat angefangen, nach mir zu suchen. Meine Kollegen wissen, dass ich hier bin. Zusammen müssen wir jetzt die Situation klären.«

Oliver schüttelte die Pistole. »Wenn jemand versucht, mich festzunehmen, schieße ich.«

»Davon wird nichts besser.«

»Es kann auch nicht schlimmer werden.«

Plötzlich hatte Wallander eine Idee, wie er das verkrampfte Gespräch fortführen konnte. »Was, glauben Sie, würde Ihr Vater zu dem sagen, was Sie getan haben?«

Es ging wie ein Zittern durch Olivers Körper. Wallander verstand, dass der junge Mann diesen Gedanken noch nicht gedacht hatte. Oder vielleicht hatte er ihn viel zu oft gedacht.

»Ich verspreche Ihnen, dass Sie nicht geschlagen werden«, sagte Wallander. »Das garantiere ich Ihnen. Aber Sie haben das schwerste Verbrechen begangen, das es gibt. Sie haben einen Menschen getötet. Das Einzige, was Sie jetzt tun können, ist aufzugeben.«

Oliver kam nicht dazu zu antworten. Das Geräusch sich nähernder Autos wurde jetzt ganz deutlich. Bremsen quietschten. Autotüren wurden geöffnet und wieder zugeschlagen. Verdammt, dachte Wallander. Ich hätte mehr Zeit gebraucht.

Er streckte langsam die Hand aus.

»Geben Sie mir die Pistole«, sagte er. »Nichts wird passieren. Niemand wird Sie schlagen.«

Es klopfte an der Tür. Wallander hörte Hembergs Stimme. Oliver blickte verwirrt zwischen Wallander und der Tür hin und her.

»Die Pistole«, sagte Wallander, »geben Sie sie mir.«

Hemberg rief und fragte, ob Wallander da sei.

»Warte«, rief Wallander zurück. Dann wiederholte er es auf Englisch.

»Ist alles in Ordnung?« Hembergs Stimme klang besorgt.

Nichts ist in Ordnung, dachte Wallander. Das hier ist ein Albtraum.

»Ja«, rief er. »Warte. Tu nichts.«

Auch diesmal wiederholte er seine Worte auf Englisch.

»Geben Sie mir die Pistole. Geben Sie mir jetzt die Pistole!«

Oliver richtete sie plötzlich an die Decke und schoss. Der Knall war ohrenbetäubend.

Dann richtete er die Waffe auf die Tür. Wallander schrie Hemberg eine Warnung zu. Er solle sich von der Tür entfernen. Und warf sich im selben Augenblick auf Oliver. Beide fielen hin, rollten über den Fußboden und rissen einen Zeitungsständer um. Wallanders Denken war einzig darauf gerichtet, die Waffe zu fassen zu bekommen. Oliver zerkratzte ihm das Gesicht und brüllte Worte in einer Sprache, die Wallander nicht verstand. Als Wallander fühlte, dass Oliver im Begriff war, ihm ein Ohr abzureißen, wurde er rasend. Er bekam eine Hand frei und versuchte, Oliver die geballte Faust ins Gesicht zu schlagen. Die Pistole war zur Seite geglitten und lag zwischen den herabgefallenen Zeitungen. Wallander wollte danach greifen, als Oliver ihn mit einem Tritt direkt in den Bauch traf. Wallander blieb die Luft weg. Gleichzeitig sah er, wie Oliver sich auf die Waffe warf. Er konnte nichts machen. Der Tritt hatte ihn gelähmt. Oliver saß auf dem Fußboden zwischen den Zeitungen und richtete die Waffe auf ihn.

Zum zweiten Mal an diesem Abend schloss Wallander vor dem Unausweichlichen die Augen. Jetzt war es zu Ende. Er konnte nichts mehr tun. Draußen waren weitere Sirenen zu hören, die sich näherten, und aufgeregte Stimmen, die schrien, was eigentlich los sei.

Nichts, außer dass ich sterbe, dachte Wallander. Sonst nichts.

Der Schuss war ohrenbetäubend. Wallander prallte zurück. Ihm blieb wieder die Luft weg. Er rang nach Atem.

Dann wurde ihm klar, dass er nicht getroffen worden war. Er machte die Augen auf.

Vor ihm, ausgestreckt auf dem Fußboden, lag Oliver.

Er hatte sich in den Kopf geschossen. Neben ihm lag die Waffe.

Verdammt, dachte Wallander. Warum hat er das getan?

Im selben Augenblick wurde die Tür eingetreten. Wallander erkannte Hemberg. Dann sah er auf seine Hände. Sie zitterten. Er zitterte am ganzen Körper.

Wallander hatte eine Tasse Kaffee bekommen und war verbunden worden. Er hatte Hemberg eine kurze Darstellung des Geschehens gegeben.

»Wenn ich das geahnt hätte«, sagte Hemberg anschließend. »Und ich habe dich noch gebeten, auf dem Heimweg hier anzuhalten.«

»Wie hättest du es ahnen können? Wie hätte sich überhaupt jemand so etwas vorstellen können?«

Hemberg schien über Wallanders Worte nachzudenken.

»Eine neue Entwicklung«, sagte er schließlich. »Die Unruhe dringt über unsere Grenzen herein.«

»Wir schaffen sie genauso sehr selbst«, entgegnete Wallander. »Auch wenn gerade Oliver hier ein unglücklicher und friedloser junger Mann aus Südafrika war.«

Hemberg fuhr zusammen, als habe Wallander etwas Unpassendes gesagt. »Unglücklich und friedlos«, wiederholte er dann. »Es gefällt mir nicht, dass ausländische Kriminelle unser Land überschwemmen.«

»Das stimmt ja so auch nicht«, erwiderte Wallander. Dann wurde es still. Weder Hemberg noch Wallander waren in der Lage, das Gespräch fortzusetzen. Sie wussten beide, dass sie sich nicht einigen würden.

Auch hier gibt es einen Riss, dachte Wallander. Eben saß ich noch in einem Riss eingeklemmt, und jetzt stecke ich mitten in einem anderen fest, der zwischen mir und Hemberg aufbricht.

»Warum ist er eigentlich hier im Laden geblieben?«, fragte Hemberg.

»Wohin hätte er denn gehen sollen?«

Keiner von beiden hatte etwas hinzuzufügen.

»Deine Frau hat angerufen«, sagte Hemberg nach einer Weile. »Sie wollte wissen, warum du nicht nach Hause kommst. Du hattest offenbar angerufen und ihr gesagt, du wärst unterwegs.«

Wallander dachte an das Telefongespräch zurück. Den

kurzen Streit. Aber er fühlte nichts als Erschöpfung und Leere. Er vertrieb diese Gedanken.

»Du solltest besser zu Hause anrufen«, sagte Hemberg.

Wallander sah ihn an. »Und was soll ich sagen?«

»Dass du aufgehalten wurdest. Aber wenn ich du wäre, würde ich nicht im Detail erzählen, was passiert ist. Damit würde ich warten, bis ich zu Hause bin.«

»Bist du nicht unverheiratet?«

Hemberg lächelte. »Ich kann mir doch trotzdem vorstellen, wie es ist, wenn man jemanden hat, der zu Hause auf einen wartet.«

Wallander nickte. Dann erhob er sich schwerfällig vom Stuhl. Sein ganzer Körper schmerzte. Die Übelkeit kam und ging in Wellen.

Er bahnte sich einen Weg zwischen Sjunnesson und den Kollegen von der Spurensicherung hindurch, die bereits bei der Arbeit waren.

Als er nach draußen kam, blieb er ganz still stehen und sog die kalte Luft tief in seine Lungen. Dann ging er weiter zu einem der Streifenwagen. Er setzte sich auf den Vordersitz, sah auf das Funkgerät und dann auf seine Armbanduhr. Zehn Minuten nach acht.

Heiligabend 1975.

Durch die nasse Frontscheibe entdeckte er eine Telefonzelle neben der Tankstelle. Er stieg aus und ging hinüber. Wahrscheinlich war sie kaputt, aber er wollte wenigstens einen Versuch machen.

Ein Mann mit einem Hund an der Leine stand im Regen und beobachtete die Streifenwagen und den erleuchteten Laden. »Was ist denn passiert?«, fragte er. Stirnrunzelnd betrachtete er Wallanders zerkratztes Gesicht.

»Nichts«, sagte Wallander. »Ein Unglück.«

Der Mann mit dem Hund begriff, dass Wallander weiter nichts sagen konnte, und stellte keine weiteren Fragen.

»Frohe Weihnachten«, sagte er nur.

»Danke, gleichfalls«, erwiderte Wallander.

Dann rief er Mona an.

Der Regen nahm wieder zu.

Gleichzeitig setzte der Wind ein.

Ein böiger Wind aus Norden.

# Nachweis

Gilbert Keith Chesterton
*Die flüchtigen Sterne.* Aus: Gilbert Keith Chesterton, *Pater Brown – Tod und Amen. Alle Fälle in einem Band.* Aus dem Englischen von Hanswilhelm Haefs und Julian Haefs. Grundlegend überarbeitete Übersetzung. Copyright © 2022 by Kampa Verlag, Zürich.

Michael Connelly
*Heiligabend.* Aus dem amerikanischen Englisch von Sepp Leeb. Copyright © 2022 by Kampa Verlag, Zürich. Im Kampa Verlag erscheinen von Michael Connelly die Krimireihen um die Ermittler*innen Jack McEvoy, Harry Bosch und Renée Ballard. Bisher sind 13 Titel erschienen, zuletzt *Glutnacht – Ein Fall für Renée Ballard und Harry Bosch* und der sechste und siebte Fall für Harry Bosch: *Angels Flight* und *Dunkler als die Nacht.* Für 2023 sind vier Fälle mit dem Lincoln Lawyer Michael Haller in Vorbereitung.

Arthur Conan Doyle
*Der blaue Karfunkel.* Aus: Arthur Conan Doyle, *Der Bund der Rothaarigen und andere Detektivgeschichten.* Franckh'sche Verlagshandlung, Stuttgart 1938.

Weitere Kampa Bücher stellen wir Ihnen auf den
folgenden Seiten vor. Das Gesamtprogramm finden Sie auf:
**www.kampaverlag.ch**

Wenn Sie zweimal jährlich über unsere Neuerscheinungen
informiert werden möchten, schreiben Sie uns bitte an:
newsletter@kampaverlag.ch oder Kampa Verlag,
Hegibachstrasse 2, 8032 Zürich, Schweiz

WEIHNACHTSKRIMIS
IM KAMPA VERLAG

Alex Lépic
*Lacroix und die stille Nacht von Montmartre*
*Sein dritter Fall*

Kriminalroman

Weiße Weihnachten in Paris. Das hat es zuletzt vor fünfzig Jahren gegeben, erinnert sich Lacroix. Der dichte Schneefall verwandelt die Stadt binnen weniger Stunden in eine verwunschene Winterlandschaft, die vorweihnachtliche Ruhe aber langweilt den Commissaire. Als auf der beliebten Place du Tertre, dem Herzstück Montmartres, die prachtvolle Weihnachtsbeleuchtung gestohlen und in der nächsten Nacht die große Nordmanntanne unterhalb von Sacré-Cœur gefällt wird, bietet Lacroix sogleich seine Hilfe an – auch wenn er eigentlich nicht zuständig ist, leitet er doch das Kommissariat im fünften Arrondissement, *rive gauche*. Weder die Künstler von Montmartre noch die Touristen haben etwas gesehen, aber Lacroix' Instinkt sagt ihm, dass es hier um mehr geht als den Vandalismus eines Weihnachtshassers. Er ermittelt gemeinsam mit der Leiterin des Reviers auf dem Berg – und mit der Hilfe seiner Frau Dominique. Werden sie Schlimmeres verhindern können, damit pünktlich zum Fest der Liebe wieder Frieden herrscht in der Stadt der Liebe?

WEIHNACHTSKRIMIS
IM KAMPA VERLAG

Georges Simenon
*Weihnachten bei den Maigrets*

Aus dem Französischen von Hansjürgen Wille, Barbara Klau und Bahar Avcilar
Grundlegend überabeitete Übersetzung
Mit einem Nachwort von Dror Mishani

Der erste Weihnachtstag verläuft nicht nach Madame Maigrets
Vorstellungen. Kaum hat sie warme Croissants geholt und den
Kaffee aufgesetzt, klingelt es an der Tür: Die neugierige Nach-
barin von gegenüber berichtet von einem seltsamen Vorfall am
Vorabend. Die kleine Colette habe Besuch vom Weihnachts-
mann bekommen. Noch seltsamer erscheint Maigret die kühle
Ziehmutter des Mädchens. Von zu Hause aus löst Maigret den
Fall und kann seiner Frau das wohl schönste Weihnachtsge-
schenk machen.

»Maigret ist immer ein normaler kleiner Bürger
geblieben, ein Mensch mit wohlvertrauten Ängsten
und Nöten – *Weihnachten bei den Maigrets*
zeigt das exemplarisch.«
*Claudia Mäder, Neue Zürcher Zeitung*

WEIHNACHTSKRIMIS
IM KAMPA VERLAG

Georges Simenon
*Weihnachten in Paris*

Erzählungen
Aus dem Französischen von Elisabeth Edl,
Wolfgang Matz und Julia Becker

Zu Weihnachten leuchtet Paris noch glanzvoller als sonst. Ein ganz anderes Blinken beschäftigt die Inspektoren, die in der Weihnachtsnacht Dienst haben: Auf einem großen Stadtplan leuchtet ein Lämpchen auf, wenn jemand an einer der Notrufsäulen der Stadt Alarm schlägt. Als plötzlich ein Lämpchen nach dem anderen anfängt zu blinken, ist die Ruhe dahin. Nie ist jemand am anderen Ende der Leitung, aber Inspektor Janvier ahnt, dass die Weihnachtsnacht auf den Boulevards alles andere als friedlich ist. Hat der Serienmörder wieder zugeschlagen, der ganz Paris seit Wochen in Atem hält? So ungewöhnlich die Jagd nach einem Mörder am Heiligabend, so traurig die Gewissheit, dass an den Feiertagen die Selbstmordrate steigt. Als sich in einem Restaurant in Montmartre ein Mann erschießt, bringt er mit seiner verzweifelten Tat zwei Frauen zusammen, die unterschiedlicher kaum sein könnten, und ermöglicht so ein kleines Weihnachtswunder.

WEIHNACHTSKRIMIS
IM KAMPA VERLAG

Louise Penny
*Tief eingeschneit*
*Der zweite Fall für Gamache*

Kriminalroman

Aus dem kanadischen Englisch
von Andrea Stumpf und Gabriele Werbeck

Zu Weihnachten gibt es keinen schöneren Ort als das tief
eingeschneite Three Pines. Bis ein Mord die Idylle zerstört.

Wenn es einen Ort gibt, dem es nicht an Weihnachtsbäumen
mangelt, dann ist es Three Pines. An den Feiertagen ist es in
dem tief eingeschneiten Dorf inmitten der kanadischen Wälder
noch ruhiger als sonst. Friedlich ist es auch in den Büros der
Sûreté von Montréal. Inspector Armand Gamache, Leiter der
Mordkommission, nutzt die besinnliche Zeit für einen ganz
speziellen Brauch: Den zweiten Weihnachtstag verbringt er wie
jedes Jahr mit seiner Frau Reine-Marie in seinem Büro, um bei
Truthahn-Sandwiches die Akten ungelöster Fälle durchzugehen –
in der Hoffnung, doch noch etwas zu entdecken. Doch diesmal wird die Tradition gestört: Ein neuer Fall fordert Gamaches
ganze Aufmerksamkeit. In Three Pines ist ein Mord passiert,
mitten auf dem zugefrorenen See während des jährlichen
Curling-Wettbewerbs. Und obwohl alle Dorfbewohner anwe-
send waren, will niemand etwas gesehen haben …

WEIHNACHTSKRIMIS
IM KAMPA VERLAG

Louise Penny
*Der vermisste Weihnachtsgast*
Der neunte Fall für Gamache

Kriminalroman

Aus dem kanadischen Englisch
von Andrea Stumpf und Gabriele Werbeck

Besinnliche Weihnachten? Von wegen!
In Three Pines wird jemand vermisst, und Gamache
droht bei der Sûreté die Kontrolle zu verlieren.

Weihnachten steht vor der Tür, und in Québec bedeutet das funkelnde Lichter und verschneite Landschaften. Doch für Chief
Inspector Armand Gamache liegt diesmal ein Schatten über der
besinnlichen Jahreszeit. Seit sein Rivale Sylvain Francoeur bei der
Mordkommission der Sûreté du Québec ordentlich ausgemistet
hat, arbeiten dort nur noch Taugenichtse und Faulenzer. Auch
mit seinem Stellvertreter und Vertrauten Jean-Guy hat Gamache
seit Monaten kein Wort gesprochen. Eine Nachricht von Myrna
Landers, der Besitzerin der Buchhandlung in Three Pines, bietet
Gamache den idealen Vorwand, Montréal eine Weile zu entflie-
hen. Myrna macht sich Sorgen um eine alte Freundin, die nicht
zum Weihnachtsfest gekommen ist. Als Gamache in Three Pines
die Ermittlungen aufnimmt, spitzt sich in Montréal die Lage zu.
Francoeur bastelt an einem von langer Hand geschmiedeten Plan,
der Gamache zum Rücktritt zwingen soll.

»Ein umwerfender Kriminalroman, der gleichermaßen
zum Denken anregt und zu Herzen geht.«
*The Washington Post*

WEIHNACHTSKRIMIS
IM KAMPA VERLAG

Kaspar Wolfensberger
*Gommer Winter*
*Der zweite Fall für Kauz*

Kriminalroman

Ein eingeschneites Dorf im Wallis –
aber die Idylle trügt: Es droht Lawinengefahr,
und im Tal versteckt sich ein Serienmörder.

Schwer lastet der Schnee auf den Dächern der Holzhäuser, zwischen Lärchen und Fichten ziehen sich verlassene Loipen und Winterwanderwege durch das Walliser Hochtal. Als in Münster und Reckingen zwei Frauen brutal ermordet werden, muss Kriminalpolizist a. D. Alois »Kauz« Walpen, ein Üsserschwiizer mit Gommer Wurzeln, ermitteln. Denn die Gommer haben Angst: Angst vor tödlichen Lawinen und Angst vor weiteren Morden. Es herrscht höchste Lawinenwarnstufe, das ganze Goms ist eingeschneit und von der Außenwelt abgeschnitten, nicht mal die Polizei kommt durch. Eigentlich wollte Kauz sich in Münster erholen, nun ist er bei der Suche nach einem Frauenmörder auf sich allein gestellt. Und je mehr Schnee fällt, desto dramatischer spitzt sich die Lage zu.

»Mit viel Empathie entwickelt Kaspar Wolfensberger
seine Figuren. Einen jeden scheint man bald so gut
zu kennen wie einen Freund.«
*Barbara Hoppe / Feuilletonscout*

WEIHNACHTSKRIMIS
IM KAMPA VERLAG

Gian Maria Calonder
*Engadiner Bescherung*
*Ein Mord für Massimo Capaul*

Kriminalroman

Weihnachten mit Massimo Capaul. Tiefblauer
Himmel, schneeweiße Berge – perfekt für ein friedliches
Weihnachtsfest. Doch dann kommt alles anders.

Es klingt nach einem Job, bei dem selbst Massimo Capaul nichts
falsch machen kann: Er wird an die Gemeindepolizei St. Moritz
ausgeliehen, soll über die Weihnachtstage im mondänen Engadiner Skiort Präsenz zeigen und den vermögenden Besuchern ein
Gefühl von Sicherheit vermitteln. Doch kaum tritt der Polizei-
debütant den Dienst an, bricht das Chaos aus: Er erwischt eine
alte Dame beim Ladendiebstahl und kassiert eine Ohrfeige. Eine
ebenfalls betagte Milliardärin stirbt vermeintlich friedlich, doch
Capaul wittert Mord. Noch dazu steht auf dem Revier in Same-
dan plötzlich ein kleines Mädchen, das behauptet, seine Tochter
zu sein. Schöne Bescherung! Und das am Heiligabend, wo alle
heim zu ihren Familien wollen. Nur Capaul weiß nicht, wo und
mit wem er Weihnachten feiern wird.

»Ebenso intelligent wie unterhaltend.«
*Matthias Zehnder*

WEIHNACHTEN
IM OKTOPUS VERLAG

Gilbert Adair
*Oh Dear!*
*Miss Mount und der Mord im Herrenhaus*

Kriminalroman
Aus dem Englischen von Jochen Schimmang

Weihnachten 1935. Ein verschneites Herrenhaus am Rande von
Dartmoor in der englischen Grafschaft Devon. Freunde des
Hauses haben sich bei Colonel Roger ffolkes (sic!) zum Fest-
essen versammelt – oben, im Dachgeschoss, liegt die Leiche von
Raymond Gentry, einem Klatschkolumnisten und Erpresser. In
seinem Herz steckt eine Kugel. Aber die Tür zum Dachzimmer
war von innen verschlossen, das einzige Fenster ist mit dicken
Eisenstangen vergittert, und vom Täter oder seiner Waffe fehlt
jede Spur. Glücklicherweise (wenngleich nicht für den Mör-
der) ist einer der Gäste an diesem Abend die fabelhafte Evadne
Mount, erfolgreiche Autorin zahlloser klassischer Krimis, ihre
Spezialität: *locked-room mysteries*. Wer also sollte geeigneter
sein, den seltsamen Mordfall aufzuklären? Der unsympathische
Scotland-Yard-Inspektor Trubshaw mit Schnauzbart und Pfeife?
Ziemlich unwahrscheinlich.

»Very British, very funny, very good.«
*Stern*

WEIHNACHTEN
IM OKTOPUS VERLAG

*Nichts als Weihnachten im Kopf*

Geschichten und Gedichte
Ausgewählt von Céleste Blum
Illustriert von Nikolaus Heidelbach

Für die einen muss es Karpfen sein, andere schwören auf die
Weihnachtsgans. Lieb gewonnene und mitunter auch nervige Ri-
tuale müssen sein, denn erst sie machen die Weihnachtszeit zur
schönsten / schlimmsten Zeit des Jahres.

*Nichts als Weihnachten im Kopf* feiert die Vorfreude aufs Fest,
den Adventskranz, das Krippenspiel, den Weihnachtsmarkt mit
Glühwein, den Wunschzettel, bis es endlich Zeit für die Bescherung ist und sich viele in den Armen liegen und ein paar auch in
den Haaren.

Meisterhaft in Geschichten und Gedichten von Joachim Rin-
gelnatz bis Jonathan Franzen. Mit 60 Illustrationen von Nikolaus Heidelbach.

»Heidelbachs doppelbödige Bildwelten
sind eine Klasse für sich.«
*NZZ am Sonntag*

Wenn Ihnen dieses KAMPA POCKET
gefallen hat, gefällt Ihnen vielleicht auch der
Lesetipp auf der gegenüberliegenden Seite.

Schicken Sie uns bitte Ihren LIEBLINGSSATZ
aus einem Kampa Pocket, bei einer Veröffent-
lichung auf unseren Social-Media-Kanälen
bedanken wir uns mit einem Buchgeschenk:
lieblingssatz@kampaverlag.ch